中公文庫

ポ ー ス ケ

津村記久子

中央公論新社

目次

ポースケ

ポースケ？

その日の最後から二番目のお客は、店の奥に置いてある高さ一八〇センチの本棚を指さして、あそこに横積みしてある本って店主さんの趣味なんですか？　来るたびに様子が違ってるんやけど、と不思議そうに訊《き》いてきた。若い、といっても三十代前半ぐらいに見える男の人だった。最近の人は、よほどの年齢にならない限りは皆若く見える。わたしの本もありますけど、パートさんの本もあるし、お客さんが持て余してなんとなく置いていく本もあるし、とヨシカは答えながら、千円札を受け取り、興味のある本があればお貸しします、と付け加えた。

本棚ではなく、フリーラックという名目で通販した大きな棚は、一段目には、ポトスやアジアンタムやプミラなどの観葉植物、二段目には、ヨシカがフリーマーケットで買ってきたフレッドくんの貯金箱、友人が作ったヘラジカとアンゴラウサギとゲラダヒヒのフェルト製の置物などが、間隔を空けて置いてあるのだが、三段目から一番下の五段目までは、完全に本で占領されている。ヨシカをはじめ従業員たちや、よく店に来る客が、なんとなく持ってきては置いていくのだが、だんだん「売ったりあげたりはしたくないけど手元に置いておくほどよくは読まない本」を置く棚になっている。午後三時からのパートのとき子さんは、第三の本棚、と呼んでいるが、ヨシカはいまいちしっくりきていない。しかし、名付ける気も特に起こらないので、そのままにしている。

ノルウェー語の教則本がありましたよ、とパンケーキと紅茶のセットを頼んだお客は、軽く肩をすくめて、ヨシカの返答を待たずに店を出ていった。ありがとうございましたー、と大声で言いながらヨシカは、なんだそれ、と本棚のところに向かう。確かに、『ニューエクスプレス　ノルウェー語』なる本が、三段目の横積みの本の一番上に置いてある。竹井さんか、竹井さんだろうな、とランチの時間のパート女性のことを思い出しながら、本棚から本を抜いて、ぱらぱらとめくってみる。「わたし」は「jeg」だが、「ジェグ」ではなく「ヤイ」と読む。

今のところこの店のパートしかしていないため時間のある竹井さんはともかく、自分にはわかりそうにないし、わかろうとする暇もない。

首を傾《かし》げながら、ヨシカが本を戻していると、なんすか、ノルウェー？　どこ？　と言いながら、最後まで残ったお客の梅本ゆきえさんがやってきて、ヨシカが戻した本を持って席に戻る。名前を知っているのは、彼女もときどき本を置いていく一人だからだった。本を譲って欲しい人が現れたり、盗難があった時のために、従業員以外で本を置きたいお客がいたら、一応名前とメールアドレスをもらっておくことにしている。彼女は、サラ・イイネスと松本大洋のまんがを何冊か持ってきた。

ゆきえさんが、ひょっげり、ひゅっげり、などと読み方の部分をでたらめに読み上げていると、うー、疲れた疲れた、と言いながら、ヨシカの友人の長瀬由紀子が店に入ってくる。ナガセは、午後五時までは正社員の仕事をしているが、それに加えて、週三でパソコン教室の夕方の講師もしている。今日はその曜日で、外食はお金が掛かるし、家で自炊するのもおっくうだとのことで、講師のパートがある日はたいてい、見返りに皿洗いと掃除と植物の世話をするという約束で、ヨシカの店でまかないを食べて帰る。ナガセは以前、ヨシカの店で月曜から土曜の夜にパートをしていたのだが、パソコン教室の仕事が平日に移ったので、より時給のいいそちらを優先させることにした。

出入り口に近いテーブルの席に荷物を下ろすナガセに、ヨシカは、お疲れー、と言い、とき子さんは、おかえりー、と言う。この店はナガセの家ではないし、ヨシカもとき子さんもナガセの家族ではないので、厳密にはお帰りではないのだが、五十代半ばで三人の子持ちのとき子さんが言うと何故か違和感がないので、誰も彼も、彼女に「おかえり」と声をかけられてもそのままにしている。ナガセは、こんばんはー、などと誰に声をかけるでもなく適当に言いながら、本棚の反対側に置いてあるテレビの前に行き、おっ、キングスベリー、などと指差している。四〇インチのテレビでは、去年録画したモーグルの試合を流していて、ナガセは、選手たちがエアー台を跳ねて回転する様子に感心しながら、バッグから水筒を出して、立ったまま何か飲んでいる。

ヨシカは、厨房《ちゅうぼう》をとき子さんに任せて、レジ締めを始める。ナガセは、いつのまにかゆきえさんの近くに座っていて、あーあの人みどりさんっていうんですか、などと話している。ゆきえさんが大きな声で話すには、少し前までときどき一緒に来ていた会社の先輩は、失恋した記念に奮発してクロスバイクを買い、退社後は小学生の男みたいに乗り回しているのだそうだ。

「脈ありちゃうんかと思ったら、彼女おったんですって」ゆきえさんは首を振りながら立ち上がり、斜めがけにしたショルダーバッグから黄色の財布を出す。風水にあやかっている女は意外と多い。仕事柄、人の財布をよく見るけれども、デザインを犠牲にしてでも黄色い財布を持っている

「夏フェスにさあ、一緒に行きましょって向こうから誘っといて、そんで実際行ったのによ？　まあ何もなかったらしいんすけど……。みどりさん、めっちゃ音楽詳しいから話してて楽しいっすわ、とかって」

「年下？」

千円札を受け取りながらヨシカが返すと、ゆきえさんは下顎を突き出して何度もうなずき、男、あたしとおないっつってたから、四つ下かな、と答える。ナガセは、残念やったねえ、

と顔をしかめながら、ヨシカの横をすり抜けて厨房に入り、調理台の隅っこに用意してあるまかないの盛り付けられた皿を持ち出して、手近なテーブル席に腰掛ける。皿の上には、夜の定食の残りの、大きめに握った鮭とごま、塩と海苔のおにぎりと、ほうれん草のおひたし、かぶの漬け物、豚ばらの生姜炒めがのっている。今日はその定食と、玉子でとじた豚丼が食事のメニューだった。

「これってなんか、ときどき寂しい甘え上手の女に引っ掛かった男みたいな感じよねって言ってましたよ」

「そういうふうになれたらねえ、らくなんやろうけど。懐に入るのがうまい人はうまいからなー」

ヨシカが言うと、ゆきえさんはわははは、と笑う。

「でも、けっこう楽しそうなんですよね、自転車でぐるぐる回るの。あたしも何かやろうかなあ、いい自転車買うお金はないから、ヨガとか」ゆきえさんは、出入り口のドアに手を掛けて少し開けかけたものの、また閉めて振り返る。「そういや長瀬さん、ピアノ習ってるんですよね？　どうですか？」

楽しいですよー、とナガセはおにぎりを箸で切り分けながら顔を上げる。

「大人になったら覚えが悪くなるとかいうけど、なんていうか、忍耐力はついてるから、できんくても簡単に投げ出さんようになりましたね」

ナガセがピアノを習い始めて、もう一年になる。パソコン教室が入っている、地元の産業会館では、カルチャー教室の一環として、ピアノのレッスンも実施していて、ナガセはそれに毎週通っている。ナガセは、その先生と気が合うらしく、ときどき一緒に店に来たり、先生が一人でやって来たりもする。三十四歳のヨシカやナガセよりは少し上に見える、けっこうきれいな人だ。全体的にそうなのだが、声が特にきれいだった。

でもお金がなあ、とゆきえさんが自分のショルダーバッグを軽く叩きながら首を振ると、とき子さんが唐突に、じゃあお金をかけずにできることをやれば？　と口を挟んできた。

「えーなんすか、思いつかん」

ゆきえさんはそう即答する。おそらく何も考えずに言っている。

「十四時までの人で、竹井さんっていう二十八の女の人がおるんですけど、会社行ってた時にさぼりで語学ばっかりやってたらしいんですよ。上司がわからなそうな言語ばっかり選んで」閉店前からぼちぼち計算を始めていたので、さっさとレジを締め終わったヨシカは、売り上げをしまった金庫のふたを閉じ、それを抱えて本棚のところに歩いていく。モーグルの試合の録画がすでに終わっていたことに気付いて停止し、とき子さんのために、海外ものの刑事ドラマを適当に選択して再生する。『Ｍａｊｏｒ　Ｃｒｉｍｅｓ　重大犯罪課』が始まる。「最近までノルウェー語やってたみたいっすよ、借ります？」

ゆきえさんは、えーっと大げさに首を振る。

「わたし英語は現在完了あたりからわからんようになったし、それ以降のことは覚えてませんもん。それ以外の言葉なんかより無理でしょ」

「あーでも自分も現在完了からですよ」

「こっちもー」

ナガセは箸を持ったまま手を上げる。とき子さんにいたっては、現在完了て何？　おいしいの？　という具合で、ゆきえさんは、みんなそうなんやん、と肩を竦《すく》めてストールを巻く。あーでも今できることに飽きたなー、仕事も飽きたなー、通勤も飽きたしー、彼氏もー、ひょっとしたらー、飽きたかもー、などと歌うように言いながら、ゆきえさんはドアを開けて階段を降りていき、やがて、ごちそうさまでした！　という大きな声が聞こえてきた。数秒後、食事を終えてお茶を飲み干したナガセが、なんか、元気やなあ、としみじみ言った。

「彼女は若いからね」

「でもゆうてもうちらより三つ下とかなだけちゃうの？」

「ほんなら、資質の問題やわな」

ヨシカが厨房に入るのと入れ替わりに、とき子さんは切り干し大根のごま和えを入れた大きなボウルを持ってホールに出てきて、テレビの前のテーブルに置く。そしてまた厨房に戻って、今度は小鉢を十個ほど並べたトレーを持ってきて、テレビの真ん前の席に陣取り、菜箸で素早く盛り付けてゆく。液晶画面の中のメアリー・マクドネルが、ポリスアカデミーの署長役をやっていた人と携帯電話で何か話している。署長の人の後ろでは、布が被せられた死体が運び出されている。とき子さんは、ドラマが始まってから数分で、持ってきた小鉢の盛り付けをこなして、CMに入ると同時にそれを持って厨房に戻り、トレーごとラップをして冷蔵庫にしまい、また新しい惣菜のボウルを持って出ていく。明日のランチのための準備をしてくれているのだった。

こういう時のとき子さんは、いつまでも働いてくれそうな気がする。とき子さんは、家でもやたら観ているそうなのだが、テレビが大好きだ。準備を手早く済ませれば済ませるほど、手ぶらでテレビを観られる時間が長くなるため、とき子さんは驚くべき速さで惣菜の用意をする。ヨシカははじめ、なんかいいかげんにやってたりしないだろうか、と心配していたのだが、とき子さんはかなり正確に、同じ量を小鉢に入れてくれていた。

三人目の子供の手が離れてからは、お弁当の工場で働いていたらしい。工場をやめたのは、夫がリストラされたので、当時住んでいた大阪市内の広めの賃貸を引き揚げなければならなくなったからだそうだ。その後、とき子さん一家は、夫の実家のある奈良に引っ越し、今はそこに落ち着いている。長男は就職で東京に行き、次男は職が安定せず、大学三年の娘は就職活動をしている。夫は、配送センターで契約社員をしている。介護については、去年夫の母親を看取り、一段落ついたので、もともとやっていたコンビニのアルバイトにプラスして、ヨシカのところでも働くようになった。コンビニの前は、ナガセが在庫管理の仕事をしている化粧品容器の工場で働いていたのだが、ラインにややこしい人がいたので、工場の前にあったコンビニに鞍替えしたのだという。大阪からこちらに引っ越してきた当初は、ヨシカもナガセの家に居候《いそうろう》をしながらその工場で働いていた。

ナガセは、とき子さんが惣菜の準備をしているテーブルの近くにいつの間にか座って、犯人はこの嫁やないんですか？　などと訊いている。とき子さんは、レコーダーのタイム表示をひょいと覗《のぞ》き込んで、うーん、この話はどやったっけなあ、金持ちの男が殺されたらだいたい犯人奥さんなんやけど、などと真面目に答える。

ヨシカは、厨房に入って、残った食器洗いを済ませ、ふきんの消毒をして干した後、明日の昼のために何かやれることはないか、と冷蔵庫を開けてみたのだが、とき子さんに頼んだこと以外はまだ手をつけないほうが良さそうだったので、今日は掃除をして帰ることにした。

犯人が尋問されて動機を言うまで、ナガセは席を立ちそうになかったので、少し休もうと、テレビの近くの席に座ると、そういやナガセさん、お昼一緒に来てた男の人だれ？　と、すべての小鉢の準備を終えたとき子さんが唐突に口を開いた。

「あの人、工場の社員さんとかやないよね。ほとんど見掛けん人やもの」

あ、でも、先月と先々月来たことがあったから、工場に関係する仕事してる人かな、などととき子さんは両目を細めて上を向き、記憶を遡《さかのぼ》る。とき子さんの局部的な記憶力はばかにならないことを、ヨシカも知っている。あの人、二ヶ月前のいついつの火曜に二千円札出してんけど、どこで回ってきたんかしら、などといきなり言い出したりする。

「なんで知ってるんですか？　今日とき子さんコンビニのほうは休みやなかったんちゃうんですか？」

万事鷹揚《おうよう》なナガセであるのに、少し焦ったように身を乗り出すのがあやしかった。

「いや、一緒に入ってる子が、中華まんの廃棄が出そうってメッセージくれて、お昼ごはん作るのめんどくさかったから取りに行ったのよ」

おいしいわよ、うちの中華まん、ちょっと外部の人にはそういうことはリークできひんねんけど、あたしがレジに入ってる時間帯にちょっと来てくれたら、なんとかできる日もあるかもしれんわよ、とすぐに話は脱線するのだが、ナガセは具合が悪そうに、いやー、いやいや、などと首を傾げながら、食器を持って立ち上がり、厨房に引っ込んでしまった。

ヨシカは、もう少し話を聞きたかったのだが、とき子さんが今度は「中華まんの廃棄を教えてくれたレジの子」の旦那の家庭が超もめている、という話を始めたので、ドラマもエンディングテーマが流れ始めたところだったこともあり、本棚の一番下の段に隠しているほうきを組み立てて、掃除を始めた。

自分が使った食器を洗っているナガセが、なかなか戻ってこないので、ナガセと店に来た人、どんなんでした？　とき子さんにこっそり訊くと、えーと、どやっけ、色黒？　とほとんど参考にならない答えが返ってきた。とき子さんの記憶力はやはり局部的なのだ。

ナガセは、何か気を取り直したのか、ふきんを数枚持って厨房から出てきて、伝票とか事務用品のね、納入してくれる業者さんですよ、と少し前の質問に答える。

「業者さんか。ええわよね。ヨシカさんはいっぱいそういう付き合いありそうやけど、誰かええ人おんの？」

まったく悪気なく訊いてくるとき子さんに、ヨシカは、だいたいみんな良く見えますけど、そういう人はほぼ結婚してますね、と肩を上げて答える。

「あらあらそれは大変」

「かわいそうでしょ。なんで、今度ピザまん持ってきてください」

ヨシカがそう付け加えると、オッケー、ととき子さんは人差し指と親指で丸を作った。

❖

厨房にいちばん近い席で、七時から十四時のパートの竹井さんは、今にも器に頭を突っ込みそうな様子でぐったりしていた。銀縁の眼鏡が、少しずつ耳からずれてきて、まだビーフシチューが半分ほど残っている器に落ちやしないか、とヨシカははらはらする。竹井さんの斜め前のテーブルに座っている、おばあさんというにはまだ少し若い老婦人も、心配そうに竹井さんを見ている。彼女は、一人で観光にやってきたようだ。十三時過ぎにお昼を食べに来て、そのままいることに決めたようで、コーヒーとクッキーのセットを頼んだ。

「竹井さん、めがね」

ヨシカがそう声をかけると同時に、婦人が注文したコーヒーのために火にかけていたアルミ製のコーヒーメーカーが蒸気を吹く。カフェ・ナポレターナという直火式のそれは、会社員時代の先輩の香典返しとしてもらって以来、自宅での普段使いから店へ、一貫して使っている。店をやるうちに二つ買い足したのだが、今使っているものはへこみの感じからして、最初に入手したものだ。

ミトンをはめてコーヒーメーカーをひっくり返し、キッチンタイマーをかけ、再び竹井さんの様子を覗き込むと、竹井さんは少し気を取り直した様子で、シチューを口に運びながら、器の向こうに開いたノートをじっと見ている。語学学習のノートだと思われる。ひとまず大丈夫そうだということで、ヨシカはトレーの上にソーサーを置いて、クッキーを用意する。そちらは、ヨシカが自分で焼いたものではなく、自宅から店までの間にある喫茶店で仕入れている。ヨシカと同い年の男のマスターが、実家を改造して喫茶店をやっているのだが、マスターのお母さんが週二回大量に作って売りに出すので、ヨシカはそのたびに少し安く分けてもらっている。チョコとバターとマーブルの三種類をコーヒーか紅茶に付けて、セットということにして値段に上乗せする。ヨシカが得意にしているパンケーキかスコーンだとちょっと重いのだが、何かつまみたいという落ち着いた年齢の女性客によく頼まれている。

新しいお客が入ってきたので、いらっしゃいませ、お好きなところにおかけくださいと言う。ヨシカより少し年下に見える女の人で、ここ数ヶ月は毎週のように来ている人だ。必ず一人で、とてもおとなしく見える。彼女は会釈して、テレビの近くの席に座る。タイマーが光ったので、コーヒーを淹《い》れ、水を注いで、老婦人と新しく来た女性に給仕する。女性は、各テーブルに置いてある紙のメニューを眺めて、紅茶のべにひかりとスコーンのセットを注文した。

竹井さんは、やっとビーフシチューを食べ終わり、白湯《さゆ》を飲み始める。両手でカップを持って、ゆっくりゆっくり温かい水を口に運ぶ様子は、まだ二十八歳なのにおばあさんのようでもある。早い時間は、かなりしっかり働いてくれるのだけれども。

睡眠相前進症候群、やと思います、と竹井さんは面接の時にぼそぼそと言っていた。治すためには睡眠外来に行かなければいけないのだが、まだ行っていないため、診断が降りていないので、本当かどうかはわからない。しかし、午後からの竹井さんの弱り方を間近で見ていると、さもありなんとヨシカは思う。

もともとは、竹井さんの母親が店のお客だったのだが、娘が鬱《うつ》で会社をやめてから、めちゃくちゃな生活をしていて心配だから、使ってやってくれないか、と頼まれたのだった。病気になって退職したのは、上司との関係が原因だったので、コンビニや飲食店は睡眠サイクルがおかしくても働けそうだとしても、人の出入りが激しそうでどんな人が来るかわからないし、でも市場とかでも厳しそうだし、ということで、一人で店をやっていて気安そうなヨシカに目を付けた。

それに似た申し出は、異性関係ではたまにある。年々恰幅《かっぷく》が良くなり、てきぱきと働くヨシカに安心感を持つ人もいるのか、だいたい、息子か孫の嫁に、みたいなことを言われるのだが、実際に誰かに会ったためしはない。そういうことを言うおばあさんやおばさんやおじさんの孫子供は、だいたいそれぞれに決まった相手がいたり、相手がいなくて結婚したくても、近くの店を経営している微妙な年齢の女は眼中になかったりするので、そういった引き合わせが実現したのは、竹井さんが初めてということになる。

使用済みの食器をずっと出しているのも何なので、さっき来た女性客に紅茶とスコーンを出すついでに、竹井さんの器を下げる。ヨシカに向かって重々しく頭を下げる竹井さんは、まだ白湯を飲みながら、じっとノートを眺めている。辛そうだし使い物にもならないのだが、本人によると、この時間帯はまだ完全に眠くはないらしい。なんにしろ竹井さんには、目を閉じるのが怖いという感覚があるらしく、もう立っていられずその場で倒れるぐらいの眠気を感じないと、眠る体勢に入らないそうだ。目を閉じるのが怖いのは、うっかり浅く眠ってしまって、会社にいた頃のことを夢に見ると死にそうになるからだという。竹井さんは、このまま切れかけの電球のような状態で帰宅し、すぐに眠れるという状況になったらそのまま好きなだけ寝る。長い時で十二時間も寝るらしい。そして、夜中に起き出して、身の周りのことや勉強をしたりしながら過ごし、七時に店に出勤して、店のブログの更新や、黒板描きや掃除などの雑用を始める。仕事自体に関しては信頼のおける人で、働き始めてから二週間もすると、ランチの下ごしらえもできるようになってきた。

竹井さんが粛々《しゅくしゅく》とアップロードする、早朝の店内のモノクロ写真は、どうも中世のエッチングのような異様な感じが漂っていて、ヨシカはそのまま任せるかどうかかなり迷っていたのだが、惹かれる人もそれなりにいるようで、程よい寂寥《せきりょう》感のようなものを求めて店にやってくる人もいる。そういう人はだいたい、竹井さんがいない夜の時間に来るので、思ったよりは明るい店で驚いた、というような感想を述べられるたびに、テレビとかあって申し訳ないですね、とヨシカはあやまるのだが、基本的なイメージは裏切らないらしく、リピーターになる人もけっこういる。

何か口に入れるものを傍に置きながら、誰かの薄い気配を感じつつ、一人で何も考えずにじっとできる、という状況は、意識的に作り出さないと存在しにくいものなのかもしれない、とヨシカは思う。かつ、もし店にいる時に災害があったら、それなりに助け合えるような客層であること、そういうふうに呼びかけられる店の人間がいること。人は難しい。一人になりたいといつも思っているけど、完全に放っておかれるとかまわれたいと思う。

竹井さんの母親も、そういう場所を求めてやってきたお客の一人だった。開店当初はよく、外にお弁当を売りに出たりしていたのだが、その一環として、近所の幼稚園や小中学校のP

TAの集まりへサンドイッチとスコーンと紅茶のケータリングにも行っていて、その伝手《つて》で、主婦が集まると聞くと、その場に何くれとなく顔を出すようになった。その出先で、「一人でも来れる」ことを強調していたら、はぐれ者のお母さんがやってくるようになった。竹井さんの母親は、五年ほどの間ずっとお客として仕事帰りに来ている人で、一度も個人的な会話をしたことはなかったのだが、ある雨の夜の閉店間際に、突然娘のことを相談されて、そのまま働き口を提供してしまった形になる。アルバイトを雇おうと思っていたタイミングなので、ちょうどよかったといえばよかったのだが。

「大丈夫?」

「大丈夫です。眠いだけです」

つらそうな竹井さんを見かねたのか、老婦人が声を掛けると、竹井さんは裏返った声で即答する。問題を抱えてはいるが、とても真面目なのだ。婦人は、竹井さんが店員だとは気づいていない様子だった。

「寒いですね今日は」

「ええ」

「鹿の角もそろそろ抜ける頃ですかね」

何を言っているのか竹井さんは。しかし、話しかけてくるお客がどんな会話を気に入るかどうかは千差万別なので、ヨシカははらはらしながらも放置しておく。

「そうなの？　鹿の角って抜けるの」

婦人は標準語に近い喋《しゃべ》り方をしているので、地元の人ではないのだろう。

「抜けます。三月ぐらいまでは皮膚に覆われている中で角は成長しますが、四月になると少しずつ皮膚がむけ始めます」

竹井さんはいろんなことを知っている。ギリシャの役人がどうやってお金をごまかしてきたかとか、モクテスマ二世の生涯についてだとか、中国のある地域の棚田では同時に魚も養殖していることだとか。ヨシカは、竹井さんが思わぬところで知識を披露するたびに、惜しいな、と首を傾げる。自分が使う身としては、困った体質も含めて問題はないし、良い人材なのだが、もうちょっとそういう記憶力だとか知識の蓄積を生かせる職場で働けたらいいのに、と思う。

「一歳の鹿に生えるのは枝のない角ですが、それから成長して生え変わるにつれ、枝を増やしていきます」

窓の方を向いて座っている、後から入ってきた女性が、肩越しに竹井さんを見遣って話を聞いている。しかし竹井さんにとっては、その話が最後の一息だったのか、ぐったりと肩を落として、白湯を飲んでいたマグカップを厨房に運ぶためにのろのろと立ち上がる。

またドアが開いて、今度はヨシカの父親ぐらいの男性が、よしこちゃん、コーヒー詰めてー、と言いながら、大きな水筒を手に店に入ってくる。ナガセが就職している会社で営業をしている又吉さんである。

「滋賀行くんやんか」

「そらまあ遠くへ。急いではります？　五分待ってもらえたら作り置きやないの淹れますけど」

「五分やったらええよ、よしこちゃんの頼みやし」

五分待てない人には作り置きを淹れる。この話をするたびに、ヨシカは自分がコロッケ屋みたいだと思う。ちょっと待ってもらえたらできたてをあげるよ、と子供の頃よく言われたような。

丸椅子を厨房から出して、フロアの隅に置いてやると、又吉さんがどっこいしょと座る。

竹井さんが、ヨシカの背後からのそのそと這い出すように出てきて、帰る身支度を始める。

「どうしたん、あの子風邪ひいてんの、よしこちゃん」

「睡眠相前進症候群らしいです」

「ははー」

コーヒーメーカーに粉とぬるま湯をセットしながらヨシカが答えると、又吉さんは、わかっているのかいないのかわからない様子で、腕を組んで頭を逸《そ》らす。

又吉さんは、ヨシカがナガセの会社にお弁当を売りに行っていた頃からのお客だった。ヨシカ自身も、店をやる前はその会社の工場で働いていたし、店が軌道に乗るまで、自分が働いていた工場も含めて、観光地のいろいろなところに出掛けた。工場は、店のある駅前の商店街から少し距離があるのだが、パート勤務者のためのシャトルバスが十二時台も行き来しているので、そのときお弁当を買ってくれたおじさんたちが、ランチにもやって来てくれている。

いったん帰る様子になった竹井さんは、テーブルの上に出していたノートを閉じようとして、何か気になることでも見つけたのか、ジャンパーを着てトートバッグを下げたまま、ノートに見入ってしまう。又吉さんは、何書いてんの？　と物怖《ものお》じせずに訊く。

「エスペラントです……」

竹井さんは消え入りそうな声で答えながら、ノートをバッグに突っ込み、フロアにいるほかの二人のお客にへこへこと頭を下げる。

「何なんそれ？」

「国際補助語よね。使ってる国はないのよ」

「ははー」

老婦人の答えに、又吉さんはまた、わかってるのかわかっていないのかわからない様子で体を逸らす。壁に頭をぶつけないように気をつけて欲しい、とヨシカは思う。

「外国行くん？」

「行きません」

ありえない。竹井さんは隣の駅にすら行けない。電車に乗れないのだ。

「ほななんで？」

「いつか、ホームステイしたいんですよ」

そんな話は初めて聞くので、ヨシカはコーヒーメーカーを見張りながら、聞き耳を立てる。

「え、どこに」

「ノルウェー」

「なんで？」

「すごく遠いので」

あ、それで本棚にノルウェー語の教則本があったのか、とヨシカは納得して、又吉さん、水筒ください、と厨房のカウンターから顔を出す。又吉さんは、ほい、とステンレスの水筒を寄越す。朝は奥さんがコーヒーを詰めてくれるのだが、午前中に飲みきってしまうらしい。そのまま入れていいとは聞いているものの、軽く水洗いをする。

「エスペラントを話す国はありませんが、エスペラントをやっていたら、同じように学習している人の家に行けるそうなんで……、それを利用して、ノ……に……」

竹井さんは、もう限界が来たのか、首を振って、すみません、このお話はまた明日、と言いながら、店を出て行った。又吉さんは、呆気にとられて竹井さんの背中を見送り、ヨシカは、階段からすべり落ちないことだけを願って、ドアを軽く開けて覗き込む。竹井さんは、なんとか手すりに両手でつかまりながら地上に降りて、商店街に面している通りとは逆の、一軒だけあるラブホテルが目立つ住宅街の路地へと消えていった。竹井さんの家は、ここから歩いて二分のところにある。そのぐらいの距離が出勤の限界らしい。その体たらくでノルウェーに行きたいとは、またえらいことを思いついたものだと思う。

「彼女が言ってるの、パスポルタ・セルボのことかしら？」

「何ですのんそれ？」

「詳しくはないけど、世界中のエスペランティストによる宿泊可能な家のリストがあって、それを頼って遊びに行ったりできるらしいのよ」

「ははー、変わった言葉やる人はやることも変わってんねんなあ」

コーヒーの浸出が終わったので、又吉さんの水筒の水をよく切って、サーバーから注ぐ。又吉さんは、ほな五百万円！　と言いながら、カウンターに五百円玉を置き、ヨシカは中蓋とカップのふたをしっかり締めて、いってらっしゃい、と又吉さんに水筒を渡してやる。

ほなまたなー、よしこちゃん、と又吉さんは言いながら、ドアを開けて、どたどたと階段を降りていく。ヨシカは、ずっと名前を間違えられたままでいいから、よく来てくれる又吉さんが、当分定年になりませんように、と密かに願いながら、ポットを持って、残ったお客の水を継ぎ足しに出る。

「変わった店員さんね」

「よく言われます」

老婦人は確実に竹井さんのことを言っていると思われたので、事実を伝える。婦人のグラスに水を注いだあと、ヨシカは、その次に来て窓際に座った女性客の席に行こうとするが、彼女が立ち上がって本棚に本を戻しに行ったので、少し立ち止まって席に戻るのを待った。おそらく、ノルウェー語の教則本を読んでいたのだろう。

グラスに水を注ぎながら、お名前と連絡先さえ残していっていただければ、本はお貸ししますよ、と言うと、窓際の女性は、無言で内気そうに首を振った。ヨシカは、ごゆっくり、と声を掛けてフロアを横切り、ポットを戻しに行く。

ヨシカはふと、自分もなんとか語を勉強して竹井さんについていってやろうか、と二秒ほど考えたのだが、すぐに、まったく時間がないだろ、と反駁《はんばく》する。もう何年も、テレビを観るぐらいしか娯楽らしい娯楽には触れていないし、旅行にも行っていない。店が信用を得るまでは自分の欲望など二の次で当たり前だ、と定休日以外は絶対に休まずに店を開け、ずっと店のことばかり考えてきたのだが、その「まで」っていつのことなんだ、と考えると、少し気が遠くなる。

しかし、ドアのガラス越しに、手に雑誌を携えた二人の若い女性がいるのを目に留めると、ヨシカはさっさと旅行のことも娯楽のことも忘れてしまう。先月、タウン誌の奈良特集に掲載されたのだ。来る、来い、と念じながら、初めて見る顔の二人が、少し硬い表情でドアを押すのを見守る。いらっしゃいませ、とヨシカは、冬の電車の座席の下の温風を意識して呼び掛けた。

❖

その日は土曜日で雨だった。

一般に、雨の日はお客が減ると言われているけれども、自分の店は商店街のアーケードの中にあるせいか、ありがたいことにあまり強く影響は受けてないな、という印象をヨシカは持っている。ただ、一度見つけた場所を動きたくないという気持ちが強く働くようで、長居をするお客が増える。なので雨の日は、追加で頼みやすい一枚からのパンケーキやスコーン一つ、紅茶やコーヒーのおかわりの値段を少し下げて注文しやすいようにしている。効果がないわけではないが、やはり晴れの日のほうが、営業的には安心する。とき子さんからは、家庭の事情で二時間遅れます、という連絡が入っていた。

週に二回ほどやってくる冬美先生は、ほぼ満席であることに少し驚いた様子で、黄緑色の傘をビニール袋に入れて傘立てに挿していた。

「雨やから今日はやめますっていう生徒さんだっていはるのに」

「何すかそのやる気ない人、月謝払ってんのに」

ヨシカが言うと、冬美先生は眉を下げて笑って、一つだけ空いていた商店街の窓側のカウンターに腰掛ける。冬美先生は、カモミールティーとパウンドケーキのセットを頼んだ。ナガセの通っているピアノ教室で教えている冬美先生は、ピアノを教えている場所である産業会館が近くにあるため、仕事が終わった後に夕食を食べにきたり、生徒の事情による授業のキャンセルが連続して時間が空いたりした時などに、ときどき店にやってくる。仕事についても家庭についても、愚痴というものをまったく言わない冬美先生は、ヨシカやナガセより三つ年上で、さすがに落ち着いた大人といった印象だった。とはいえ、もっと年上のパートのとき子さんは、なんでもかんでも話したり訊いたりするので、人間の落ち着きの曲線はわからないものだとヨシカは思う。単に資質の違いかもしれないけれども。

その日は、四時ぐらいに娘がお店に行く、と友人のりつ子からあらかじめ連絡を受けていたので、これで満席になってしまったらどこに座らせようかなあ、とヨシカは洗い物をしながら少しそわそわする。りつ子の娘の恵奈《えな》は、小学五年になった。恵奈とは、幼稚園の年長組の頃から、数ヶ月に一度のペースで顔を合わせているのだが、髪型が変わったり、背が突然大きくなったり、毎回違う人のような印象を持ってしまう。早く成長し過ぎなんちゃうん、子供、びっくりするわ、とヨシカが言うと、まあね、とりつ子はへっと笑った。何度か親子で店に来たことがあるりつ子と恵奈だが、今回は恵奈が一人で来るらしい。なんで？　と訊くと、いずれバイトしたいって言ってたよ、あんたの店で、とりつ子は冗談めかして言った。

りつ子は女手だけで恵奈を育てているので、何か経済的に辛いことでもあるのかと恐る恐る訊くと、りつ子は、そら苦しいよ！　と派手に顔をしかめて首を竦めた。ただ、具体的なことは言わなかったし、りつ子自身の大げさな様子は逆に、そんなに深刻でもないことを物語っていて、ヨシカは、ごはんが家になくて食べたくなったら来て、と言うにとどめた。九州出身で、自分自身がそうしているように母親の手だけで育てられたりつ子は、母親が退職したらこちらに呼び寄せて一緒に住むことも考えているのだそうだ。りつ子の母親は、毎年のように、来年会社やめて家を買う、と言いつつ、まだ実行できていないらしいのだが、そろそろ本気を出しそうなんで話さないと、とのことだった。これから体も悪くなるだろうから傍にいたいし、そうなるまではこちらで働ける範囲で働いてもらって家賃を折半したほうがいい、という考えでいるという。親孝行なのか親不孝なのかわからないが、シビアだ、とヨシカは思う。

ヨシカ自身の母親も、正社員として働いているのだが、ヨシカが会社員をしていても、店をしていても、何くれとなく小言を言われるため、年に一度会えばいいほうという状態が続いている。味覚もあまり合わないし、母親は絶対にそれを子供に合わせるということをしないので、ヨシカは中学生の頃から自分で自分の夕食を作っている。その味すらも批判されるため、十代の前半からずっと孤食である。

だから逆に飲食をやりたいと思ったのか自分は、などと考えながら溜まった食器を洗っていると、二時間ほど前にやってきて、それぞれスコーン三つのセットを頼み、紅茶を二回お代わりして、中原淳一の画集をあれこれ言いながら眺めていた女性の二人組が上着を着ながら席を立ったので、ヨシカは急いでレジに着く。

恵奈は、彼女たちを送り出したのと入れ替わりにやってきた。前は、耳の下あたりで髪を二つに結《ゆ》っていたのだが、今日はおかっぱに近い感じになっていた。切り過ぎていそうな上に雨の日だからか、しきりに前髪を気にしている。何度か会釈した後、ビニール傘を傘立てに挿し、緊張の面持ちで恵奈はヨシカを見遣る。

「こんにちは、梶谷《かじたに》恵奈です」

そして異様に改まって言う。ヨシカも、店主の畑中芳夏です、と名乗る。子供は子供扱いするのではなく、大人として扱うほうが無難だとヨシカは考えている。二十二歳ぐらいまでは、すべての年齢において自分は一人前だと思っていた、とヨシカ自身が覚えているからである。

コーヒーのほかに、おにぎりとスコーンのテイクアウトをしているので、店には小学生ぐらいの子供もときどきやってくる。そのぐらいの年なら、さすがに店でお茶を飲んだりまではしないのだが、中学生かなという年齢の子たちなら、席で飲食していくことがたまにある。それぞれに、人懐こかったり、頑《かたく》なに丁寧だったり、二人以上ならすれっからしみたいに店を値踏みしたり、いろいろだ。

テーブルの上を片付けた後、恵奈を空いた席に案内して座ってもらう。水を置き、お決まりになりましたらお呼びください、と一礼して辞する。窓際の席で楽譜を開いていた冬美先生が、肩越しに恵奈をしばらく振り返っていた。子供なので、珍しいのかと思う。

厨房に戻り、流しのことは少しの間だけ放っておいて、窓の外を眺める。雨の日独特の、重く暗い夕方が広がっていて、自分の店の照明が妙に暖かい色をしていることを、ヨシカは小さく誇りに思う。

恵奈は、スコーン二つと紅茶のセットを頼み、少し店内をきょろきょろと見回した後、テーブルの上に本を置いて、更に任天堂の携帯ゲーム機をリュックから出して操作し始めた。幼稚園児だった頃は、図鑑があれば満足していた恵奈だが、やはり大きくなると普通の子供のように、人並みにゲームなんかをするようだ。

しかしすぐに飽きてしまったのか、ゲーム機を閉じて、また店内を見回す。そして、フロアの隅に本棚があることに気付き、そこに別のお客が本を戻しに行くのをじっと見守る。その若い女性の一人客は、小塚崇彦の写真集を本棚に戻しに行くところだった。とき子さんが大学生の娘から譲ってもらったものだそうで、冬場はとても回転率が良い。とはいえヨシカには一銭も入らないので、あの店には小塚崇彦の写真集があるから行ってみよう、と次のお客を連れてきてくれることを祈るのみだ。

女性が本棚から離れると、恵奈も本棚のところに行き、顔を近付けて背表紙を吟味する。

あれはかなり目が悪くなってるな、とヨシカは思いながら、紅茶のポットからストレーナーを抜き、温めたスコーンからアルミホイルを外す。

恵奈は結局、本棚から何も抜かずに席に戻り、ゲーム機を手にしばらく首を傾げ、今度はリュックにしまった。絵本とか置いたほうがいいのかな、とはたまに思う。ただ、周囲の誰もが絵本に詳しくない上、置きたい本を置かせておくままにしたら、なんだか偏った本棚になってしまい、それが売りのようなところもあるので、改善はしていない。

スコーンと紅茶を給仕しながら、ご興味のある本がありましたら貸し出しますよ、と一応言う。恵奈は、ウミウシの写真集があったんで見たいんですけど、後にします、と答えた。そういえば小学一年のとき、ごはんを食べながらでも図鑑を眺めようとするので怒った、とりつ子が言っていた。

また厨房に戻って窓の外をのぞくと、少し雨がましになっていた。このままやみそうだからごはんの人はいつもぐらいは来るかな、と思いながら、立て続けに帰ってゆくお客の会計をする。冬美先生が席を空ける時分には、ホールのお客は半分になっていた。

「あの子、すごいですね、一人で喫茶店に来るなんて」

「友達の娘さんなんですよ」

生駒に住んでて、電車に乗ってきたみたいです、と言い添えると、へえ、と冬美先生は目を丸くして、恵奈を振り返る。冬美先生は結婚していて、一つ下の夫がいる。何度か一緒に来たこともある。かなり変わった人で、本棚の本を勝手にあいうえお順に並べなおしたり、ずーっと窓の外の商店街を通る人を眺めながら、今日は緑の服の人が多い、などと言っていた。最初は、何をしているのかまったくわからない人だったのだが、最近になって、著述業に就いており、一階の古書店にたまに来るのだということがわかった。書いているのは小説だと耳にしたことがある。

ちなみに、ヨシカの店は居抜き店舗なのだが、前にカフェをやっていたのは、その古書店の店主の息子の元妻だった。離婚の話はかなりこじれたらしく、一刻も早くお嫁さんの気配を忘れたいから、誰にでもどれだけ安くでもいいんで貸したい、というところに、近所のもっと狭くて家賃が高い物件で店をやっていたヨシカが話を聞きつけて、滑り込んだのだった。ちょうど前の場所が手狭になってきていたところだったので、一階の古書店の一家には申し訳ないが、運が良かった。

「いくつですか？　小学五年かな」

「そうです。大当たり。すごいっすね」

「子供は仕事柄よく見てるから」冬美先生は笑いながら、また恵奈を振り返る。「お友達なら、同い年の人？　ヨシカさんは三十四歳でしたっけ？」

「そうですね」

「じゃあ、二十四歳か二十三歳の時の子供さんか、へえ」

冬美先生は、見られていることに気付いて会釈した恵奈にうなずき返して、ごちそうさまでした、と店を後にした。恵奈が、まだレジの方を不思議そうに見ていることに気付いたヨシカは、目を丸くして肩を上げてみせたが、恵奈は少しばつが悪そうに顔を伏せて、スコーンの最後の一切れにブルーベリーのジャムを塗っていた。

あの子はナガセとのほうが仲がいいからなあ、とヨシカは思いながら、丼をいくつか出して用意する。そろそろごはんが炊き上がる頃だった。キャベツと大葉の味噌豚丼に、ひじきのサラダと半熟煮玉子、ほうれん草の味噌汁を付けたものが、今日の献立である。

ナガセは、比較的背が低く、目と眉が離れた顔付きが妙に穏やかで、攻撃性が皆無なせいか、老若男女問わず人に話しかけられるし、道ですれちがう赤ちゃんにも大人気だと本人は言う。すずめも猫も仔鹿も寄ってくる。ただ、犬とだけは折り合いが悪いらしく、ものすごく吠えられるそうだ。

恵奈はスコーンを食べ終わり、食器をわざわざ厨房まで持ってきた。ヨシカは笑ってしまって、いいのに、とうっかり友人に話しかけるように言うと、恵奈は、すみません、と何故か恐縮した。

「ウミウシの写真集、見てってください」

ヨシカが言うと、お茶もうないけどいいんですか？　と恵奈が訊き返してきたので、ヨシカは、いいですよ、と答えた。ナガセは今日は来ないようだから、その分のごはんを食べてもらってから家に帰そう、と思う。

写真集は、加藤さんというときどきやってくる若い女性が置いていったものだ。身だしなみが良く、いいところのお嬢さんのように見える人で、とても声が小さい。昔から、声が低くて通りが良く、体格も良いので、しっかりしているという印象しか人に与えたことがないヨシカからすると、少しうらやましい感じもする。

五時きっちりに、とき子さんはゆきえさんを伴ってやってきた。すみませんでしたあ、雨がやんでよかったわー、と言いながら、とき子さんは厨房に入ってエプロンを付け始め、ゆきえさんは、ノルウェー語の本を持ち出していたので返しに来たんですけど、と言いながら本を渡してきた。ゆきえさんは、これから近鉄に乗って難波へ飲み会に出掛けるそうで、飲食はしないつもりのようだった。

「国旗がかっこいいすよね」

「配色と難易度が程よいよね」

ヨシカは、むかしむかし幼稚園で世界の国旗を作ったことを思い出す。その時はイタリアのを作って、すぐ描き終わってちょっと物足りなかったのを覚えている。でも、スリランカの国旗を作った男の子が、最後まで居残って、しまいに泣きながら作っていたことを考えると、簡単でよかったとも思える。眼鏡をかけていた彼は、幼稚園児ながらにインテリな印象を周囲に与えていた。

「どう、やれそうですか？ ノルウェー語」

「いやいややっぱりぜんぜん」ゆきえさんは顔をしかめて首を振る。前に、何か習い事でもしてみたい、と言っていたのだが、これではなかったようだ。「あ、でも、フィヨルドとかの、地図のあのギザギザしたのが好きなんでちょっと調べたら、ポースケってお祭があるらしいですよ」

「ええ？ ハトか何かのお祭？」

ヨシカが訊き返すと、ゆきえさんは笑って手を振る。

「あっちの復活祭のことらしいんやけど……、詳しいことはわからんす。でも、私ポースケ行くから有休とるねん！ て言いたいっすよね」

「あーそれ言いたいなあ……」

『店主のポースケ研修のためお休みとさせていただきます』という貼り紙を貼ったら、何か、やってやった、という気持ちになりそうだとヨシカは一瞬思ったのだが、うけ狙いで店を休むなどはもってのほかなので頭を振る。

ゆきえさんは、ほなまた、竹井さんによろしく言うといてください！ と言って去っていった。ゆきえさんはいつも日が暮れてからやってくるので、竹井さんとは一度も会ったことはないのだが、その特殊な生活ぶりなどについて話すと、おもしろい、会いたい、とときどき口にするようになった。

ポースケ、ポースケですってー、何やねんー、ととき子さんは歌うように言いながら、冷蔵庫を開け、小鉢が所狭しと並べられた大きなトレーを取り出し、夕食の作業用に空けているスペースに置いて、配膳の準備を始める。とき子さんは、特に指示しなくても、自分の要領で物事を始めてしまい、けれどそれが的外れというわけでもないので、この人は本当は妖精なんじゃないかとヨシカはときどき疑っている。

とき子さんが歌にしてしまったせいで、ヨシカはそれからしばらくの間、夕食の準備をしながら、ずっとポースケのことを考えていた。やはりハトのお祭のようにしか考えられないのだが、ハトのお祭がいったい何をするのかもよくわからない。そういうことを考えている間にも、晴れていた昨日と変わらない程度のお客はやってきて、ヨシカは安堵しながら、ひたすら丼にご飯を盛り、キャベツと大葉をその上に置き、豚ばらを炒め続けた。

再び満席になると、恵奈はきょろきょろして腰を浮かせかけたが、ヨシカが丼と小鉢と味噌汁の載ったトレーをテーブルに置くと、少し息を呑んだ。

「どうぞ」

「いいんですか？」

「いいですよ」

「お金足りんのかもしれんのですけど……」

「今日は、お茶とお菓子の分だけください」

ヨシカが、隣の席のお客に聞こえないように囁《ささや》くと、恵奈は心持ち目を輝かせて丼を眺めつつ、また椅子に座った。そりゃそうだろう、とヨシカは平たく思う。味噌の甘い匂いと大葉の冷たい香り、自分だって早く一休みして食べたいよ、と。

食事をしに来たうちの何人かは、お茶とお菓子も頼んだので、それからしばらくは忙しい時間が続き、ポースケのことも恵奈のことも忘れていたのだが、スコーンを温めるためにオーブンレンジのドアを閉めながら、とき子さんが不意に、クルックー、と言ったので、またヨシカはその言葉を思い出してしまった。

「なんでしょうね？」

「え、何が？」

ヨシカは思わず振り返ってとき子さんに訊いたものの、とき子さん自身は何の意図もなく鳴いたようで、なんのことを言っているのかわからない、とでもいうような様子で首を突き出すので、ヨシカは、いや、いいです、と手を振った。

それより豚豚、と再び味噌豚丼に集中しているうちに、客足はいったん落ち着き、ラストオーダーまであと一時間、という時間になった。恵奈はやはり、食器をカウンターまで持ってきたので、ヨシカが、よそのカフェでは座って食器を下げられるのを待ってたらいいんですよ、と言うと、恵奈は少しばつが悪そうに、わかりました、と言った。

「丼、どうでした？」

「すごいおいしかったです。ごちそうしてもらってすみません」

次は支払いをします、と恵奈が妙に恐縮するので、ヨシカは、帳尻を合わせるためというわけでもないのだが、質問に答えてもらうことにする。

「恵奈ちゃん」

「はい？」

「お祭ってどんなイメージがあります？」

恵奈から戻ってきた食器を食器洗い機にかけながら、カウンター越しに問いかけると、恵奈は口を開けて斜め上を見る。かなり律儀に考えてくれているようだ。

「おみこしとかかなと思うけど、おみこし見たことないです」

「わたしもないわ、そういえば」

いい年しておみこし見たことないのか、と我ながら思うけれども、見に行こうとしないと遭遇しないものではある。

「それか、バザーですかね」恵奈は腕を組んで、首をゆっくりと左右に振る。「去年の秋に、学校の学芸会でバザーがあって、そよ乃さんがうちに来て、お母さんの代わりにしゅうのひざかけを作ってったんですよ。泊まりこみで」

知っている。そよ乃は、ナガセやりつ子と同じ、ヨシカの同級生で、専業主婦をしているのだが、今は羊毛フェルトのぬいぐるみ作りと、クロスステッチに夢中である。私立の小学校に通っている小六の息子は、難しい年頃に差し掛かっているのか不登校で、学校に相談に行ったり、役所に相談に行ったり、カウンセラーに相談に行ったり、とにかく相談にばかり行っている。基本はどこかの学校に行かせたいのだが、もしどこもだめなら、当面は自宅学習で、と考えていて、中学で学校に復帰した際におくれをとらないように、密かに英語の問題集などもやっている。その合間に手芸をするのが無上の楽しみなのだという。

「どんな柄やったっけ、膝掛け」

「『オペラ座の怪人』ていう名前らしいです。縁取りが仮面なんですよね」

「売れた？」

「売れましたよ、五千円で。舞台のファンの人に」

そよ乃の変わった膝掛けのことを思い出しながら、ヨシカは、なんとなく見えてきたなという感触を持つ。

「バザーか」

「おみこしよりバザーのほうが現実的ですね」

恵奈は、我が意を得たように大人びた口ぶりで話す。クルックー、とまたとき子さんは唐突に鳴きながら、紅茶のポットのふたを閉める。

「ポースケですか？」

恵奈は、カウンター越しにとき子さんを覗き込みながら、リュックを片腕に抱えて財布を探す。

「えー。うーん、何なんやろ」

あまりにも見透かされると具合が悪くなってきたので、ヨシカはそうとぼけて、手を拭きながらレジに向かう。恵奈は、また来た時と同じような厳粛な顔付きに戻って、千円札をキャッシュトレーの上に一度折りたたんで置き、ヨシカがレシートを出している間に、何か思うところがあったのか、あわてて開いていた。

ハンガリーの女王

『食事・喫茶　ハタナカ』の店主が、レジの横に『ポースケのおしらせ』という旨の紙を貼り出したのは、先週のことだったように思う。『ポースケ』の字は油性マーカーの黄緑色で、ピンク色で影が付けてある。その大きな文字の下に、黒くはっきりした字でいくらか説明書きがあったのだが、加藤のぞみは、どうも目が滑って読むことができなかった。ハタナカは、よそのカフェでもよくあるように、レジ横にイベントのビラをたくさん貼ってあったり、雑貨店、服屋などのデザインはいいけどわかりにくいフライヤーに事欠かない店だったが、『ポースケのおしらせ』は、意味不明で別にかっこよくもない分、ひときわ目立った。

のぞみは、その変な語感の文字の並びと、自分で貼ったくせに気にも留めていないような様子で勘定をする店主を見比べながら、とりあえず、貼り紙について問い合わせるのは少し先にしようと考えていた。のぞみがじっと壁を見つめていると、こちら仮予定なんですけど、参加を考えておられます？　などと貼り紙を指差しながら店主が言ったので、のぞみは恐縮して軽く首を振り、後日またおたずねします、とその場を取り繕った。店主は別に深追いもしてこず、では、どうもありがとうございました、とお辞儀をした。のぞみも、ごちそうさまでした、と頭を下げ、その日は店を出た。

妙に頼りがいがありそうな『食事・喫茶　ハタナカ』の店主は、畑中芳夏さんといって、大阪の人らしい。最近太ってきた、ともう三年ぐらいずっと言っている。のぞみが、ショップカードや店の中で聞ける会話から得ている情報は、この程度である。

最初は、大きめのスコーンやパンケーキと、ポットの紅茶を提供してくれるということで店に入ったのだが、このところは、食事目当てで店にやって来ている。そんなによく食べるわけではないのぞみにとって、一食八〇〇円は安い値段ではないのだが、週に一度ぐらい、自炊をするのも外で何を食べるか考えるのもいやになった時に、ハタナカで夕食を食べている。小鉢はそこそこ凝っているものの、取り立てて健康指向でもおしゃれでもなく、どちらかというと男の人や子供のほうが喜びそうなメニューには、いつも懐かしいニュアンスの単純なおいしさがあったので、のぞみは店に通っていた。どれも、店主がこれと思った作り方をきっちりこなしているのだろう、とのぞみは考えていた。のぞみ自身は、料理本を見ながら料理をしても、味見をしながら迷いが出てきて、調味料を足したり引いたりして、味が薄かったり、甘すぎたりしょっぱすぎたりするようなことが多かった。

自分に確信が持てることがきわめて少ないのだ。理由はよくわからないのだが、声が小さくて態度がおとなしいことがまずはじめにあり、その後、中学生になって肌が弱いことを周囲に取り沙汰されるようになって、揶揄《やゆ》にも助言にも心を閉ざすようになった。

社会人になって五年目の今も、基本的にそういう感じで生きている。普段話す会社の女性の同僚は二人いて、年上の毬絵《まりえ》さんは、ときどき休日にパワースポットめぐりなどに誘ってくれるものの、自分が使っている高い化粧品を強く勧めてきて、それをのぞみがしぶしぶ使い始めたら商品を貶《けな》す、ということを繰り返し、去年入ってきた年下の若菜ちゃんは、仕事を教え始めて五日もすると、加藤さん今日肌荒れてますよね、乾燥してんのかな、などとずけずけ言うようになった。悪気があるのかないのかは知らない。悪気がなくて何でも感じたことを言ってしまうだけなのだ、と解釈しようにも、若菜ちゃんはかなりしょっちゅうのぞみの顔や手をチェックしている。

男の社員も、のぞみがひどく手を荒らしていたりすると、ちょっと哀れそうな目で見てきたりすることがある。加藤さんは、顔の造り自体は上品だから、と見当違いなことをエレベーターの中で告げられ、慰められたこともある。どれも大きなお世話だし、私の見た目じゃなく、私の仕事を見て欲しい、とのぞみは思う。会社で気兼ねなく接することができるのは、のぞみが事務を担当している営業の小林さんだけだ。理由は、小林さんがもともと近眼な上、老眼も進んできたので、のぞみの日々のコンディションに一切気が付かない上、「離婚して離れて暮らしていた息子の子供にやっと会えたのだが、孫は息子の嫁にばかりしがみついて、

「意外とかわいいと思えなかった」というような、のぞみ自身とはまったく関係のない話をつらつらするからだった。

それで、特に不満があるというわけではない。先輩の毬絵さんは、不満を感じてつらいのは、それが地上に存在してはいけないことだから、自然な心の動きが拒否しているため、という持論を持っていて、会社の人にも家族にもどんどん要求し、なだめすかして思うように物事を動かしているけれども、のぞみは、自分はそういう手腕を持つ素質がないことを予めわかっているので、会社帰りの紅茶の一杯と、朝出勤してからの一杯目のココアがおいしければ幸せ、と思いながら暮らしている。

あと、最近は、ハタナカで自分が寄贈したウミウシの写真集を眺めている人がいたら、うれしい気持ちになる。土曜日に、高校の時からの友人と店に入ったら、小学生ぐらいの女の子が写真集を本棚に戻していて、のぞみは思わずじろじろと眺めてしまった。前髪が短いおかっぱみたいな髪型の、硬い面持ちの女の子だった。

『ポースケ』が何かはわからないしおいそれとは訊けないが、自分はあの程度の馴染み具合でいい、とも思う。店主の畑中芳夏さんは、わりと笑顔に事務的なものを感じさせるところがあるけれども、さばけた印象を与えてくれるし、パートのおばさんは、軽く一つ打てば町内中に響き渡るような返答をしそうな話好きに見えるけれど、もう少し距離を詰めてみると、のぞみには不都合な部分があらわになるかもしれない。

誰だってそうだし、そういうことも受け入れなければいけないのはよくわかっている。けれども、のぞみ自身はうまく自分の裏表を操る自信がないので、今も他の人が距離を見計って別の面を見せてくると、むやみにびっくりして、固まっているうちに相手のペースに取り込まれてしまうということが常だった。毬絵さんは特にそうだ。のぞみちゃんはいい子だから、と優しくしてくれながら、でも肌を荒らしているのは、悪い気が溜まっているからのはず、などと言う。のぞみは、それを真に受けるわけでもないのだが、困ったな、という気分になる。一緒に食事に行った帰り際に「私の話、真に受けてないでしょ?」と一度顔を覗き込まれた時のことは、もう思い出したくない。

そのぶん、人の話を大して聞いてもいないが、聞くことも要求してこない小林さんと関わるのは楽で、昼休みと勤務中なら、どちらかというと仕事をしている時のほうが好きだった。だが、定年が近付き、徐々に仕事を減らしている小林さんの穴埋めに、今度は伊東田《いとうだ》さんという、のぞみより一つ年上の中途採用の営業の補助もしなければいけない、ということを、最近は警戒していた。伊東田さんは、悪い評判などはないが、独身でまあまあ若いということだけで面倒だとのぞみは思っていた。小学生や中学生の頃などに、さんざんのぞみを奇異の目で見たり、からかってきたりした連中と完全に年齢が重なる。ただ、伊東田さんが、サッカー雑誌を眺めながら、食堂の隅で一人幸せそうにコンビニの親子丼を食べている姿からは、悪人の匂いは漂ってこない。たまにお茶を飲みすぎて、のぞみのお代わりの分がなくなってしまうこともあるのは迷惑だが。

悪い人じゃなくても、合わないこともあるからな、とのぞみは思う。それまで特に視界に入れてこなかった伊東田さんをちょくちょく気に掛けるようになって、一ヶ月が経つ。細かく分析したりはしないが、来週の伊東田さんの配属に向けて、のぞみなりに準備はしているつもりだった。

とりあえず、しばらくは心をオフにしてがんばろう、と思う。状況が変化するのはつらいことだけれども、自分のために大事なことだということもわかる。ハタナカの帰り、電車に揺られて手帳を覗き込みながら、のぞみはポースケのことはすっかり忘れてしまった。

❖

それで、部長と話し合ったんだけど、のぞみちゃん、やっぱりあの話はなかったことでいいから、と毬絵さんは言いながら、お弁当箱のふたを開けた。毎日なんかきれいなお弁当だな、えらいな、と思うが、のぞみは詳しくは見ない。失礼だろうし、これ以上毬絵さんについての情報を仕入れても仕方がないからだ。

「あの話ってなんですか？」

「伊東田君の担当もやってもらうっていう話」

「なんでって、べつに、私に余力があるからだけど？」

のぞみは、よくわからないと思う。毬絵さんは、のぞみが受け持っている仕事をやたらに把握したがりはするけれども、自分の持っている仕事の内容や量について、のぞみや後輩の若菜ちゃんに話すことは一切ない。

「ええと、私に回ってくる小林さんの仕事が減ってきた分の穴埋めとして、私が担当になったんですよね？」

「そうだけど、私の仕事はもっと減ってるの」

えーじゃあ私の担当のをちょっと取ってってくださいよ、と若菜ちゃんは口を出すが、毬絵さんは無視する。若菜ちゃんは、ほとんどめげていない様子で、サンドイッチの袋を破く。

「私、伊東田さんのほうの仕事も覚えるために、資料読んだりしていろいろ準備してたんですけど、それはもう必要ないってことですか？」

「必要ないわけじゃないのよ。その知識は、いったんお休みにしてもらえるかな」

有無を言わさない様子で毬絵さんは言って、湯呑みを口にし、これ以上は話さないということを態度で示した。その後のぞみは、なんだか妙な気分で昼食を終えて、自分の席に戻って少し昼寝をしようとしたが、どうもそわそわして眠れなかった。増えるはずの仕事がなくなったのは歓迎すべきことかもしれないが、それを毬絵さんの指示一つで受け入れていいのだろうか……、ということが、少し引っ掛かっていた。のぞみを伊東田さんの担当に回したのは毬絵さん自身であったことも、腑《ふ》に落ちなかった。

　やがてまた午後の仕事が始まり、昨日は飲みながらラグビーの試合の録画を見ていたので二日酔いだという小林さんの注文を聞きながら仕様書を書いてメーカーに送ったり、それの在庫はないのだが代替可能なものはある、などと言われたり、そのことを得意先に提案して大幅に値切られそうになったりしながら、のぞみはいったん伊東田さんのことは忘れた。

　実際、午後四時ぐらいに、あ、忘れたな、どうでもいいな、と自己確認し、それ以上自分が食い下がる様子も見せなかったので、そのまま流してしまうことにしたのだが、帰り道で若菜ちゃんが珍しく寄ってきたかと思うと、その話を蒸し返したのだった。

「毬絵さん、歓迎会でずっとあの人の隣にいはったし、突然気に入ったんやないっすかね」

「へー」

　へー、としか言いようがなかった。それで上を動かして仕事の配置を変えちゃうのか。すごいな。思ったことはやり通す人だな。

「へーやないですよ。腹立たへんのですか？」

「仕事が増えへんねやったらそれでいいし」

　のぞみがそう言うと、若菜ちゃんは、もー、加藤さーん、と背中をばしんと叩いてくる。

こういうところが苦手だ。ずっとこうならいいんだけれども、若菜ちゃんは自分の気が向いた時にだけこうやってなれなれしく振舞う。苦手だ。

「あのね、なんかこれやったら、加藤さんができん子みたいやないですか」

「というと?」

「だって毬絵さん、部長に、加藤さんは最近乾燥のせいか、悩みが増えたみたいでいっぱいいっぱいやから、自分が伊東田さんを受け持つって言ってたんですよ」

　のぞみの右肩のあたりが、引きつるように動いた。我慢しろ、と思う。ここで毬絵さんに対して反感を持ったって、何も得はしない。

「別に悩みは増えてないんやけど」

「ですよねー。勝手にそういうことをねえ、言うのはどうかなあと思って」

「でも、知りたくはなかったよ」

　のぞみは、少し意を決して、そう若菜ちゃんに抗議してみる。べつに彼女が悪いということはないのはわかる。けれども、そうやって、毬絵さんの行動とのぞみの反応を照らし合わせて楽しんでいるような感じは不愉快だ。

「あー、すみません。知りたいかと思って」

　若菜ちゃんは、ばつが悪そうにうつむく。そんなふうにされると、のぞみはすぐに、知りたくなかったなんて言わなくても良かったかな、と思う。

　そのまま、のぞみと若菜ちゃんは商店街に入り、駅の方向へと歩いてゆく。話すことがなくて、若菜ちゃんにつかまってしまったしくじりを自責する。小学生の時から、帰り道に同級生がいたら、わざとゆっくり歩くか、道を変えるか、知らんふりをして追い越す方だった。今ものぞみは、会社の人に対してそういう態度を取っている。学校や会社を出た瞬間からは、すべて自分の時間だと強く認識しているので、少しの注意も取られたくないのだ。

若菜ちゃんはよくしゃべるくせに、こういう時にぱっと何かどうでもいいことを話すような気が利かず、仕方なくのぞみは、奈良っていい店が多いよね、となんとなく言ってみる。若菜ちゃんは、浮かない顔をあげて、あたし、大阪住みなんで寄り道とかしないんですよ、と言う。

「そっか。大阪から来た女の人がやってる、お茶とごはんのお店によく行くんやけど、いいよ」

「はあ」

「また機会があったら、一緒に行こう」

特にその気はないのだけれども、そう言いながら、のぞみは商店街の出口が見えてきたことにほっとする。今日はまだ余力があるので、ハタナカには寄らず、まっすぐ帰る予定である。

あともう少しだ、と駅に向かいながら、一向に自分からは話題をふろうとしない若菜ちゃんに、ここ数年の寒さについて話して、別々のホームに降り、のぞみはやっと解放された。

若菜ちゃんの方こそそういう気分かもしれないけれども、そもそも帰り道で寄ってきたのはあっちの方だし、とのぞみは思う。

電車が来るまでには間があるので、音楽でも聴こうとバッグの中のプレイヤーを探すと、ふと自分の手の甲が目に留まって、のぞみは首を傾げる。左手の人差し指と中指の付け根が割れて、かすかに血が滲《にじ》んでいる。今まで気が付かなかったのに、その様子を目にした瞬間に、猛烈にそこがかゆいような気になってくる。

長袖を着出した頃から手袋して寝てるし、いろいろ気をつけてたのに。

報われない、という気持ちがこみ上げてきて、のぞみは下唇の内側を嚙《か》む。毬絵さんのことも、手のことも、明らかに、そこまで思うようなことではないのだけれども、それでもなぜか、言葉にするとそんな感じになってしまう。

お店行けば良かったなあ、と思う。無性に、お茶を飲んでぼうっとしながら、自分が置いてきたウミウシの写真集を眺めたくなった。

❖

次の日は、なんとなく毬絵さんの顔を見られなかった。若菜ちゃんが言ってきたことに影響を受けたと認めたくはなかったのだが、やっぱり、どんな内容であれ、根回しのような行為を知ってしまうことはばつが悪かった。それが自分にまつわることであると余計に。

だからといってミスはしなかったけれども、一日中そわそわして過ごした。なんとなく、ずっとやり残したことがあるような気がしていたのだが、何度確認しても、自分はちゃんと仕事をしていた。

十六時に帰社した小林さんは、今日はしゃべりたい気分なのか、駅でときどき一緒になる同年代の人の話をしてきた。化粧品の容器を作っている会社の人で、名前は知らないのだが、いつも水筒に入ったコーヒーをうまそうに飲んでいて、ああいうのはどうやってやってるんだろうか、と言う。

「家でそら自分で作るけど、わしのはどうもあかんわ」

「会社にもインスタントコーヒーしかないですからねえ。ドリッパーとか一式通販して、淹れましょうか？　そんなに高いもんやないですし」

のぞみがそう言うと、小林さんは、盛大に片手を振って、いいよいいよそんなん、と顔をしかめる。仕事にはわりと細かくて、特に甘いところはない人だが、こういうところはべったとしてなくていい人だと思う。できればずっと小林さんと仕事をしていたいが、小林さんも若くはないので、会社をやめる日が来るのをのぞみはひそかに心配している。

「ドリッパー、買っていいんですか？」

唐突に、少し離れたところから話しかけられたので、びっくりしてそちらを見ると、給湯室から伊東田さんがベトナムの国旗のマグカップを持って出てくるところだった。伊東田さんと話すのは、文房具とかが足りなくなったらこの人に相談して、と備品購入担当者として部長から紹介されて以来だった。

「コーヒーメーカーは駄目と思いますけど、ドリッパーぐらいならいいと思います」

「え、じゃあ、ブルックスは？」

抹茶ラテは？ と伊東田さんは付け加える。のぞみが首を捻《ひね》って、抹茶ラテは自腹やないでしょうか、飲みたい人をかなり選ぶし、と答えると、伊東田さんは、そうですかー、CMで見て飲みたかったんやけどなー、と言いながら席に戻る。のぞみも、抹茶ラテがあれば自分も飲みたいけれども、まとめ買いをしなければいけないし、だいいちいつも頼んでいないところに注文しなければいけないし、上の人間に見つかって咎《とが》められたら面倒だと思う。しかし、ドリッパーなら普段の業者も取り扱っているし、三百円もかからないので、見逃されるレベルだということはなんとなくわかる。ただ、コーヒーの粉は自分で買ってもらわないといけないだろうと告げるのを忘れたな、とのぞみは思い返したものの、今言わなくてもいいか、と引っ込めた。

その後は、その日の営業事務担当としての仕事を終えた後、備品をしまってあるロッカーをチェックして、足りないものを割り出し、業者にファックスをしながら定時を迎えた。いちばん安いドリッパーとペーパーフィルターも、一応購入した。

伊東田さんは、のぞみの立場からはまだ、できる人かできない人かはわからないのだが、のぞみが使用している電話帳のように分厚い何冊かの事務機器の総合カタログにとにかく興味があるらしく、パソコンで激しく仕事をしたかと思うと、数分だけ息抜きのようにちょびちょびカタログを見に行く、ということを繰り返していた。のぞみも、事務機器のカタログを眺めるのは好きだったので、話がまったく合わないわけではないのかな、と思った。

結局、会社を出るまで、自分のやり残したことはわからずじまいだったのだが、商店街に差し掛かって思い出した。やり残したことというか、ハタナカに『ポースケ』のことを訊きに行きたいな、と昨日家で考えていたのだった。

どうしてそんなことを思ったのか、自分でもプロセスがよくわからないのだが、おそらく、新しく伊東田さんの面倒を見る、と一ヶ月ぐらいの間覚悟していたことが、毬絵さんによって突然掠《かす》め取られて拍子抜けしたので、その空白の補塡として、ハタナカの店主に話しかけるという試練を自分に課そうと考えたのではないか、とのぞみは自分の記憶を辿る。その程度の衝動的なことなら、振り払っても特に後悔はしないという確信はあったが、後でもやもやするのもいやなので、のぞみはとにかくハタナカに行って、『ポースケ』とは何かについて尋ねることにした。

一階の古書店の店先で、少し本を物色した後、二階のハタナカに上がる。定時からすぐ後の、お茶には遅いし夕食には少し早い、という時刻のせいか、席はまだ半分ほどしか埋まっていなかった。いらっしゃいませーえー、とレジから顔を上げて言うのは、愛想のいいパートのおばさんで、店主の畑中さんは、厨房にいるようだった。のぞみは、今日お茶を飲んだりごはんを食べたりしたら、週末の分の予算を圧迫するな、と咄嗟《とっさ》に思い、甘いクリームシチューの匂いが漂ってくるホールから目を逸らす。

「お好きなお席へどうぞぉ」

「いや、あの」のぞみは、レジの横に相変わらず貼ってあるチラシを軽く覗き込んで、指で示す。

「これについてお訊きしたくて」

「ボースケねー」

おばさんが声を上げたとたん、背の大きい畑中さんが、厨房から出てくる気配がした。のぞみの背後でドアが開いて、新しいお客がやってきたようだったので、のぞみはレジのカウンターに身を寄せて、お客を中に入れる。おばさんとおばあさんの間ぐらいの年齢の婦人が、パートのおばさんに促されるでもなく、勝手知ったる様子でホールへと入っていく。おばさんはそのまま、婦人のところに水を置きに行き、のぞみは、代わりに出てきた畑中さんに向かって貼り紙を指差す。

「ボースケですか?」

「はい」

「まあ、文化祭みたいなもんですね」畑中さんは、自分も貼り紙を眺めながら説明する。のぞみにはなんとなく、このへんな貼り紙を描いたのは彼女自身じゃないな、という予想がついた。「ノルウェーの復活祭のことをこう言うらしいんですけど、わたしはノルウェーには行ったことがないし、信仰には関係なく参加できます」

畑中さんの言葉に、のぞみは一拍遅れて、ふ、と笑う。畑中さんは、両側の口角を上げて、話の息継ぎをするかのようにうなずく。

「この日は店を開放して、お客様やうちのスタッフに、フリマ的なものとか、隠し芸みたいな出し物をしてもらうつもりなんですけど、まだぜんぜん問い合わせがなくてですね、お客様がお一人目ですよ」

そんなふうに言われると、のぞみは少しプレッシャーを感じる。出し物どころか、その日にこの店に来るか来ないかもわからないのに。

「このままったく興味を持たれないようでしたら、これ、こっそり剝がそうと思います……。どうです、何かやろかなって思われます？」

のぞみは、ええーと、と首を傾げる。畑中さんは、皆まで言うな、という感じで首と手を振り、まあ、無事開催されることを祈っててください、と言って、厨房の側に引っ込んでいった。のぞみは、教えていただいてどうもありがとうございました、とドアを押しながら振り返る。畑中さんが厨房の中から手を振り、パートのおばさんが、またいらしてくださーいー、と言うのが聞こえる。

階段を下りながら、のぞみは、あのおばさんは何かやるんかなあ、と考え、あの人はあの出しっ放しの愛想の良さこそがすべてで、隠し芸などなくても常に楽しそうなので、それもどうか、と反駁する。

愛想はよくしているつもりだが、本当のところはどう思われているかはよくわからないのぞみ自身にも、特に挑戦したいことや売りたいものはなかった。ただ、このまま人が集まらなければこっそりチラシを剝がす、というのももったいない気がする。

のぞみは、商店街の産業会館の前を通り過ぎながら、『ピアノのフリーレッスン：大人の方もどうぞ！　三回まで無料』というポスターを目に留め、ピアノでも習ってみようかな、と思う。でもそのためには、ピアノだとかオルガンだとかエレクトーンを買わなければいけないだろうし、そういう余裕もない、と思う。今日の食事代をけちるぐらいであるし。かといって、売るものはどうか、と考えても、今のところは特に思いつかない。

とりあえず、当日行くだけは行ってみるか、でも、物を売ったり出し物をする側がいないとイベントとしても成立しないし、わたしが一人目やって言ってたし……。

『ポースケ』のことばかり考えながら商店街を歩くうちに、のぞみはいつの間にか、会社の周りのいろいろなことを、心の隅に追いやりつつあった。とりあえず、今日の晩ごはんは、ちょっといいレトルトのシチューにしようと思った。それに、まとめて湯がいて冷凍しているほうれん草を入れる。ベーコンもコーンも冷凍室に残っているはずだ。微《かす》かだけれども、心が躍った。

❖

届いた安いドリッパーで淹れたコーヒーを、外回りに出る前の小林さんにも分けてやると、おお、うま、と小林さんは低い声で感想を述べた。

「なんなん、そのプラスチックみたいなん、スーパーにも売ってる？　紙は見たことあんねんけど」

「普通のスーパーだと、もしかしたらないかもしれないです。食器売り場があるような、ちょっと大きいとこやったらあるでしょう」

小林さんがいつ離婚して一人暮らしになったのか、のぞみは詳しくは知らなかったが、たぶん十年はいってるはずだ。それでもドリッパーの存在すら知らないことにのぞみは驚いた。ただ、古い人というのはそういうものかもしれない。のぞみの母親も、何回言っても紅茶のティーバッグを二十秒ぐらいで引き揚げてしまう。それでは、どれだけおいしい葉っぱでも、ただ水に色を付けるだけのものになるのに。

「さよか」

「わたしが代わりに買ってきてもいいですよ」

「ええわ」

小林さんには、あまりおいそれと親切を受け取らない頑なところがあることを知っているのぞみは、そうですか、とそれ以上は深追いせずに仕事に戻った。代わりに、隣のデスクの島でばちばちとキーボードを打っていた伊東田さんが、五秒ぐらい口を開けて、コーヒーサーバー代わりにしたのぞみのティーポットを見ていたが、気のせいかもしれないので、のぞみは何も言わなかった。

昼休みは、毬絵さんと若菜ちゃんは、昨日観たテレビ番組の話をしていた。三十代半ばの女優が中欧を旅する、という内容で、のぞみは、その時間帯は録画した映画を消化していたので観られなかった。

「ハンガリーにはあんまり興味ないけど、あの水だけは欲しいわ」

「八十代のおばあさんが二十代の王子をつかまえるとか、すごいっすよね」

番組を観ていなかったのぞみだが、二人が何について言っているのかはなんとなくわかった。ハンガリアンウォーターのことを話しているのだ。主にローズマリーから抽出した化粧水で、それを作らせて使用していた十四世紀の王妃エルジェベットは、八十代で隣国の王子に求婚されたのだという。

「さっそく通販で探したんすけど、手ごろなのがちょっとなくて。あたしは今使ってるので充分っていうのもあるし」

若菜ちゃんは、毬絵さんほどは興味がない様子だった。どちらかというと、その女優が今どの俳優と付き合っているのかについて話したいようで、端々に、そういえばあの人、と口を挟んでいたのだが、毬絵さんはハンガリーの話をしたがっていた。

二人の会話に参加していないのぞみは、今日の晩ごはんは何にするか、ハタナカには明日行くかあさって行くか、ということについてぼんやりと考えていた。週も後半になると、だんだん話への反応が鈍くなっていくのを感じる。なので、若菜ちゃんのようなよくしゃべる子がいるのは、表面上の親しみを取り繕うにはありがたいのだが、彼女はまだ、話を回す役割というものをあまり理解していないらしく、毬絵さんの話が終わるのを待てなかったり、うまく膨らませたりができずにいる。

まあ、する義務もないわけなのだけれども。

のぞみは単純に、スロベニアのリュブリャナにも行ったというその女優を羨《うらや》ましいと思う。リュブリャナのことはよく知らないが、その語感だけでも、気分がものすごく変わりそうだ。

「のぞみちゃんはさ、細かいことするの向いてるでしょ？」

若菜ちゃんの、あの人はなんか、仕事選んでる感じの年上が好きっすよね、そういうのと付き合ったら自分もえらくなった気がするんかなあ、という言葉を遮《さえぎ》って、毬絵さんはのぞみに声を掛けてくる。のぞみは、はあ、とうなずく。

「それに気が長いし」

「とろいだけですよ」

特徴として口にするほどとろくもないことはわかっているのだが、一応そう自嘲《じちょう》する。

「あれ、作ってみたら？　のぞみちゃんの肌にもいいかも」

あれとは？　と訊き返しそうになって、反射的に口をつぐむ。文脈から言って、明らかにハンガリアンウォーターのことだ。

「どうでしょうかね。とりあえず、自分に合うのは見つけたんで」

今のところは、医者に教えてもらった、精製水にグリセリンと尿素を溶かしただけの化粧水を作って使っている。ときどき水を、芳香蒸溜水にしたりしてみるが、高価だし、なんとなく無駄に肌が緊張するような気がして、結局いつも作っている簡単なものをばしゃばしゃ気兼ねなく使うほうに戻る。このことは、幾多の化粧品をのぞみに勧めてきた毬絵さんには言っていない、のぞみなりの安住の地である。言ったら言ったで、批判を受けそうなので打ち明けないだけなのだが。

「のぞみちゃん、慎重なのはいいけど、新しいことも試してみないと駄目だよ」

毬絵さんの言葉に、だんだん胃が痛くなってくるが、のぞみは平静を装って、コンビニで買ってきたなめこのお味噌汁を啜《すす》る。ほどよく熱が引いたお味噌汁自体はおいしい。焦点を合わせて毬絵さんの顔を見たくないので、永遠にお味噌汁があればいいのに、と思うけれども、残念ながら、お味噌汁はみるみるうちに残り少なくなっていく。

「のぞみちゃんはいい子だし、できる子だけど、停滞している感じだけがよくないのよね」

だけが、というのはうそだと思う。毬絵さんに、そんなにボコボコに文句を言われたりしたことはないけれども、恋人がいない、とか、人生の目標設定が低い、とか、休みの日が暇そう、とか、ときどき考え事に耽《ふけ》って人の話を聞いていない、だとか、別のところについても指摘されたことは何度かある。

「だから、新しいことも試してみたら？」

「いえ、これはちょっとやめときます。たぶんチンキにして使うんだろうけど、抽出には時間も掛かりますし」

チンキ、という言葉に毬絵さんと若菜ちゃんは首を傾げる。のぞみは、しまった、と、してやったり、を同時に感じながら、なめこを口の中に流し込んでもぐもぐし、塩飯のおにぎりの最後の一口を放り込んだ。なんだかとてもおいしく感じた。

席に戻ると、あまり見なくなっていたいろいろな化粧水の作り方のサイトを開いて、ハンガリアンウォーターの項目を参照した。のぞみがいつもやっているような、精製水に原料を入れて振るだけ、みたいな簡単なやりかたではなく、エタノールやウォッカに、ローズマリーやライム、その他いろいろなドライハーブを一ヶ月ほど漬け込んで、エキスを抽出するようだ。チンキを作るのは一度やってみたことがあるのだが、そのハーブのチンキを欲しい、という気持ちが一ヶ月も続かず、出来上がった頃には興味をなくしていて処分した、という結果になって、それからはまったくやっていなかった。

一通り作り方を確認すると、毬絵さんの視線を感じたので、のぞみは涼しい顔でブラウザを閉じ、仕事に戻った。しかし、何かずっとそわそわしていて、いつも以上に定時が待ち遠しかった。木曜日で、単に集中力がもう限界だっただけなのかもしれなかったけれども。小林さんが帰ってきた時に淹れてあげたコーヒーも、うっかり粉の量を多く計り間違えてしまったので、多めに淹れて、別に何を言われたわけでもないが、伊東田さんに分けてやった。伊東田さんは、もらえるものなら何でもうれしい、という様子で喜んでいた。

その日は、退社後に特急に乗って難波に出た。明日の金曜かあさっての土曜まで待てないのか、と自分でも思ったけれども、どうしてもローズマリーの現品が見たかったので、化粧品の原料を売っているチェーンにまっすぐ行った。

店で買うと高いので、ハーブ類は通販するつもりだったが、のぞみはローズマリーを一袋買い、近くの輸入食品店で安売りになっていたちりめん山椒《ざんしょう》を購入して、家に帰った。自宅に着くのはたぶん九時を回るだろうし、そこからごはんを炊かないといけないのはどう考えても辛いはずなのに、のぞみは元気だった。やけくそなだけだろという感じもしたが、それでも何か、いきいきとしたものが自分の中に芽生えるのは悪くない感触だった。

❖

「あのこと、考えてくれた?」

「なんでしょう?」

「昨日言った、ハンガリーのお水……」

毬絵さんは諦めきれないようだ。

「どうでしょうね、わたし、ローズマリーのものをつけるとピリピリするんで……」

のぞみはとりあえずでまかせを言う。

たとえば毬絵さんが、「作ってくれる?」と打診してくれて、原材料費の三分の一でも寄越してくれるのであれば、のぞみは協力するつもりだった。でももう、作るようにうまく誘導されて、話をするうちに当たり前のように譲渡させられるのは、やめにしようと思った。もしかしたら、そんな手作りのものだけで歓心を買えるのなら安いものかもしれない。けれどものぞみは、毬絵さんがそれだけでは満足しないのだということが、だんだんわかり始めていた。

若菜ちゃんは、食堂を見回して、他に社員がいないことを確認すると、伊東田さんがどうも、仕事に優先順位をつけるのが下手で、急いで欲しいこととそうでないことを一緒くたに言ってくるのだ、ということについて愚痴を言い始めた。結局、毬絵さんはさっそく若菜ちゃんに伊東田さんの仕事を任せてしまったようだ。のぞみは、一回取り上げたからって、別にわたしに言ってくれてもいいのにね、と思うけれども、口にはしないでおく。

今日は帰りにハタナカに寄るつもりだった。『ポースケ』に協力したいのですが、と打診するのだ。ハンガリアンウォーターを配布するのかどうかについては、自分で少しの間使ってみてから考えようと思う。毬絵さんと若菜ちゃんの空いた湯呑みにお茶を注ぎ足してやりながら、のぞみは貼り紙がまだ剥がされていないことを祈った。

苺の逃避行

ドッジボールをするときは、いつも外野を買って出ることにしている。それぞれの学校で作法が違うのかもしれないけれども、恵奈の小学校では、片方のチームのプレイヤーが六人までだと外野は一人、十人までだと二人、それ以上になると適宜、という、明文化されていないルールのようなものがある。ゲーム開始当初から外野にいるプレイヤーには、来たボールを敵陣のプレイヤーに当てる以外に、コート内のプレイヤーがボールに当たった際、一度だけ交替できる権利があるのだが、恵奈はそもそもコート内に入りたいと思ったことがないので、よほどたくさんのプレイヤーがボールに当たらない限りは、コートの中に入ったりしない。そして、小学生は小学生なりに、運動のできる子できない子、球を投げるのが得意な子不得意な子、球を投げるのが不得意でも球をかわすのがうまい子そうでない子、などをとてもよく把握していて、いつも程よいチーム構成を行ってからゲームに入るので、外野の恵奈のライフが必要になるほど、ぼろぼろに負けたりもしないのだった。

ゲームに対する積極性は非常に少ない恵奈だが、ドッジボールが嫌いなわけではない。外野からゲームを眺めていて、おもしろい、と思うこともよくあるし、自チームのことは常に応援している。恵奈が外野から自陣に投げたボールが、気の利いたプレイヤーに届いて、奇跡的な連係プレーで敵陣の強い選手を当てたりすると、ゲームのおもしろみを感じる。恵奈はボールを投げるのが下手な上に、何より外野から出たくないので、自分で敵陣のプレイヤーにボールを当てにいくよりは、自陣にボールを返して味方が誰かにボールを当てるほうが断然好きだった。

外野は比較的暇なので、人としゃべったりできるところもよかった。一人で外野にいる時は、だいたい考え事に耽る。恵奈にとってはいいこと尽くしの外野だったが、あまり人気のあるポジションではなく、恵奈は、自分ばかりが外野のメリットを理解していていい思いをしているので、ときどき不安になることもあった。

その日は、あんまり話は面白くないけれども、気楽な相手である前川麻友里《まゆり》さんと長いこと外野にいた。前川さんは、担任の屋敷先生が二十五歳であるということと、男性としてどうなのかということについて恵奈と話そうと尽力していたが、恵奈は屋敷先生はまあまあ男前かもしれないということは頭ではわかっていたものの、別に好みではないので、まったく違うことを考えていた。

昨日プランターに施したマルチングの様子を見に行きたいのだ。

飼育栽培委員の恵奈は、校庭の隅でイチゴを栽培している。イチゴは、恵奈の学校では育てる品種には入っていないため、恵奈は周囲に隠れて育てている。イチゴは難しいので、小学生には無理だという学校側の判断だった。確かに、小学一年の頃、お母さんの友達のナガセさんにイチゴの苗をもらったけれども枯らしてしまった記憶があるのだが、しかし、今の自分にならできるのではないかという気がしていた。

そういうわけで恵奈は、物置の裏手の妙に日当たりのいい暖かい場所を探し出して、そこに不用品と見做《みな》されていた割れたプランターを置き、イチゴの種を蒔いた。五年になってすぐのことだった。本当は、家のベランダでジャガイモの袋栽培をする予定だったが、四年生だった去年の誕生日、お母さんに「ベランダでジャガイモを育てるか、ゲーム機を買うか、どちらかにしなさい」と言われたので、恵奈はついゲーム機を選んでしまった。ジャガイモ栽培キットとゲーム機では、後者のほうが格段に高価だし、三年生の時に、前より部屋数の多いアパートに引っ越してベランダが狭くなって以来、お母さんはベランダでのいろいろな栽培に抵抗がある様子なので、間違った選択ではないのだけれども、何かしら、自分は志を果たす機会を自らふいにしたな、という後悔があった。

そこへきて、五年生でも飼育栽培委員になる僥倖《ぎょうこう》に恵まれたのだった。恵奈の小学校では、四年生からは何らかのクラブ活動と委員会活動に従事することを義務づけられているのだが、委員会活動に関しては、一年ごとに変わらなければいけないというルールがあった。しかし恵奈は、担任の屋敷先生の手違いで、二年連続飼育栽培委員を務めることになった。恵奈自身は、委員会活動の一年ルールを知ってはいたのだが、四月の所属委員会決定の話し合いの際に、あえて飼育栽培委員を希望した。だめなのはわかっているが、とにかく熱意を認めて欲しい、と思ったのだった。屋敷先生は、それを文字通りに受け取り、恵奈はあまり人気のない活動である飼育栽培委員会の一員として、二年連続配属された。

このことは少し問題になり、飼育栽培委員の世話役である川崎先生も、最初は恵奈を委員であるとは認めず、最初の集会の際に廊下に排除してしまったりしたのだが、今度はこの川崎先生の行動がひどいという話が持ち上がって、恵奈はその埋め合わせという形で、今年度も飼育栽培委員として活動することになった。

クラブ活動とは違って、委員会活動にいいも悪いもないのだが、飼育栽培委員は、ウサギ小屋の管理というやや心躍る義務の他に、プチトマトやヘチマの栽培という地味な仕事も兼ねており、総体として、あまり人気のある役目とはいえなかった。だから、恵奈の二年連続問題も、そんなに大きくはならなかったのだが、川崎先生には注意が必要だ、と恵奈は考えていた。

小学生たちに好かれているわけでも、嫌われているわけでもない、背が高くて暗い顔付きの川崎先生には、そのこと自体を論じさせないような威圧感があり、先生というよりは憲兵のような雰囲気があった。といっても恵奈は憲兵を見たことがなく、児童向けのヨーロッパの小説でしか読んだことがないのだが、憲兵って絶対こんな感じだろうと思っていた。

委員会活動中は、一度指示した後は無言でそこらじゅうをうろつき、児童のやっていることを見張るわりに、質問は受け付けないという態度を張り付かせていて、会議中は非常に厳しく、意見を求めてもなかなか出せない子供たちに痺《しび》れを切らして、「ムノウ」という言葉を投げかけてきたこともあった。当時恵奈と同い年だった四年生たちは顔を見合わせていたが、恵奈は知っている。「ムノウ」は「無能」と書く。

だからこそ、隠れて育てているイチゴのプランターは見つかってはいけないと思う。さすがに殴られたりはしないかもしれないけれども、何を言われるかわからない。どんなふうに見下ろされて、心を切り刻まれるか。

そういうことはしない屋敷先生は、基本とっつきやすいしいい人やと思うよ、と前川さんに言おうと思ったのだが、根拠にちょっと穏やかでないものがあるので、口にするのはよしておいた。

実際恵奈は、プランターを校庭のいろんなところに移動させて、川崎先生に目を付けられるのを防いでいた。登校してから下校するまでは、穴場的に日当たりのいい物置の裏に置き、下校時には、さりげなく花の鉢植えの中に紛れ込ませたり、裏庭の隅に移動させたり、低学年が中にもぐって遊ぶ、お椀を伏せたような形の遊具の中に置いたりもした。次の日の朝は、小さい子らがぐちゃぐちゃにしてしまっていないかどきどきしながら取り出したものだった。

プランターの場所を移動させるアイデアは、お母さんが家に遊びに来たそよ乃さんとの雑談の中で言っていた、「アメリカとメキシコの国境の麻薬捜査官は、毎日違う場所で眠っている」という話から発案した。どうも、海外のドラマの話をしていたらしい。

ボールが飛んできたので、恵奈はバウンドして威力が弱まるのを待って拾い、両手で思い切り自陣に投げ返す。恵奈が仕事を果たすのを待って、前川さんは「屋敷先生と中根先生は付き合ってると思う？」などと言ってくる。中根先生は、恵奈のクラスに家庭科を教えにきてくれる若い女の先生だが、たまに屋敷先生と話しているところを、子供たちに目撃されている。

「いやーどうかな。屋敷先生かって学校の生活が全部やないし」

「えー？　三年の子が中根先生に、屋敷先生と付き合ってんのって訊いたら、ノーコメントって言ってたよって」

ううむ、と前川さんの言葉に恵奈は思う。結果が出るまではそっとしておくのがええんやないの、と言うと、前川さんは、そんなんつまらんー、と駄々をこねる。めんどくさ、と恵奈は思う。前川さんは悪い子じゃないけど、どうにかしてもう少しでいいから話をおもしろくしてくれないだろうか。図書室に誘っても来ないし、テレビはアイドルのバラエティか夜九時のドラマばっかり観てるし。お笑いの番組を観ても、ネタじゃなくて芸人の顔ばっかり誉めるし。どんくさいドッジボールの外野仲間として、切に思う。

その後すぐに、恵奈と同じチームのすばしこいハンドボール部員の丸山かれんさんが、相手チームの最後の一人にボールを当てて片付けてしまったので、恵奈は、一緒に教室に帰ろうとする前川さんに、ウサギに水をあげてくる、とことわりを入れ、走って校庭の隅の菜園に向かった。

トレーに水を張って、ウサギに水をやるのもそこそこに、物置の裏へと確認に行った白い横長のプランターは、はたして昨日と同じ場所にあった。やはり、光がさんさんと当たっている。物置の影に存在感がある分、それとは対照的に貴重な光がより差し込んでいるように見える。恵奈はほっとして、マルチング材として使った木のチップを、さらに土の表皮が見えないように細かく並べ替えた。マルチングとは、雑草が育つのを阻害したり、土が乾くのを防いだりするために、作物の周囲にフィルムのようなものや麦わらやチップを敷き詰めることを指す。

緑の茎と葉は、一見順調に育っているように見えるけれども、果たしてイチゴの実は成るのだろうか？

そのことを考えると恵奈は緊張する。四年までにヘチマ、プチトマト、ヒョウタン、ミニナスなどの栽培に成功した恵奈からしたら、一般に難しいと言われているイチゴを育てることは、一つの挑戦だった。しかも、川崎先生から逃れながらである。イチゴのプランターを眺めるたびに、恵奈は自分が濡れ衣を着せられた逃亡者のような気分がしてくる。誰にも言わないので分かち合う相手はいないことが、心苦しいばかりだ。

少し離れたところから話し声が聞こえてきたので、恵奈はプランターに背を向けて守るように立ち、周囲をうかがう。

「おまえはさ、おれのやってることになんか口出しする権利があると思ってんの？」

恵奈は、胃が痛くなってくるのを感じながら、じりじりとプランターの方へと後退し、周囲を見回す。川崎先生が、菜園の隅に立っている樫《かし》の木にもたれながら、スマートフォンを耳に当てて話している。

「平等な立場なわけないやん。金はどっちが多く出してる？　わかりきったことやろ。結婚なんかさ、してもしなくても俺は良かった。現状でもどういうことになっても、おまえがみじめなことに変わりはないやろ。じゃあええやん。わかってたらこんな電話さっさと切れよ。切るよ。ほら切った」

川崎先生はそう言って、スマートフォンを耳から放し、つかつかと菜園を出て、校庭を横切り、校舎へと歩いていく。恵奈は、一部の特権的な高学年の男子しかいなくなってしまった校庭を呆然と見回し、やがて弾かれたようにプランターを抱えて、より巧妙な位置を探して移動させる。

チャイムが鳴り始めたため、校舎に向かって全力疾走しながら、恵奈はイチゴを育て始めてしまったことを初めて後悔した。死ぬほど暑かった夏休みに、毎日通って水やりをすることだって、寒さで耳が痛くて、マフラーを頭に巻いてミイラみたいな状態で経過を観察に行った冬休みだって、それほど苦痛ではなかったのに。

あの人に見つかったら、表向きは叱られるということになるのだろうけれども、そこにどれだけの毒を含まれるかわからないだろう、ということが、恵奈には本能的にわかった。きっと、たぶん、バカとかアホとか死ねとかいうようなわかりやすい物言いではなく、自分たちが他の大人に嫌悪感を説明できる範囲からは外れた、平易な言葉を細かく連ねて呪いを吐くだろう。

チャイムの最後の音節が鳴り響く中、恵奈は階段を一段飛ばしで上り、スニーカーの裏についた菜園の土で片足を滑らせながらも持ちこたえ、教室に飛び込んだ。

屋敷先生は、すでに黒板に何か書き始めていて、遅いぞーかじー、珍しいけど気をつけろよー、とのんきに言った。恵奈は、ウサギに水やってました、すみません、とにたりと口角を上げて席に戻る。隣の席の中浜が、前を向いたまま、遅れんな調子のんなブス、と悪態をつく。恵奈は、黙れ無関係なクズ、と呟き、机の中から国語の教科書とノートを出した。

❖

連休の二回に一回ぐらいは、福岡から恵奈とお母さんを訪ねてくるおばあちゃんは、お母さんが何回新幹線か飛行機でおいでと言っても、夜行バスで大阪にやってくる。お金がもったいない、と言う。お母さんが、なら行き帰り半額持つわよ、と申し出ても、そんなんはいらんけんあんたらで使い、と答える。

おばあちゃんは、こっちに来るといつも人が多いと文句をつけるのだけれども、そのわりに、案内するのに人の多いところをリクエストする。恵奈が、仏像を見に行こうよ、と言っても、鹿はもういいけん大阪、とおばあちゃんは言う。そして、大して安いもんも珍しいもんもなかね、と言いながら、安くて珍しいものを大量に買い込んで、大荷物を持って帰ってゆく。お母さんが、送料はこっち持ちで送るから、とどれだけ言っても、お金がもったいない、と拒む。

お母さんは、おばあちゃんの福岡の家がモノだらけになっていないか不安だと、いつもおばあちゃんが帰った後に恵奈に言う。おばあちゃんに訊いてみたらええやん、と恵奈が言うと、片付いてるって言うに決まってるじゃない、とお母さんは言う。奈良と大阪の県境で育った恵奈は、完全な関西弁を使いこなすけれども、大学で関西に出てきたお母さんは、標準語と九州弁と関西弁が混じっていて、恵奈の前や職場では、だいたい標準語っぽいもので話している。

その日曜は、心斎橋に行った。三人で近鉄電車に乗って、特急で二十分で大阪に出る。恵奈からしたら、二十分電車に乗るのはすごく長いし、大阪は遠い場所のように感じるのだが、お母さんとおばあちゃんは、しきりに近い近いと言う。地下鉄に乗って本町の問屋街に行き、東急ハンズへ行き、ユニクロへ行き、ＧＵへ行き、タイガーコペンハーゲンに行った後には、三人はへとへとになっていた。お母さんは、戎橋《えびすばし》のたもとのＨ＆Ｍの前を通りながら、どうも入りたそうにしていたけれども、恵奈とおばあちゃんが、もういい、衣料は充分だ、と主張したので、そのまま通り過ぎて、戎橋を渡った。恵奈は、ＧＵで薄い緑にオレンジのチェックの入ったシャツワンピースと黒のカーディガン、タイガーコペンハーゲンで、おしゃれなクリアファイルや、魚介類のシールや、リスの写真が印刷されたトランクなどを買ってもらって、すでに満足していたので、もうモノを見たいという欲求は失せていた。

だいたいお母さんは、Ｈ＆Ｍの壁にばーんと貼ってあるような、派手な外人の女の人みたいながらでもないし。とはいえ実は、去年の授業参観で、しゃべったこともない地味な隣のクラスの男子と組んで理科の実験をやることになった時に、そいつが「梶谷のおかん美人やな」とぼそっと言ったことがあったのだが。恵奈は、その言葉をどう受け取ったらいいのかわからず、でもバツイチやで、と答えた。恵奈自身は、あんまりお母さんに似ていないので、誉められたとも思えず、だからこそそいつは、純粋に恵奈のお母さんを美人だと思ったのだろうということがわかった。

人でぐちゃぐちゃの戎橋商店街を、三人ははぐれないようにお互いの荷物の取っ手などを持ちながら歩いた。少し早めの晩ごはんの店について、おばあちゃんは、蓬莱《ほうらい》かマクドナルドにしよう、と、もう目に付いたところに入るという感じで提案したけれども、お母さんは、もっとゆっくりできるところがあるから、と商店街の端まで恵奈とおばあちゃんを引っ張っていった。恵奈は、布地のとらやに、特に何を作るためでもないけれども、いろんな色柄の布がぴっちり並んでいるという様を見に行きたかったのだが、お母さんは、ごはんを食べてからにしなさい、と言った。

三人は、そのまま広い広い横断歩道を渡って髙島屋のある建物に入り、服屋ばかりのなんばCITYを更にまっすぐ進んで、突然左に折れた。お母さんが恵奈とおばあちゃんを連れて行ったのは、パンが食べ放題のレストランだった。おばあちゃんは、まだ蓬莱の豚饅に未練があるみたいだったが、セットのメニューを見ているうちに、機嫌が良くなった。

恵奈はハンバーグを頼み、お母さんは恵奈に、他に何を食べたいかメニューを見せ、恵奈がチキンのグリルを指差すと、それを頼んだ。おばあちゃんは、ビーフストロガノフを頼んでいた。恵奈とおばあちゃんは、注文が済むなり立ち上がって、パンのコーナーに急いだ。恵奈は特におなかが空いていたので、ふかふかの四角いピタや小さいクロワッサン、緑色のよもぎパンやオニオンロールを、もうそこにあるだけ、といった具合で取っていたのだが、おばあちゃんは途中で、えな、ここにあるのは出てからちょっと時間のたっとうやつやけん、焼きたてを待ったほうがいいかもしれん、と気付いて恵奈を制止した。

結局、おばあちゃんは何も取らずに、恵奈だけがパンをお皿に山盛りのっけて席に戻った。

お母さんが、なんで何も取らないの？　とおばあちゃんに訊くと、おばあちゃんは恵奈に言ったことをそのまま繰り返し、お母さんは、それは大事よね、とうなずいた。なので三人で、恵奈が取ってきた少し冷めたパンを、まずは消化した。パンはまだほのかにあたたかく、空腹の恵奈にはじゅうぶんおいしいものに感じられた。

パンのことでは同意をみたおばあちゃんとお母さんだったが、荷物の量のことではもめていた。お母さんが、おばあちゃんが空いた椅子に置いている、本町で買ってきた衣料の大きな紙袋やビニール袋を見ながら、どうすんのこれ、駅から自転車でしょ、危ないしうちから送るよ、と言うと、おばあちゃんは首を振って、自転車には乗らんよ、帰りは前かごに入れて押して歩く、と答えた。

「ほんとに？　ハンドルの両側に袋を提げて走らないでよ？」

「そんなことせんよ」

「そんなこと言って、前にも注意したのにやってたじゃないのよ。それで事故した人もいるのよ」

「せんて」

「いや、やっぱり改めてこっちから送るからね。箱にぎゅうぎゅうに詰めて、できるだけ小さくして送るから」

「送料がもったいないよ。そんなことしたら通販でもよかっちゅうことになる」

「いや、通販だと、こんなにべつべつのところから買うとばらばらに送料がかかるから、同じってことにはならないね」

「ああもううるさか」

うるさいとは何よ、とお母さんが言い返すと同時に、恵奈のハンバーグと、おばあちゃんのビーフストロガノフが運ばれてくる。恵奈が、早いね、とおばあちゃんに言うと、おばあちゃんは恵奈に、ちょっといる？　とスプーンで自分の器を示す。恵奈は、後でいいよ、と答えて、ハンバーグを切り始める。

たしかに、スーパーで他のおばさんたちがそうしているのとは違って、お母さんは自転車のハンドルに買い物袋をぶらさげんよな、と恵奈は思う。その代わり、後輪にもかごを付けているのだが、それもあまり使っていない様子だった。バランスがうまく取れなくなる、とお母さんは言う。お母さんはリスクを嫌う。歩行者用青信号が点滅なら、その場で止まってしまうし、それらしい不調があったらすぐ風邪薬を飲む。熱い湯船にも、何度も掛け湯をしながら、すごくゆっくり入っていた。恵奈にはたまに、そういうお母さんがすごくおばさんに見える。三十四歳ってそんなものなのだろうか、と思う。二十四歳とか五十四歳は、恵奈にも想像がつきそうな気がするのだが、お母さんの年のことはいまいちよくわからない。

リンリンリン、とベルが鳴る音と、パン焼きたてでーす、という店員さんの声が聞こえてきたので、お母さんは、パン取りに行ってくる、と立ち上がった。少し離れたところから、なずく。

恵奈は、よもぎパンとピタとクロワッサン？　と訊かれたので、恵奈は、そう、そう、とうなずく。

ハンバーグはおいしかった。恵奈は、おばあちゃんがこっちに来る度の大阪での買い物に、それほど執着しているわけではなかったが、レストランでごはんを食べるのは好きだった。お母さんの料理に不満はないけど、ハンバーグはちょっと手間らしく、あんまりやってくれない。お母さんが頼んだ、ごまがたくさんかかったチキンのグリルも、そのうちやってきた。これも家ではなかなか見かけない料理だった。

「えな、なんか困っとうことはない？」

「べつにない」

おばあちゃんは、恵奈と二人きりになると必ずそう質問する。この「困ってること」というのが、以前はよくわからなくて、学校の前川さんの話がつまらない、とか、ウサギがすぐにエサを食べすぎて太ってしまう、などと答えていたのだが、最近は、お金のことを訊いているのだということがわかってきた。恵奈は、うちが金持ちでないのは知っているが、本で読むような、近所の畑から盗まないと今日食べるものがない、とか、悪い大人が家に恵奈を迎えに来た、とかいったことはないので、必ず「ない」と答える。

「ほんなら、もっと欲しいものはなかと？」

「ゲームのソフトやったら……」

「わかった。おばあちゃんがなんとかしちゃあけん、後で題名と会社をメールに書いて送り」

恵奈は、いったんはうなずきながら、でもことわった方がいいのかなあ、と思う。おばあちゃんは、会社の若い人に頼んで、中古のゲームソフトをインターネットで安く買ってもらって、恵奈に送ってきたりする。そのうち、自分でもそのやり方を覚えてしまいそうな勢いで、恵奈は、実は本当は、おばあちゃんは高度にIT化されていて、こんなふうに買い物をしに大阪に出てくる必要とかはないんじゃないか、と思うことがあった。

「りつ子、病院通っとうっちゃろ」

「お母さんは、わりとすぐ病院行くよ」

「そうやね。でもそうやなくて、ふじんかに」

「夫人科？」

恵奈の頭には、一応キュリー夫人のことが浮かぶのだが、それは「婦人科」だろう、という気もする。だってほら、産婦人科とかがあるじゃない。

「台所で薬の袋見た。中身はわからんけど、私は昔やったけん」

おばあちゃんは、そうぶっきらぼうに言って、話を続けようとしたものの、お母さんがやはりお皿にパンを山盛りに盛って戻ってくるのを目に留めて、今までの話をごまかすように、恵奈の鉄板の上に、ビーフストロガノフを少し分けた。

よもぎパンがなかなか出てこなくて、待ってたのよ、とお母さんは、少し帰りが遅かったことについて説明した。パンの山の上にのっていた緑色のパンを手に取ると、ふかふかであったかかった。恵奈は、さっそく自分の皿に置いて、二つに割って片方をそのままかじる。もう片方にはバターを付ける。

お母さんは、自分のチキンのグリルにナイフを置いて押し引きし、ばりっといい音がしたので、おおっ、とうれしそうに言った。恵奈は、その様子を眺めながら「夫人科」のことを考えていた。当のおばあちゃんは、うれしそうにピタを二つに裂いて、やっぱり焼きたてはいいね、と恵奈に同意を求めた。恵奈は、そうそう、とうなずいた。

❈

川崎先生が電話をしながら菜園をうろついていた昼休み以来、恵奈はプランターを見に行く回数を増やした。今は、少し早めに登校して、前日に移動させた場所から物置の裏に持っていった後、二時間目の休み時間と昼休みに見に行き、放課後に再び移動をさせている。本当は、見に行くたびに動かしたかったのだが、それはそれでイチゴに良くない気がして思いとどまった。だいたい現状の、放課後ごとの移動だって、イチゴを苦しめているかもしれない。恵奈は、自分がどうしてそこまでして校内でイチゴを守るのか、だんだんよくわからなくなってきていたのだが、一度学校の備品で育て始めてしまった以上は、学校で育てるのが人の道だと考えていた。

あれから、川崎先生に関して、目立っておかしなことはなかったけれども、常に無言で人を監視しているような様子は変わらず、恵奈は、プランターとはまったく関係のない校舎の中で川崎先生を見かけても、すれ違わないように進路を変えたり、物陰に隠れたりした。

ときどき、インジャン・ジョーという言葉が頭を過《よ》ぎった。小学二年のときに読んだ『トム・ソーヤーの冒険』の敵キャラだが、図書館で借りてきて、先に懐かしがって読んだお母さんは「これ、今になると差別表現なんじゃないのって心配になってきたわ」などと腑抜《ふぬ》けたことを言っていた。恵奈は、洞窟に潜伏していたインジャン・ジョーが、食べるものがなくなってしまいにろうそくまで食べてしまっていた、という記述に、インジャン・ジョー自身の恐ろしさと、飢えの恐ろしさを同時に感じた。

川崎先生避けも骨折りだったが、イチゴのプランターは後継者問題も抱えていた。収穫の時期である四月には、六年に進級した恵奈は確実に飼育栽培委員ではなくなっているため、菜園に出入りしていても不自然ではない誰か――つまり次世代の飼育栽培委員にプランターを託さなければならないのだが、来年度に誰が飼育栽培委員になろうとするのかなんて、恵奈には知る由もなかった。すでに規則を破って二年連続委員を務めている恵奈は、今度こそ別の、清掃委員とか、選挙管理委員とか、理科委員とか、図書委員などに就かねばならないだろう。別の委員をやりながら、次年度の春の収穫まで慎重に待つ、というのもできないことではないかもしれないが、飼育栽培委員でない者が、その領分であるといえる菜園に頻繁に出入りするのは現実的ではないような気がした。

お母さんは最近になって突然、恵奈あんた中学受験したい？　などと言い出し、恵奈がよくわからんと答えると、だったらそろそろ考えておいてよ、とのことだったが、恵奈は、そんなことよりイチゴのプランターについて考えるのに忙しかった。なので、ある日のホームルームの時間に学年全体でドッジボールをするとなった時も、上の空でじゃんけんをしてしまい、外野争いからいったん漏れてしまった。

外野は本来、じゃんけんをしてまで争うようなポジションではないのだが、その日は、昨日はドラマを観すぎちゃって今日はしんどいから外野がいいー、とか言う前川さんの他に、恵奈のクラスと混成で組むことになった隣のクラスの女子が外野を志望していた。斉藤さんという、影の薄い子だった。よく校庭の草木のあるところをうろうろしていて、図書室にも出没する。見かける時の半分ぐらいは一人でいるので、ちょっと心配になるのだが、残り半分は友達といるから、完全に孤立しているというわけでもないらしい。選択的孤立者になる時と場合もある、というわけである。恵奈は彼女に、良い感情も悪い感情も持っていなかったが、外野の安楽さを争うとなると話は別で、ちょっとなんなんだよ、ドッジに対してやる気出せよ、と自分のことは棚に上げて軽く文句を言いたくなった。

隣のクラスは、川崎先生のクラスでもあったが、川崎先生は、学年全体の何かをしにいっているのか姿は見せず、屋敷先生がその場を取り仕切っていた。学年の先生同士が何かを話し合いたいがために、ホームルームの時間に学年全体で唐突にドッジボールをしたりするということはたまにある。

しぶしぶ内野に残ることになった恵奈は、中盤ぐらいまでは人の後ろに隠れたり、すばしこく動き回ったりしてボールを避けていたが、後ろ向きに下がって逃げている途中、敵チームの外野の女子に、かじたにさん、後ろにでかい石あるよ！　と声をかけられ、振り返った瞬間にぽんと肩にボールを当てられた。ボールが当たった箇所は痛くなかったものの、だまされたような気がして、恵奈の心は少し痛んだ。恵奈は自分を恥ずかしく思いながら、こそこそと内野から出て行った。

恵奈が出てしまうと、味方の陣地が少し寂しくなってしまったので、前川さんが外野に出ていた丸山さんにライフをあげ、丸山さんは内野に戻ることになった。できる子が戻ると、内野は接戦になり、外にいる恵奈たちは暇になる。恵奈は、自分にフェイクをかけた隣のクラスの女子の名前を思い出そうとして、しかし面倒になってやめた。こんなことで根に持っていたら、小学校生活ではノイローゼになってしまう。

「ねーかじー、あれ見てー」

そう言いながら前川さんは、隣のコートの男子のゲームのもようを指差す。恵奈のクラスの男子は負けているが、屋敷先生がなぜか加わっている。

「あかんやろ、子供の試合に大人が入ったら」

「そんなんやなくて、少年ぽくてよくないー？」

恵奈は一瞬面食らって、なんやそら、と言ってしまう。前川さんの意図はわかるけれども、どうしてそういう表現を使うか。小五がいい大人に向かって少年ぽいとか。前川さんはつくづく、物事の本質にはかまわず、「言いたい」を優先させて生きているな、と恵奈は思う。恵奈はついていけないが、それはそれで気持ちのいい生き方かもしれない。前川さんだって、恵奈の語彙《ごい》力をちょっと認めているからこそ、そんな言い回しをするようなところがあるし。

「屋敷先生、やっぱり中根先生と付き合ってんのかなー」

「どやろ」

恵奈は、前川さんは身近で危険のないことを楽しめて幸せだな、とふと思う。前川さんは、イチゴを隠れて育てたりとか、その上で川崎先生から逃げ回ったりとか、次の代の人はどうしようとか悩まなくていいのだ。

自分ももしかしたら、そういう怖くないことを気にしたほうがいいのかも……、と泡のように思いながら前川さんの肩越しの景色に目をやると、斉藤さんが、怪訝《けげん》そうな顔をして首を傾げているのが見えた。その顔を見て、恵奈はなぜか我に返るものを感じて、そういえば、昨日テレビでヤギの番組を観た、という話を始めた。前川さんがおそらく興味を持たないことはわかった上で、自分も言いたいことを言って生きようと思ったのだった。

「ヤギは、だんがい絶壁みたいなところのものすごい小さい足場でも、ほいほい渡っていくのよ。せやから、遠くからその様子を映したところを見ると、なんていうか、ちっちゃいクモが壁を移動してるように見えるっていうか」

「クモとか言わんといてよー」

そこをキャッチするか、ともどかしく思いながらも、恵奈は続ける。

「クモがあかんねやったら、だんがいにぬい付けられた動くフレンチノットステッチみたいに見える」

恵奈は、おとといの三、四時間目の家庭科の授業で、中根先生が教えてくれたことを思い出す。恵奈は、グレーのフェルトに黒いくちばしの白いオウムを刺しゅうしようとしたが、フリーハンドではうまく図案を描けず、中根先生に相談したら、三時間目と四時間目の間の休み時間を使って図案を探し出し、コピーしてきてくれた。家庭科でしか関わらないけど、いい人だ、と思った。

「もーかじはさー、動物の番組とか卒業しいよー」

「だっておもしろいもん」

「香川真司の話やったらしぶしぶ聞いたげるからさー」

「違うよ、岡崎慎司」

前川さんは、何度言っても恵奈の好きな岡崎を香川と間違える。香川も好きだけれども、恵奈は僅差で岡崎のほうが好きだ。

「あーじゃあそっちの人のこと」

「お母さんから最近のこと教えてもらってないからようわからん」

「じゃ、男子に訊いたら？」

前川さんは目を輝かせる。恵奈は、こういうのを大人に言わせるとポジティブというのだな、と思いながら、前川さんから訊いてよ、と答える。寝不足だという前川さんは、今日はなんだか妙にハイな様子で、さいとーさんはー、屋敷先生と中根先生は付き合ってると思うー？　などと言い出し、恵奈をはらはらさせる。男みたいなショートカットで、細い銀縁の眼鏡をかけている斉藤さんは、ちょっと、そういう話に適当な感じではないだろう。

「学校の中で比較的若い男女の先生っていうだけで、大人ってくっつくもんかしら」

恵奈の予想に反して、斉藤さんは、硬い表情ではあるもののしっかりと答えになっていることを述べる。

「それもそうやね」

前川さんは、感心した様子で何度かうなずき、恵奈や斉藤さんに対する問いかけを引っ込めて、隣の男子のコートの観戦に戻った。

そのまま、恵奈のチームは勝ち、つま先で引いたコートの線を、ドッジボールに参加した全員で並んで足の裏で消していると、隣でごしごしやっていた斉藤さんが顔を上げる気配がした。恵奈は、何を見たのだろう、と一瞬思ったけれども、いちいち反応するのはやめて、校庭の砂を土踏まずで集める感触を楽しむことにする。

「かじたにさんは、飼育栽培委員やんね？」

思いがけず、斉藤さんの声が聞こえたので、恵奈は顔を上げて、うん、とうなずく。

「じゃあ、川崎先生のこと、よく知ってるよね」

「よくってことはないけど……」

斉藤さんは、渋い顔をしている。斉藤さんのクラスの担任は川崎先生だから、それは恵奈よりもよく知ってるだろう。

「私、飼育栽培委員やないけど、たまに野菜に水やってんねやんか」なにっ、と恵奈は身を乗り出しそうになるが、斉藤さんの言いたいことはそれではないようなので、辛うじて自分を抑える。「そういう時に、ときどき、川崎先生が奥さんに怖い電話してんのを見かける」

斉藤さんのその話に、恵奈はうなずきがたいものを感じる。やっぱり、少し前に恵奈が耳にしたのは怖い話だったのだ、と認めるのは、なんだかとてもめんどうだった。恵奈の気後れにかまわず、斉藤さんはさらに続ける。

「それで、私清掃委員なんやけど、裏庭の掃除やってたら、おもしろいからいっつも帰んのが遅くなって、どんぐらいかっていうと、校長先生が呼びに来るぐらいなんやけど、そういう時の帰り道で、中根先生と川崎先生が一緒におるとこを、何回か見かけた」

「先生同士一緒に帰ることもあるんちゃうん」

「中根先生は電車乗って帰るけど、川崎先生て学校の近くに住んでんねんで？　駅とは逆の方向の」

　複雑すぎてしまいに腹が立ってくる、というのが恵奈の心境だった。この、隠れて野菜の水やりをし、裏庭の掃除に夢中になりすぎて帰りが遅くなるという斉藤さんは、自身の器では見聞きしたことをおさめ切れなくなり、恵奈に打ち明けているという次第なのだろう。私より前川さんに言いたまえ、と助言したくなるけれども、前川さんには言わない気持ちも、わからないでもない。

　恵奈が黙っていると、斉藤さんは、今度こそ秘密の話だ、という態で声を低めて、話変わるけど、裏庭、きのこめっちゃ生えんねんで、と告げる。顔を歪《ゆが》めて斉藤さんの方を見遣ると、斉藤さんは、神妙な様子でうなずく。

「実はキヌガサタケも見た」

「まじで？」

「一回だけやけど」

　斉藤さんは再び、今度は何回もうなずく。去年の十月のことだという。斉藤さんは、裏庭に竹が植えてあることと、温度の条件が良いのではないか、と分析している。

「塀の陰に生えてたんやけど、南側で直射日光が当たらんわりに妙にあったかい場所がある」

「そうか……」キヌガサタケとはいわないが、キノコという手があったか、と恵奈は思う。

「うちのマンション、ベランダが狭くて、お母さんと私の洗濯物をいっぺんに干したら、場所がなくて、何か育てんのもすごい選ばなあかんのよ」

アサガオでも、ちょっとちゅうちょするのよ、と恵奈は続ける。だんだん、どうせこの斉藤さんという人物はよそのクラスの人だし、自分の変な面を見せても大丈夫か、という気になってきていた。

「それで、ジャガイモの袋栽培したいねん、って言ったらすごいいやな顔された」

「わかるわ、うちもマンションでベランダ狭い」

斉藤さんは厳粛にうなずく。

「お母さんて、ベランダにめっちゃ物置くよな」

「うん」

チャイムが鳴り、子供たちはいったん朝礼台の前に集合しようと小走りになる。恵奈は、キノコやベランダの話はおいといて、斉藤さんに何か確認しなければいけないことがあるような気がしたが、口を開いた時には、斉藤さんはずいぶん先に走っていってしまっていた。

口さがない女子たちの間では、中根先生が、校舎のいろいろなところでときどき隠れて煙草を吸っている、という話は有名だったけれども、恵奈はその話に加わったことはなかった。彼女たちは要するに、中根先生は見た目ほどおとなしい女性ではない、ということを言いたいのだったが、恵奈は中根先生に期待も嫌悪もない分、どうでもいい話として処理していた。中根先生は美人で、とても甘い声で喋るけれども、そういう人にはそういう人のストレスもあるのだろう。お母さんも、きれいな女の芸能人が態度やなんやでバッシングされるたびにそういうことを言う。だから恵奈は、まったくそのことにはかまわずにいたのだが、それが今になってイチゴのプランターの世話に影響してくるとは、計算違いだった。

その日の昼休みは、一人で図書室に行き、机の隅っこで『ノーム』という高価な本を読み耽った。休み時間の半分が過ぎると、恵奈はプランターを見に行くために読書を切り上げて、菜園へ出かけた。給食の時間にはもうやんでいたものの、午前中には、冬の終わりの悪あがきのような冷たい雨が降っていたので、恵奈は心配だった。

雨は冷たいのに、雨上がりの空気がどうもむわっとしているのが、さすがに春が近い証拠だな、などと思いながら、地面の濡れた運動場を横切って、菜園に行く。先にウサギ小屋の様子を見に行き、水のトレーが空っぽになっていたので、注ぎ足してやる。ウサギはとてもかわいいけれども、大きくなってくると、雄雌関係なくおばさんくさく見えてくるのが不思議だと恵奈は思う。

みんな、仔ウサギの頃はやたらかわいがって見に来るんやけど、でっかくなると怖いとか言うんよなあ、とウサギ小屋を眺めながら前川さんの言説をしばらく反芻《はんすう》した後、いや、こんなことをしている場合ではない、と物置へと小走りで向かう。

だが、走ったのがいけなかった。物置の傍らに人影を見つけても、恵奈は無難な距離で容易に回れ右ができなかった。どうして自分は歩くということにまだるっこしさを感じるのか。何か目的を持っているときは、走らずにはいられない。大人はみんな歩いているのに。自分にもそんなふうになる日が来るのだろうか。

中根先生は、煙草を人差し指と親指の間に挟んで、煙を吹き出しながら、恵奈と物置の裏に置かれているプランターを不思議そうに見比べた。

「梶谷さん」

「はい」

「そっか、これ、梶谷さんか」いいえ、と咄嗟には恵奈は言えなかった。中根先生は、煙草を携帯灰皿にしまい、恵奈のほうに向き直る。「ここ、日当たりがいいんで、今週から来るようになったんやけど、このプランター、昼休みになったら現れて、放課後になったら消えてしまうから、変やなって思ってたのよね」

「はあ」

「なんかわたし、幻覚でも見てんのかなって。いろいろ考えなあかんこととかがあるから、そのことでいっぱいいっぱいになってて、それでかなって」

「そうなんですか」

中根先生は、家庭科の時にオウムの図案をコピーしてきてくれた中根先生とは別の人のように見えた。なんというか、先生というよりは女の人で、それは当たり前のことなのだが、恵奈は、そうだったのか、と新たな発見のように受け取った。

「もうそろそろ春やし、花が咲くんかな。わたし、ぜんぜん植物のことはわからんのやけれども」

恵奈は、とりあえずうなずきながら、今後の身の振り方についてすさまじい速さで考えをめぐらせる。いちばん最初に浮かんだのは、収穫をお分けしますので、このことはどうかごないみつに、という文句だったが、大人にとってはイチゴなんか高いもんやないのにそんな手にのるかばかもの、と恵奈の冷静な部分はすぐに打ち消してしまった。

「煙草やめたいんやけど、やめられへん」

中根先生は、話の流れとはまったく関係のないことを言いながら、携帯灰皿を薄手のコートのポケットにしまう。恵奈は何か、自分が小学五年生以上に見えにくい、それこそ「ノーム」のような存在になって、中根先生の独り言を聞いているような感覚に陥る。

「お母さんは吸う？」

「吸いません。嫌いなんやなくて、体に悪いからって」

「そやね、梶谷さんのお母さんの年やったら、まだ体壊したりできんもんね」

お母さんはリスクを嫌う。恵奈は、中根先生が一人納得したようにうなずくさまを眺めながら、その理由が少しだけわかったような気がした。お母さんは、自分が怪我をしたり病気をしたりはできないと思っている。恵奈とおばあちゃんがいるから。

「お母さんは三十四歳です」プランターについて、いったいどのように言えば中根先生に見逃してもらえるのだろうか、と途方に暮れながら、恵奈は、考え事をしていても話せるような基本的な内容を口にする。「おばあちゃんが定年になったら、こっちの家に来てもらうって言ってますが、まだ言えてません」

中根先生は、恵奈の平面的で個人的な話を、口を挟まずに聞いてくれる。しかし、それより先はもう言葉が続かなかった。仕方なく、場つなぎの話題を探すことにする。

「川崎先生も、前に昼休みにここに来てることがありましたが、会いました？」

恵奈がそう言うと、中根先生の動きが止まる。もともと中根先生は、その場にただ立って恵奈の話を聞いていたけれども、更に精細に、中根先生の呼吸や、細胞の動きまでが止まる気配がする。数秒後、中根先生は我に返ったように大きくまばたきをして、首を振る。

「電話してました。お金をどっちが多く出してる、とかって。私のお父さんが私のお母さんに言ってたみたいに」

恵奈は、自分は今、言うべきことと言うべきでないことの区別を付けられていないな、と思いながらも、川崎先生が菜園で電話に向かって言っていたことを告げる。中根先生は、軽くうつむいて、眉根を寄せる。恵奈は、それ以後反応のない中根先生の様子に焦り、プランターのことは黙っててください、と言いかけて、ざくざくと濡れた運動場の土を踏むかすかな音が近付いてきていることに気が付いた。振り向くと、川崎先生が、運動場を横切って菜園にやってくるのが見えた。視線は、恵奈や中根先生の方には向いていないので、隅の樫の木のところに行くのだろう。それでも、二人が視界に入って、川崎先生に見つけられるのは時間の問題のように思えた。

それでどうするのか、中根先生は置いといて、物置の裏のプランターを抱えて、逃げられるところまで逃げるのか、それとも、中根先生から話をしてもらうのか。いやそれは危険だ、中根先生が味方かどうかもわからないのに。

川崎先生の方を振り向きながら、恵奈が物置の裏へと一歩動くと、校庭の端からまっすぐに、川崎先生に向かって歩いていく小さい人影が見えた。目を眇《すが》めて確認すると、斉藤さんだった。斉藤さんは川崎先生に、肩を竦めながら何事か話しかけ、校舎の方を指差した。川崎先生が首を振ろうとすると、斉藤さんはそれを予測していたかのように、先に激しく手を振り、やはり校舎を示して、手を払うような仕草をした。斉藤さんは、一瞬だけこちらを見たような気がした。

斉藤さんと川崎先生は校舎へと歩いていき、恵奈と中根先生は、菜園に取り残された。

「梶谷さん」

「はい」

「プランター、あの人に見つかったら何言われるかわからんから、家庭科準備室のベランダで育てよっか」

あそこも、日当たりがいいのよ、と中根先生は言った。恵奈は、やや承服しかねるものを感じながらも、よろしければ、と答えた。

❖

五時間目の教科書がなくなったから、一緒に探して、ってしつこく言ったのよ、と斉藤さんはマルチング材の一部をイチゴの茎の根元に集め、少し離れてそれを眺めた後、またプランターに近付いてそれをまんべんなくばらした。無断で菜園に水を撒《ま》いていたという斉藤さんも、物置の裏手のプランターには気が付いていたそうだ。だから、その付近に恵奈がいることを、川崎先生が目撃したらまずいな、となんとなく思ったという。教科書はもちろんなくなっておらず、隙を見て体操服袋の底に落とし、頃合いを見て、すみませんありました、と取り出したと斉藤さんは話していた。川崎先生はもちろんいやな顔をしていたが、もう慣れた、とのことだった。

プランターのイチゴは、今は日当たりのいい家庭科準備室のベランダで平和に育っているが、恵奈は、物置の裏手の狭い場所に差す、目がくらむような光のことを忘れられずにいる。前川さんによると、中根先生と屋敷先生はやっぱり付き合っている、とのことで、斉藤さんは、中根先生と川崎先生が一緒にいるところは見なくなった、という。

プランターを家庭科準備室のベランダに移動したあたりから、川崎先生は、どうも元気がなくなり、ついに、教室移動の時にトイレに行っていて遅れた生徒に向かって、クズ、とか、一生そうやって何もかもに遅れ続ける、などとぶちまけてしまい、保護者の間で本格的に問題になって、次の年度は休職するかもしれない、という話を耳にした。

その話をお母さんにすると、それ給料もらって休むの？　モラハラやる奴が仕事休めて他の真面目にやってる人が休めないなんて腹立つわ、とぷりぷりしていた。川崎先生が学校を休んでいる間お金がもらえるかどうかは、恵奈にはあずかり知れないけれども、中根先生はもう川崎先生に会わないだろうということはなんとなくわかった。それが、川崎先生から何かを奪ったということも。

家庭科準備室のベランダのプランターは、春休み中は中根先生が面倒を見ると約束してくれた。斉藤さんは、六年生こそは飼育栽培委員を務め、恵奈は清掃委員に立候補することに決めた。どうにかして、裏庭に自生していたというキヌガサタケを目撃するつもりでいる。

春休みの最初の日には、間のいいことに、おばあちゃんから新たな中古ソフトが送られてきた。やはり、職場で仲良くしているオタクの女の子が、オークションで落札してくれたのだという。敵である悪魔を仲間にして、合体させたりできるゲームだった。同封されていた一筆箋には「そのゲームは作り直しらしく、りつ子が学生の頃よくやってたような気がします。まだ婦人科に行ってますか？」と書かれてあった。恵奈は、その一筆箋を折り畳んで、シャツのポケットに入れ、まずはお母さんの定位置である台所全体を見回し、次に、電池や筆記用具や保険証などの小物をたくさん入れている引き出しをすべて開けて調査した。その後、流しの引き出しや扉、冷蔵庫の中も見て、今度は、気が引けつつも、お母さんの部屋に入った。

昼間のお母さんの部屋は、すごくがらんとしているように見えた。和室で、部屋の隅にたたんである布団と、ホームセンターで買ってきた姿見と、恵奈の身長ぐらいのたんすがあり、床には会社の近くの図書館で借りてきた本が何冊か積んである。それで全部、という部屋だった。お母さんの娯楽は、もっぱらテレビとそよ乃さんが送ってくれるドラマの録画のDVDで、家にいる時はほとんどテレビのある台所にいるので、自分の部屋では寝るだけだ。

恵奈は、たんすを開けるか開けないか迷った後、でもまあいいか、と下段からどんどん開けて（泥棒がよくやる手段だと推理クイズの本で読んだ）、薬の袋のようなものを探したけれども、特に見つからなかった。恵奈は、また上からたんすを閉めなおしながら、本人に直接訊くべきなのか、と考えたけれども、でも、本当のことを言うかな？　とも思えて、自分はお母さんのことを知らないな、と少しの間ひどく驚いた。

もしかしたら、病院に通っている証拠は、会社に持っていくバッグにすべて入れているのかもしれない。でも、病院に行っているとして、最近わけもなく帰りが遅かったということもなかったし、そういえば先週末、会社の人とごはんに行くと言って一度だけ八時に帰ってきたけど、それぐらいだしなあ。あれ、うそなのかなあ。

お母さんは、恵奈が部屋に入ってもべつに怒らないのだが、なんとなく、自分が入ったという形跡が残っていないかを確認したのち、恵奈はおごそかにふすまを閉め、紫野菜のジュースを冷蔵庫から出してコップに注ぎ、キッチンテーブルの椅子に座る。

どういうふうに言えばいいのだろう、と思う。おばあちゃんが心配していたのだがどうか？　とふつうに言えばいいのか。それとも、もしかして病院とか行ってない？　とかまをかけるのか。

何か訊いても、それよりあんた中学受験するの？　という話にすりかえられそうな気もする。恵奈には、一日のうちでそのことについて考える時間が一分もなく、いつかまとめて考えようと思っていたのだが、イチゴのプランターの移動を始めてからは頭が忙しく、どうしても中学受験について考える時間が取れない。だから、そのうち考える、と言い続けているのだが、もしかしたら自分には、考える気持ちがぜんぜんないんじゃないか。

なのでやはり受験はしないと伝えよう、と恵奈は思い、コップの中の紫色のジュースを三分の一ほど飲んだ。紫野菜のジュースのパックには「半額」というシールが貼られている。恵奈が昨日スーパーで見つけた。お母さんは、うまい買い物をしたね、と言った。恵奈はすごく得意な気持ちになった。

おばあちゃんに、ゲームソフトのお礼と、お母さんについてのとりあえずの報告のメールをしなければならない。それが終わったら図書館で本を借りて、前川さんの家に遊びに行く。本当はゲームがしたいのだが、前川さんは、クッキーを作るから手伝って、と張り切っている。

春休みの最初の日の午後は、陽気に緩んで、どこまでも柔らかく続いていくような気がした。

歩いて二分

二度目のアラームが鳴ったので起きた。毎日、午前三時ちょうどと三時五分に目覚ましをかけている。竹井佳枝《かえ》は、むっくと上体を起こし、そのまま腰から下のところで二つ折りになっている布団に突っ伏す。そして少しすると、海草のように左右に揺れる。顔に当たる布団は優しい。

一分ほどそうした後、眼鏡を掛けてのろのろとベッドを降り、とりあえず部屋の電気をつけ、テレビとレコーダー兼用のリモコンに手をやり、電源を入れる。座卓の上に置いていたコップの水を飲み干し、ベッドに戻る。テレビでは、中東情勢に関する国際ニュースが流れている。このぐらいの時間は、佳枝が普段視聴する局ではだいたい世界のニュースを流している。佳枝自身は、そんなに国際的な人間ではないけれども、自分にとっていちばん負担のない距離で眺められるニュースが世界のことなので、毎日観ている。国内の事象に関しては、世界のニュースの合間に流れる十分間のニュースだけが情報源で、今はやっている曲だとか芸能人についてはほとんど知らない。自宅からお店という移動以外が生活にないぶん、世の中のことを知らなければ、という気負いはあるのだけれど、身近なこととなると、自分の身の丈をそちらに合わせなければいけないのではないか、という緊張で身が竦《すく》むのを感じる。だから間をとって、というか、より身体的にも文化的にも言語的にも遠いところの様子を確認し、そうなのか、と思うことにしている。

ニュースでは、シリア人難民の困窮について取り上げられていた。佳枝が会社をやめ、日常的に、こんな夜中に起き出して世界のニュースを視聴するようになったのは二年前ぐらいからだけれども、ずっとシリアは大変なままだ。腕を伸ばして、やはり座卓の上に置いてあった眼鏡クロスを手に取り、太い上縁の眼鏡を拭く。会ったことのない夜のパートのとき子さんという人が、店におすすめのドラマのＤＶＤを置いていくのだが、それらのうちの『名探偵ポワロ』で、ダマスカスかどこかのホテルのロビーのシーンを観たことがある。吹き抜けを思わせる開放的なフロアの様子や、青いタイルを基調にした壁が、とても素敵だった。店主のヨシカさんはひとしきり、いいなあ、ここ、いいなあ、と唸《うな》っていた。佳枝は、その出来事の数日前に、シリアの内戦の映像を観ていたので、本当にもったいない、と思って、そのことを口にした。ヨシカさんは、そうかあ、とうなずき、今の日本に生まれて、ものすごくいっぱい不満はあるけれども、運がいいってところもあんのかなあ、などと言っていた。

大阪で生まれ育ったヨシカさんは、今奈良でお店をやっていてなんとかなっていることに、とても感謝しているそうだ。佳枝は、奈良から引っ越したことがないので、比較する場所がなく、そのありがたみはよくわからない。イギリスで起こった殺人事件のニュースに切り替わった映像を見つめながら、佳枝は、ある国に生まれるというのはどういうことなのか、と考える。自分はとても歴史のある町に生まれ、そこで育ち、そこから行ける範囲の大学に通い、会社に入って、うまくいかなくなってやめた。住んでいるところは平和でいいかもしれないけれども、佳枝自身の物語は悲惨で、敗北感に満ちている。具体的に言うと、会社に入って数年は良かったのだが、あの役員の直属の秘書のようなことをやるようになってから、佳枝の会社員としての人生は転落していった。

　国民の幸福度が高いと言われているブータンでも、幸せだけど政治的に合わないと感じる人はいるだろうし、同じく幸福度が高く豊かなノルウェーでも、銃乱射事件があったし、ニュージーランドでも地震があったし、日本でもひどい地震があった。あの日から、より会社への適応が悪化してしまったとも言える。佳枝の上役である役員は、間近で仕事をしている佳枝に対しては一言も地震について口にせず、被害の状況が明らかになってすぐの出勤日だった週明けの月曜にも、佳枝の椅子に座る姿勢が悪い、だから血行が悪くなって冷え、頻繁にトイレに行きたくなるのだ、と謗《そし》った。佳枝はわからなくなった。わからなくなった物事を直視することもできなくなり、やがて自分は何がわからないのかもわからなくなるぐらい、わからなくなった。

平和に暮らしている人が、災害に遭う。災害は発生していないけれど、自国の大統領から爆撃される。佳枝自身の話で言うと、災害に遭ってないし爆弾を落とされているわけでもないけれども、近くにいる人間の精神的な餌食にされる。佳枝は、スマートフォンやタブレット端末をみんなが使っていることを、すごく未来っぽいと感じながら、だったらいつ人は、誰かを捕食しなくても生きていけるところまで完成するのだろうともどかしく思い、それが高じて混乱する。

頭が痛くなってきたので、佳枝はコップとバスタオルと下着を持って下に降り、歯を磨いて水を飲み、そのまま風呂に向かう。ややこしい気持ちになってきたら、とりあえず水分を取って風呂に入る、というやり方は、三ヶ月ぐらい前に覚えた。もっと前に知っていればよかったと思う。風呂に入ったら、頭や顔や体を洗うのに忙しいので、あまり何も考えずにすむし、人はどう思っているのかとパソコンに手を伸ばすこともない。ただ、一日にそう何度も風呂には入れないことが難点である。

風呂に入ってさっぱりすると、だいたいいつも四時十五分ぐらいになっていて、佳枝はまた、少しテレビを観て消し、お茶を淹れて、座卓に着けてある座椅子に座り、一ヶ月ほど前から始めたエスペラント語の学習を始める。佳枝の趣味は、語学の初歩をかじることで、エスペラント語（正式にはエスペラント）自体は、始めて間もないものの、会社にいた頃の最後のほうは、ずっと文法や単語のことばかりを考えて過ごしていた。大学で第二外国語として選択していた中国語は、年齢が若かったせいもあってあまり真面目にやらず、会社での頭の隙間つぶしには、ドイツ語を選んだ。佳枝の真横で、一日中ふんぞり返って座っている役員の目を盗んで、卓上のブロックメモの下から半分を使い、例文や冠詞の表や覚えたい単語を書いて覚えた。仕事は忙しいし、もちろんお金もないしで、旅行に行く予定もなかったけれども、そういうことをしていたら、どうしてわたしはこの人からこんなに嫌われるのだろう、という疑問をとにかく忘れられた。ときどきは、役員の悪口をドイツ語で書いた。「彼が人を悪く扱うのは、彼が自分に自信を持たないからです」。会社は同族企業で、役員は本社の社長の従弟《いとこ》だった。大学を出てから、ずっと一族の会社にいるそうだ。

悪意のある文面が見つかっても、役員が理解できないという自信はあった。今になると、そういう気持ちを見透かされていて、自分はひどい扱いを受けたのではないかと思う。甘やかされた、小学校に上がる前の幼女のように、自分の意に添わない他人には敏感な人だった。

ドイツ語の初級テキストを一冊終えた後、佳枝は上の段階に進もうとはせず、次はスペイン語を始めた。同時にスワヒリ語の問題集をやり、その次はノルウェー語の初歩を学習した。そして今はエスペラントをやっている。次はペルシア語のテキストをやる予定で、すでに購入済みである。本当は、アフガニスタンで話されているというダリー語をやりたかったのだが、テキストを見つけられなかったので、まずは似ているというペルシア語に手を付けてみようと思っている。ものすごく難しそうだ。

それ以前の言語に関しては、なぜやろうと思ったのかはよく思い出せないのだが、ノルウェー語に関しては、子供の頃に初めて世界地図を見たときの、日本からいちばん遠い国だ、という印象が残っていたからだ。できれば行ってみたいと思っている。なので、現地で頼れる人を探せるように、エスペラントを始めた。エスペラントをやっている人同士が、宿泊先を提供し合う、パスポルタ・セルボという制度については、エスペラントをやっている人のところを泊まり歩いてレポートを書いている人を、インターネットで見つけて知った。自分にそれができるとは思わなかったけれども、自分が最も遠いと思っている国の人と、共通の話題があればいいな、と佳枝は考えた。

といっても、実情は、家から歩いて二分のカフェにパート出勤するのがやっとである。今は電車にも乗れない。先週の休みは、比較的自宅から近い興福寺に行こうとして、けれど戻ってきてしまった。必要もないのになんで行くの？ という自問だとか、平日にこんな年の女がいたらおかしく思われないだろうか、とか、平日にお寺にいるような人は、きっとすごく暇で、一目見ただけでいろいろ解釈してくるんじゃないだろうか、などという考えが次々に頭の中にあふれてきて、面倒になって引き返し、自宅から店のブログを更新した。ヨシカさんから、新しく店で出し始めた紅茶の袋の画像を預かっていたという事情もあった。ヨシカさんはすごく写真が下手で、佳枝は、ぼやけているのを修正したり、変に光があたって見えなくなっている袋の柄などを修正したあと、「店主が膨大な試飲ののち、メニューに加えました！」という文を添えて、送信ボタンを押した。

勉強に飽きてきた時分になると、決まって鳥が鳴き始める。だいたいは、ピヨピヨという心地のいい、特定されない鳥の声に始まり、その後、カアカアとカラスが威嚇《いかく》し、ボーボーとハトが居座り、重々しい羽ばたきの音が聞こえてくる。再びテレビをつけ、今日着るシャツのボタンが外れかかっているのを発見して、針と糸でしっかりと縫いつける。時計を見ると六時半で、家を出るのは七時なので、佳枝はにわかに焦り始める。会社に行っていたときのように、起床から三十分で出勤するというのも大変だけれども、四時間弱も時間があるのも調子が狂う。なので、働き始めた当初は、六時頃まで眠れるようにベッドの中でじっとしていたりもしたのだが、夜中の三時以降は目も頭も冴えるばかりで効果はなかった。

いっそ、風呂から出て少しテレビを観たらすぐに出勤したいぐらいだと思う。それで、店の掃除をしてブログを更新して、朝の五時から店を開けさせてもらう。コーヒーや紅茶なら自分一人でも出せるし、無報酬でもいいぐらいなのだが、一度だけその話をした時、ヨシカさんは、ただ働きはいけないし、朝が早すぎるのも物騒だから、と首を振った。営業時間が変動するのも良くないようだ。自分がやめた後に、そんな夜中の三時にしか起きられないという特異体質の人間を探すのも大変そうだし。

家では朝ごはんは口にせず、乳液を混ぜたBBクリームを塗って眉毛だけを書き、リップクリームを塗って身支度をする。働き始めた当初は、もう顔のことをやる気力がどこにもなく、日増しに顔色や表情の暗さは悪化していくばかりで、ずっとうつむいて働いていたのだが、ヨシカさんに、クリームで全体をカバーして、眉だけでも書くとぜんぜん気分が違うよ、と言われたので、その通りにしている。たしかに、元がひどすぎるので少しましになった。ヨシカさんや、常連のお年寄りのお客さんなんかは、顔つきが明るくなった、と誉めてくれたのだが、佳枝は話半分に受け取ることにしていた。本当に、毎朝ちゃんと化粧をして会社に行っていたことが信じられない。というか今が異常なのか。

六時五十八分になると家を出て、お店に行く。出勤路は、自宅の斜め前の路地を抜けて商店街の側に出るだけである。あと二分で七時でも、二月なのであたりはまだ薄暗い。早朝の光は、露骨に季節に影響される。夏場なら、昼と見まがうぐらい太陽が照っている時もあるのに。

商店街は、店じまいが早い代わりに朝も早くて、すでに半分ほどのお店が開店準備をしている。人通りもそこそこあり、みんな一直線に駅の方へと歩いていく。ときどき、夜勤明けみたいな疲れた感じの男の人が、人の流れに逆らって歩いてくる。佳枝の母親は、すっかり生活のリズムがおかしくなってしまった娘をなんとか働かせようと仕事を探したが、三時起きでちょうどよくて、徒歩圏内で、佳枝を退職に追いやった難しい人間関係を避けられそうな、都合のいい仕事はなかった。それで仕方なく、ときどき会社帰りに食事するカフェの店主に、娘を雇ってくれないかと打診したのだった。その相手が、『食事・喫茶　ハタナカ』

のヨシカさんだった。

路地の側にある、古本屋の二階へ続く階段を上ろうとすると、おはよう！　と、商店街側の向かいの履物屋のおばあさんが声をかけてくれる。おばあさんの小さい店には、奈良じゅうの下駄やぞうりやつっかけを必要とする人の需要を満たしているんではないかというほどの履物が、整然と並べてある。店で働き始めてから、お客さんとの業務上のやりとりとヨシカさん以外で佳枝と話したのは、このおばあさんが初めてだった。この時間に店に行くようになってから、一週間経った頃のことだった。佳枝は立ち止まって頭を下げ、おはようございます、と自分なりに大声で言う。せめてこの人には、そこそこ元気のあるしっかりした若者だと思われたいと思う。会社で挫折して、電車にも乗れなくなってしまった微妙な年齢の女だとばれたくない。

階段を上り、鍵を二箇所に差し込んで店のドアを開ける。トートバッグを厨房の休憩用の丸椅子の上におろし、アーケード越しの、やや弱い光に照らされているホールの様子をデジカメで撮影する。冬の朝のこの店が好きだと思う。やや寒々しく、孤立していて、しかし外部の無粋なものから干渉されない落ち着きがある。

自分のお茶用にお湯を沸かして、厨房に置いたバッグから朝ごはんのビスケットを出してくる。ヨシカさんは、閉店前に必ず、カウンターにいちばん近い席にパソコンと申し送りノートを置いていくので、佳枝はパソコンを立ち上げ、電気をつけてノートを読む。ノートには、おはようございます、という言葉と、今日のごはんメニューが書いてある。豚肉とえのきのしぐれ煮うどん、定食のメインのおかずはポークチャップらしい。豚肉とえのきの煮たものは昨日、夜が暇だったのでまとめて作って、冷蔵庫に入れてあるそうだ。お茶を淹れて半分ほど飲んだ後、ブログの編集画面にログインして、今日のごはんを書き込む。ときどき、時候のあいさつのようなものも書くけれども、今日はちょっと思いつかないので、寒い日が続きますが、温かい食事と飲み物がありますので、どうぞお越しください、とだけ書く。以前の記事にコメントが付いていたので、そちらを見ると、先日大阪から友達とスコーンを食べにきたという女性が、おいしかったし量も多かった、また来たい、という内容を、いろいろな絵文字付きで書いてくれていた。佳枝は、店員Tという名前で、スコーンおいしいですよね、どうぞまたお越しください、とほとんど鸚鵡《おうむ》返しのようなコメントを返す。心の中ではものすごく頭を下げているのだが、どうにも絵文字は付けられない。それでいいのか、とヨシカさんに訊くと、自分もだしそれでいい、と言っていた。店の経営と現場の仕事にかまけて、ブログの管理までは手が回らないので、やってくれているだけまし、という感じのようだ。

そんな二人が関わっているそっけないブログだが、にこにこした文面で話しかけてくれる人はときどきいて、自分のことをまったく知らない他人の鈍感さというかこだわりのなさは、本当にありがたいと佳枝は思う。このまま、あらゆる人間関係に深入りせず、永遠に「誰かの好きな店」の目立たない店員でいたいと思う。

ブログの更新が終わると、トイレの掃除をする。その後、厨房とホールを掃き、椅子とテーブルを拭いていると、ヨシカさんがやって来た。おはようございます、とあいさつを交わした後、うー寒い寒い、とヨシカさんは、ホールの厨房にいちばん近い席の椅子に荷物と朝仕入れてきた食材を置く。佳枝は、石鹸《せっけん》で肘《ひじ》までよく洗ってから厨房に入る。二月の水は痺れるように冷たい。

「今日はまずごはん炊くのと、それからサラダのことやってください。サラダは、水菜と大根とにんじんのサラダにするんやけど、竹井さんは野菜を洗うのと、水菜を切るところまでお願いします。水菜は、九時半に配達で来ますので、人差し指の第二関節ぐらいの長さでお願いします。ごはんはいつもと同じで」

食材をいったん冷蔵庫にしまったあと、ヨシカさんが眠そうに、しかし細かく言うのを、佳枝はうなずきながら聞く。ヨシカさんはとりあえず、この二時間ぐらいの間に佳枝にして欲しいことを、出勤してからすぐに説明し、その後は、要所ごとに簡潔な指示は出すけれども、他はあまり話しかけてこない。作業そのものについては、慣れていない工程は最初に詳細な説明と実演をして、その後はときどき様子を見るぐらいだった。佳枝は、言われたことやフロー化されたことはきっちりこなすものの、不意打ちで何かを言いつけられると面食らうところがあるので、ヨシカさんが始めにやることを整理して告げてくれるのはありがたかった。

調理台の上で、少し離れて並び、米を研ぐ。店には炊飯器が二つあって、朝一番に、ヨシカさんと佳枝が五合ずつお米を洗って炊く。冬場はこたえる作業で、ヨシカさんは、手伝ってくれる人がいるとすごくありがたい、と言う。佳枝は、水が少しずつ澄んでいく過程を見るのが楽しみなので、米を研ぐのは好きだった。食事のいちばん基礎の部分を担っているということも、気分が良く感じられる。ヨシカさんは、手が冷たくなりすぎて後の作業に響く、と好きではないようなのだが、手付きはさすがに早い。

米を研ぎながら、そういえば、あの役員は、「あれはどうした」と言うのが大好きだったな、と思い出す。佳枝に限らず、自分の頭に会社についての断片が過ぎるままに、社員に向かって、「あれはどうした」と言っていた。その「あれ」とは違う仕事にかかっている状態であっても、役員にそう訊かれると、誰もが手を止めて、その申し開きに全力を尽くさなければならなかった。びっくりするぐらい前の「あれ」もあったし、一日に何度も呼びつけて、同じ「あれ」について説明させていることもあった。

何かに集中している人の手を止めさせて、自分に注意を向けさせるのが好きなだけじゃないのか、と今になると思う。やめた会社のことを考えていると、だんだん呼吸が不規則になってきて額に汗が滲むのを感じるので、佳枝はいったんお釜から離れて、流しで水を出して手を洗う。ヨシカさんは、佳枝が担当していたお釜を覗き込んで、もう大丈夫かな、と呟き、水を切ったのち水を足し、炊飯器にセットする。

「すみません」

「いや、ほんとに研げてたから」

ヨシカさんはそう言いながら、冷蔵庫から新聞紙に包んだにんじん数本と大根をまるごと一本出してきて、よく洗ってください、と指示する。佳枝はうなずいて、にんじんと大根を水道の水で流しながら手のひらでこする。

頭が邪魔だと思う。人間はどうして、今起こっていないことに苦しんだりするんだろうか。今がなんとか安全なら、なぜそれでいいと割り切れないのだろう。できれば、仕事の間は頭を切り落として、首から下だけで生活したい、と佳枝は思う。でも、寝ている時に前の職場のことを夢に見るのがいちばん怖いから、寝ている時も頭はいらない。ならいつ必要なのか。出勤と帰宅の時か、三時に起きてニュースを観ている時か。

考えながら大根を洗い終わり、ふきんで軽く水気を取って、ヨシカさんに渡す。ヨシカさんは、ピーラーで手早く皮を剝き、荒く刻んで、フードプロセッサーにかける。佳枝が大根を洗っていたのよりも短い時間で、大根は千切りの状態に化けてゆく。佳枝は、更ににんじんを洗いながら、ヨシカさんがボウルに千切りにした大根を落とすどさっという音を聞く。それは、重量感を伴った、けっこう充実した音なので、頭がないと聞けなくなるから不便かもな、とも思う。にんじんを渡すと、ヨシカさんはまたすごい速さで皮を取り除き、フードプロセッサーに入れる。機械の音も心地よい。

ドアのベルが鳴り、野菜の配達がやってくる。店で出すものには、できるだけ地元産のものを使っている。しかし、親戚から送られてきたんだけど余ったから使って、とお客が持ってくる野菜があれば使うし、必要ならばスーパーも利用する。強いこだわりはないらしい。今日は水菜だけなのね、と配達のおばさんが言うので、はい、とだけ答えながら、水菜が入った大きな袋を受け取る。じゃまた明日もよろしくね、とおばさんは言い残して、会釈して階段を降りていく。以前は、ヨシカさんと同じ年のころの男の人が来ていて、二人はときどきその人の話をしていたのだが、おばさんによると、彼は結婚して独立した、とのことだった。その話を聞いたヨシカさんは、少し悲しそうだった。

厨房に戻ると、人差し指の第二関節ぐらいの長さで、とヨシカさんは、水を張った味噌汁用の鍋に出汁を詰めたパックを入れ、火にかけながら、左手の人差し指を立てて言う。

「でも、いちいち指で測りながら切る必要はないです。なんとなくそのぐらいっていう」

「わかりました」

佳枝は水菜を束にしているテープを切ってばらし、流しで洗う。水菜は一本一本が細い分、大根やにんじんと比べて洗いにくい。水は冷たくて、作業は苦行じみてくるけれども、眠気を感じずにはすむので、佳枝は丹念に水菜をすすぐ。

出勤して三時間ぐらいすると、頭の奥にボワンとした煙が吹くような感触がしてくる。絶え間なくかかっている霧というよりは、ときどき、ボワンとけだるくはじける眠気。人がどんなふうに眠気を感じるのか、佳枝はいまだ誰にも訊いたことがないのだけれど、自分の頭の中で起こるその眠りの煙の発生は、少しおかしいのではないかとも思う。温泉の湯煙の水蒸気とも違う、もっとにごった、気分の悪い煙。だから佳枝は眠気を嫌悪していて、恐れている。

頭を振り、口の中を噛み、水を一杯もらって、水菜をまな板に置き、「人差し指の第二関節ぐらいの長さ」に刻んでゆく。大した作業ではない。ヨシカさんは、佳枝の様子をときどき見張りながら、麩《ふ》とわかめを鍋に入れる。

ひとまず水菜を刻み終わり、そのようにヨシカさんに告げると、じゃあサラダ用のボウルに入れてください、それからお味噌汁の番を代わってください、とヨシカさんは言う。はい、と佳枝は言いながら、頭の中のボワンに抗《あらが》う。ヨシカさんは、ボウルに作り置きのしそのドレッシングをふりかけ、大きなヘラでざくざく混ぜてゆく。中火にかけている味噌汁には、特に変化は見られない。

開店三十分前になると、厨房の空いているスペースにトレーを並べ、冷蔵庫から常備菜の小鉢を出して置いていく。とき子さんと呼ばれている、夜のパートの女性には会ったことがないのだが、小鉢に盛られているれんこんのきんぴらが、どれもまったく同じ量に見えて、佳枝は毎日のことながら感心する。すごくできる人なんだろうな、と思う。ヨシカさんにそのことを話すと、できる人やけど、どっちかというと、ただのドラマ好きのおばさんよ、と何でもなさそうに言っていた。

ごはんが炊き上がると、ヨシカさんは冷蔵庫から豚ばら肉の薄切りのトレーを一枚出して、フライパンをコンロの上に置く。佳枝は、頻度を増した頭の中のボワンという感じを、首を回してやり過ごしながら、味噌汁の鍋の下の火を弱くする。

開店まであと十五分、というところで、ヨシカさんが、コーヒー淹れようか、と言って、お湯を沸かし始めた。佳枝は、まぶたを半分閉じながらうなずく。カフェインを摂ったら、ランチの間の三時間はなんとか持つようになる。ヨシカさんはいつも、開店の少し前になるとコーヒーを淹れてくれる。抽出に使っているカフェ・ナポレターナという器具を「慣らす」意図があるらしい。頭の内部のボワンとした眠気と戦わなければいけない佳枝には、とてもありがたい儀式だった。

コーヒーが入ると、二人は厨房の隅に置いてある椅子に座り、無言で飲む。最初の頃は、少しは雑談をしたかもしれないが、今は、特に開店前のこの時間は、まったく口をきかない。ヨシカさんは、生来が無口でもおしゃべりだというわけでもなく、相手によってよく喋ったりぜんぜん話さなかったりする人のようだった。佳枝も、会社員だった頃はけっこういろいろ話す人間だったような気がするのだが、家に引きこもるようになってから口数がかなり減った。いずれにしろ、無理に話題を見つけなくていいのはいいことで、かといって、勤務時間全体においてまったく会話がないわけでもないので、佳枝は楽だった。

開店の三分前にコーヒーを飲み終わり、ヨシカさんはドアの前の札を「じゅんび中です」から「どうぞお入りください」に裏返しに行く。さっそく、大学生ぐらいの女の子の二人組が、ヨシカさんと共に店に入ってきた。佳枝は、食器棚から重なった味噌汁とごはんの茶碗を取り出し、ヨシカさんが混ぜ合わせたサラダのボウルを、汁物・ごはん・サラダ担当の自分の陣地に置いた。そして難しい顔で並んだトレーを見渡し、眠気が訪れないようひたすら祈った。

❖

あなたは病気なの？　と、最近店によく来る老婦人に話しかけられて、返答に困った。帰る間際のことだった。自己判断では、睡眠相前進症候群で、且つ、新型も含めた鬱全般のどれかだろう、と考えているのだが、病院に行ったわけでもないので、佳枝の帰宅と入れ替わりぐらいによくお茶を飲みに来るその老婦人に、はっきりと答えることはできない。

昨日は、家への帰りの路地で眠気を我慢できなくなり、そのまま路地にあるラブホテルと民家の隙間で、ゴミのポリバケツにつかまって寝てしまった。民家の住人であるおばあさんが、不審者がいるのだが、と履物屋のおばあさんに相談したところ、佳枝は無理やり起こされ、履物屋に連れて行かれて、店の奥の部屋でまた眠りこけることになった。履物屋のおばあさんは、ハタナカを訪ねてそのことをヨシカさんに告げ、ヨシカさんは佳枝の母親に電話をして、佳枝は会社帰りの母親に連れ帰られた。履物屋のおばあさんは、佳枝と母親を夕食に誘ったが、母親は、そこまで迷惑をかけるわけにはいかない、と平謝りして、佳枝を自宅まで引きずっていった。

病気などでなければ、大人として相当情けない事態だと思う。しかし、へんな時間に眠くなることを除くと、目立った体の不調もないので、やはり自分は病気ではないと答えなければいけないのだろう。

「すごい夜型なんですよ、彼女」

佳枝が何事か言う前に、ヨシカさんは、老婦人の困った問いに、まったく簡潔に答える。老婦人にとっては、さして興味のある話題でもなく、ただの雑談だったようで、そうなの、夜型なの、とうなずくに終わり、佳枝は安堵して、口角をぎこちなく上げて何度か会釈した。歩いて二分の帰路でも行き倒れてしまったことに恐怖を感じながら、その日はなんとか家に帰り着いたものの、その緊張が解けた瞬間、玄関でばったり倒れて、そのまま古新聞の束につかまって寝てしまった。

会社の夢を見た。自分はそこそこやれていて、嫌われてもおらず、たまに「竹井さんがいないとこの職場は立ちゆかないよ」なんておだてられて、「パートさんを教えるのがうまいよね」とも言われて、給料は安いけれども、仕事をできているということそれ自体に充足していた。ずっと会社員として生きていくのも悪くないかも、と思い始めていた矢先に、あの役員につかまって、その下で働くことになった。佳枝の配属が変わったのは、役員の希望だそうだ。なぜ、地味にしていたはずの自分が目を付けられたのか。「竹井さんがいないと」と冗談交じりに飲み会で言われるような小さなことが、その条件を満たしてしまったのか。

あんたまたどこで寝てんのよ、と会社帰りの母親に尻を軽く蹴られて目が覚める。佳枝は、目をこすりながら這って階段を上る。手には新聞紙のインクがついていて、部屋に戻って朝以外はめったに見ない鏡を覗き込むと、目の周りが黒く汚れていた。佳枝は、母親が毎朝出勤前に佳枝の部屋に入って開けていくカーテンを閉め、電気をつけて、手の汚れていないところでそれを拭き取ろうとするけれども、どうしても黒いものは完全にはなくならないので、やがて諦めてベッドにうつぶせになって、そのまま眠りこけた。そしてやはり、夜中の三時まで起きなかった。風呂に入って、顔の汚れは取れたけれども、枕カバーがうっすら黒くなっているのは、手で払っても大してましにならなかった。

みんな悪気はないのだが、佳枝が道端で寝ていたことは、店の近所や店に出入りする人のちょっとした話題になっていた。七時の出勤時には、すでに開店している履物屋のおばあさんに、あんた、家に帰るまでに眠くなったら、うちで寝ていってもええねんで、と大声で声をかけられた。いつもコーヒーを買いに来るおじさんからは、そら若い子はいっつも眠いでメガネさん！ と背中を叩かれた。病気なの？ と訊いてきた老婦人は、大阪には睡眠外来のある病院があるそうよ、と心配そうに話しかけてきた。エスペラントが何か知っている老婦人は、一年前に夫を亡くし、子供もなかったので、夫婦が観光地として気に入っていた奈良に移住してきたという話を、佳枝は誰かの話で知っていた。

その日は比較的ゆっくりとした日で、店内では知った顔の人があれこれヨシカさんに話しかけたり、お互いに話していたり、という光景をよく見かけた。ヨシカさん自身は、「一人でじっとできる」ことをお店のコンセプトの一つとしている様子なのだが、一人でやってきても、どうしても人懐こい人というのはいる。

ヨシカさんの大学時代の友達だというそよ乃さんも、そういう人の一人だった。そよ乃さんは、フェルトで作った珍しい動物とか、南仏風の布で縫った夏季向けのテーブルクロスだとか、手のひらに乗るぐらい小さい陶器の一輪挿しなんかを盛んに持ってくる人なのだが、そういったものはすべて、作るよ、と告げられた段階で、ヨシカさんがこうしてくれと指示しているのだという。いわく、本人任せにしていると、オカンアートすれすれのものを作ってくるので、それは店に合わないし飾れないと告げるのも悪いから、とのことだった。佳枝なら、気に入らないものでも何も言わずに受け取ってしまいそうだし、作るものを指定されるとやる気が出なそうだと思うのだが、ヨシカさんとそよ乃さんは、そのへんはさっぱりした関係のようだ。

「アルガリ、知ってる？　メガネさん、アルガリ」

昼ごはんと喫茶のちょうど境い目ぐらいの時間にやってきたそよ乃さんは、大きくカールした角の付いたフェルト製の羊を、やや興奮気味に佳枝に見せる。羊といっても、体はスリムで頑丈そうだ。

「……知ってます。中央アジアにいるんですよね」

知らないふりをしたほうがいいのはなんとなくわかったのだが、佳枝の性質として、そういう立ち回りはできなかった。もう頭の中の煙が最も濃く立ち込めている時刻でもあったので、判断力も著しく低下していた。

「うわメガネさんかしこい、見た目どおり」

そよ乃さんが佳枝を指差して目を輝かせていると、そよ乃、と他の二人組のお客さんの注文をとってきたヨシカさんが首を振った。そよ乃さんは、あ、そっかそっか、とすぐに静かになり、メニューを吟味し始める。

「わたしはじゃあ、ダージリンで」

佳枝は、そよ乃さんの注文を伝票に書きとめながら、かしこまりました、と頭を下げる。「かしこい」と「かしこまりました」の関係について思いを馳《は》せながら、佳枝は伝票を持って厨房に入る。調理台の奥の方に並んでいるティーポットを取って、ちょうどお湯が沸いた様子のやかんからポットにお湯を注ぎ、少しの間ポットを回して全体を温めた後、流しにお湯を捨てる。

「かしこい」と「かしこまりました」は違う。漢字が違う。「賢い」と「畏まりました」。

佳枝は、今日初めて注文が入ったダージリンの缶を戸棚から出して、ポットにストレーナーをセットし、やかんの湯を注いで、すばやく茶葉を投入してふたをする。「かしこい」とは、会社でもよく言われていた。佳枝は、作業の工程を合理化して簡素にするのが得意だったからだ。また、物事を断片的なニュアンスでつかむのが苦手で、最初から最後までの流れを把握してから理解するタイプであったため、自分の覚えたことを順を追って他人に説明する際に、わかりやすいという感想を持たれることが多かった。佳枝は「べつにかしこくない」ので、その学習の跡を思い出して辿るのが容易だったのだ。だから、パートさんを教えるのがうまかった。

それである日、「おまえかしこいのか？」と声をかけられたのだった。エレベーターの中で。役員に。自分がどう反応したかは、どうしても思い出せない。

佳枝は、顔をしかめながら砂時計をひっくり返し、ポットをいったん調理台に置く。左手で右手の震えを押さえる。手首の付け根を握り締めると、すぐにおさまる。

一所懸命やっていただけだった。性別を問わず、他の社員に対しては差し出がましくならないように気をつけていたし、下っ端だったから、少々理不尽なことを言われてもちゃんとやっていた。それで評価を上げたこともあった。会社でのやりとりは、よそよそしいものがほとんどで、どれだけ自分が犠牲を払わずうまく他人を使うかということにみんなあくせくしてたけれども、仕事上の恩もどこかでちゃんと覚えていて、佳枝の献身が感謝されるべきものとして受け入れてもらえる瞬間も確かにあったのだ。

砂時計の砂が落ちきったので、ポットからストレーナーを抜き、そこから滴る紅茶の最後の一滴までをポットに落としたあと、すぐにゴミ箱に茶葉を捨てて、流しにストレーナーを置く。

そうやって声をかけられるまでは、会社の人間の中で、役員とだけは仕事をしたことがなかったように思う。幼稚な問いかけを投げてきた役員の目付きは、自分だけ遊びの輪に入れない幼児のようだった。妙に澄んでいて、心底、自分がみんなと遊んでもらえない理由がわからない、とでもいうような。

佳枝は、トレーにポットとソーサーとカップを載せて、そよ乃さんのところに運んでいく。おそらく今日は、この給仕を最後に帰宅することになるのだろう。そよ乃さんは、ありがとー、と張りのない高い声でお礼を言いながら、手を伸ばしてトレーを受け取る。佳枝とそよ乃さんは、十歳も年は離れていないけれども、なんだか友達の母親みたいだと思う。

テーブルの上に置いて自慢していたアルガリのフェルト細工は、ヨシカさんがすでに本棚に飾っていた。そよ乃さんは、おいしー、と言いながらカップから口を離す。そよ乃さんは、なんにでもそう言う。あまりにも、何に対しても同じ反応なので、ときどき色だけ出て味の付いてない状態の紅茶を出したろかと思う、とヨシカさんは言っていた。たぶん味わっていないから料理やお茶の作りがいがないというのではなくて、どこかそういうそよ乃さんの鈍さをおもしろがっているみたいだった。そよ乃さん自身の料理の腕は中の下ぐらいらしく、味付けがすごくどいので子供には好評、という話を聞いたことがある。

そよ乃さんと、ヨシカさんにパウンドケーキを注文した若い主婦らしき女性の二人組で、今のところの客足は落ち着きそうだったので、佳枝はそれじゃあ上がらせてもらいます、と厨房に戻ってヨシカさんに言う。ヨシカさんは、厨房の掛け時計を見上げて、すみません退勤の時刻から十五分も過ぎてんのに、とすまなそうに首を振る。

「そよ乃の相手までしてもらって申し訳ない」

「いえ、特に何も……」

エプロンを外し、折り畳んでバッグにしまう。ローテーションしているものがあと一枚になっていたので、今日は洗濯をしなければならない。といっても、洗濯機に放り込んで、母親が回して干すのを待つだけなのだが。

「暇なんか忙しいんかわからん人で。ああやっていろんなもん作って暇つぶしてんのかと思えば、子供のことで話を聞きに、東京まで行ったりとか」

「はあ」

「悪い子ではないねんけどね」

いやまあ、かなり気のいい子やねんけどね、とヨシカさんは独りごちながら、紅茶の抽出に戻る。コートを着込んだ佳枝は、ではお先に失礼します、とお辞儀をして、厨房を出る。女性の二人組は、本棚から一九二〇年代アメリカの服装に関する大判の本を出してきて、何やら楽しそうに話をしていて、そよ乃さんは、ポットとカップをテーブルの隅に追いやって、ノートを開き、傍らの冊子を覗き込んでいた。

あ、勉強してる、と佳枝は反射的に思う。学生の頃は、そんなことはざらにあったのだが、大人になると、ノートと本を同時に開いて、見比べたり書き写したりということはめったにない。そよ乃さんは、腕を組んでしばらく考え込むような素振りを見せた後、傍らのバッグから電子手帳を出し、人差し指だけでぶつぶつとキーボードを押す。そして、顔をしかめて首を振る。

「あの」

どうしてそんな呼びかけが口を衝《つ》いて出たのか、佳枝はよくわからなかったが、自覚もないままに発声してしまった。店内の物音にかき消してもらおうにも、二人組の女性は、夢中で本を眺めていたし、そよ乃さんは腕を組んで電子手帳を見下ろしているだけで、ヨシカさんがティーポットにふたをする音は、佳枝の声とは音程がまったく違っていて、それを上塗りするには及ばなかった。

そよ乃さんが顔を上げて、え、誰か呼んだ？　と周囲を見回す。

「あ、私です」

「あ、メガネさん」

「何かお困りですか？」

言葉を続けながら、佳枝は既視感を覚える。そうだった。自分はよくそう言って誰かを助けていた。会社にいた数年前は、パソコンが得意だったから。今はＯＳもどんどん変わっていってしまって、よくわからなくなってしまったけれども。

「意味わかる？　とらい・ざっと・おん・ふぉー・さいず。辞書に出てこなくて」

「はあ。『それをやってみなさい』じゃないですか」

自信ないですけど……、と念のため付け足す。佳枝に病気かと質問した老婦人なら、すぐにわかりそうなものなのだが、今日は正午前にやってきてランチを食べて、すぐに帰ってしまった。

「え、そうなの？　あ、でも確かに意味が通るわこの文」

重くて汚い雪のように降り積もる眠気をこらえながら、そよ乃さんの手元のテキストを見に行くと、中学生用の英語の問題集をやっているようだった。ページ上部の表題には『長文読解問題16　難度☆☆☆☆』とある。テキストの中でも、かなり最後の方にある問題だった。女の子と女の先生が、トレッキングのイベントに参加するのかしないのかということについてやりとりをしている。女の子は、少し体力に自信がないようだが、先生は、助けるから参加しなさいというようなことを言っている。

「私、靴のサイズのことかなーとか思っちゃって。去年の五月に息子の遠足があって、トレッキングシューズ買いに行ったわーとか、そのことかしらって」

そよ乃さんに息子さんがいることは知っているけれども、けっこう大きい子なのだな、と思う。そよ乃さんは、うれしそうに、ある私立の小学校の名前を口にする。さる中堅大学の付属の学校だった。上の大学の名前は、学生時代を通して、中の上レベルの成績だった佳枝からすると、志望校の選択範囲にも入っていたような、ちょっとなじみのある名前だった。

「try じゃなくて size のほうで辞書を引いたら出てくるかもしれません……」佳枝は深くうつむいて口を押さえ、顎の付け根とこめかみが痛くなるようなものすごいあくびをする。死ぬほど眠い時のあくびは苦痛だ。「それでは失礼します……」

回れ右をして、店の出入り口が先ほどより遠のいたように感じるのを不気味に思いながら、佳枝はバッグを肩から掛け直す。どうも長居してしまう。十四時に上がるのであれば、本当は十四時二分に自宅についているはずなのに、壁に掛けられた時計を見るともう十四時半近い。

寝る……、と口に出して言いながらドアを開けると、ねえ、メガネさん！　というそよ乃さんの声が背後から飛んでくる。礼儀として、体をそちらの方に向けなければいけないのは頭ではわかっているのだが、頭の中の汚い雪が、ボワンという煙に混じって佳枝の脳みその中で重々しく吹雪《ふぶ》いているので、立ち止まるのが精一杯だった。

そよ乃、とヨシカさんが呼びかけるのにもかまわず、そよ乃さんは佳枝に呼びかける。

「あのさ、わたし週一回ここに来るようにするからさ、勉強教えてよ」

佳枝は、うなずきも首を振りもせずに、ドアのレバーに手をかけ、満身の力でそれを下に押しやる。掛け金が、鈍く外れる感触がする。上半身をもたせ掛けて、その重さでドアを開く。あの人、聞こえてないの？という不思議そうな高い声が耳に入ってくる。

佳枝は、手すりを握り締めて一段一段階段を降りる。よく毎日ここから転げ落ちないものだと思うけれども、そんなことは絶対にあってはならない。自分がこの階段から落ちて怪我をしたら、悪くて死にでもしたら、雇い主のヨシカさんに迷惑がかかるからだ。そんなことは絶対あってはならない。だから佳枝は、帰宅時に階段を降りる瞬間が、二十四時間で最も緊張する。その次に緊張するのは、会社での出来事が未だ鮮明に過ぎる夢の中でだった。

なんとか今日も地上に降りて、佳枝は深呼吸をする。鼻から入ってくる空気は、気道を突き刺すように冷たい。カレンダー上では三月になったが、空気はまだ完全に冬のままだった。

佳枝は、首を振りながら一歩踏み出し、そのままどこかの家のブロック塀にもたれて眠りこけたい誘惑と戦いながら、よろよろと家路を急いだ。

❖

日曜日の開店後すぐにやってきた女の子は、レジに立っていた佳枝に、金色や銀色の糸で細かく刺繡が施された大きな布を渡していった。ヨシカさんは、友達の長瀬さんの家の庭にミントを摘みに行っていて留守だった。長瀬さんの家は大きくて庭も広く、長瀬さんはその一角で、お店のためにバジルやミントなどのハーブを育ててくれている。一応お金は払っているらしい。

かじたにりつこの娘です、と言う女の子によると、布はそよ乃さんが作った膝掛けらしく、ヨシカさんに見せにいくように、と母親のかじたにりつこさんづてに指示されたので、持って来たのだという。

「『ポースケ』に出たいんで、こういうこともできますよっていう証明のためだそうです」

ポースケ……、そんなこともあったな、と佳枝はレジの横の貼り紙を見る。貼り紙は夕方からのパートのとき子さんが書いたそうだ。膝掛けは、そもそもりつこさんのものでも娘さんのでもなく、そよ乃さんが作成し、りつこさん名義で小学校のバザーに出したものを買い取った保護者から借りたものだという。返す相手は娘さんではなく、そよ乃さんでいいそうだ。

「そよ乃さんと待ち合わせてるつもりやったんですけど、いはりませんね」

「まだいらっしゃってないみたいですね」

「そしたら、会えんかったらそのまま帰ってもいいらしいんで、帰ります」

「コーヒーか紅茶か、飲んでいかれますか？」

「いえ、友達が待ってますんで」

膝掛けを渡してすぐに帰ろうとする女の子にそう申し出ると、彼女は首を振ってドアの向こうを軽く手で示し、それではよろしくお願いします、と一礼して店から出て行った。佳枝は会ったことはないけれども、りつこさんという名前はヨシカさんとそよ乃さんの会話の中でよく耳にする。そよ乃さんはそのたびに、四人でゆっくり話したいねー、と言うのだが、あまりに毎回言うので、おそらく実現していないんだろうな、と佳枝は思う。店で使うハーブを育てている長瀬さんも、夜はよく来るそうなのだが、佳枝が出勤している昼前から午後早くには姿を見せない。りつこさんも長瀬さんも会社員だからだろう。

佳枝は、膝掛けをレジカウンターの下の棚にしまい、レジ前から厨房に移動しながら、女の子たちが階段を降りていく音を聞く。軽かったり重かったり不規則で、いかにも子供の足音という感じがする。りつこさんという人は、生駒に住んでいると聞いたことがあるので、あの子たちは電車に乗ってやってきたのだな、と佳枝はお湯を火にかけ、並んだトレーを眺めながらぼんやり考える。ランチの下準備は仕上がっていた。休みの日は、食事のお客が少し減り、お茶のお客が増えるので、日曜である今日はいつもより少なめに準備している。

　あんな子供さんでも電車に乗れるのにわたしは……、と佳枝は自分の小学生の頃のことを思い出す。いや、自分も小学四年から乗っていた。少し離れたところにある、全国チェーンの進学塾に通っていたのだ。ならば自分の現在のコンディションは十歳時にすら及ばないのだな、と自覚し、佳枝はへらりと笑う。幼稚園だって、歩いて二分のところにはなかった。人生最低の時期は、会社をやめる直前だったけれども、パートで働けるようになった今も、子供の頃以下なのだ。

　ミントの入った袋を持ったヨシカさんが、ごめんごめんと言いながら帰ってきたので、小学生ぐらいの女の子が、そよ乃さんが作った膝掛けを持ってきた、という旨を話すと、あー聞いてる聞いてる、とヨシカさんはうなずいて、そのままそれを確かめもせず、エプロンを身に付け、冷蔵庫から玉子と牛乳を取り出して、調理台の傍らに置く。平日の午後二時までは、食事のみの営業にしているけれども、休みの日はその時間帯も甘いものを出すことにしているので、基本的に調理を担っているヨシカさんの負担が増える。

「ポースケ出たいんよね、そよ乃」

　自分で企画したわりに、他人事のように口にするヨシカさんに、出し物をする人は集まってるんですか？　と訊くと、まあぼちぼち、と軽く首を振って、ボウルに玉子を割り入れる。

「竹井さんもなんかやらへん？」

ボウルから顔を背けて、ヨシカさんが突然そんなことを言ってきたので、佳枝はびっくりして目を見開いてしまう。

「わたしは、何も」

「そっかぁ。でも参加希望の人が都合で不参加になった場合の補欠とか」

「いえ、何にもとりえがありませんし」

「そうでもないと思うけどなあ」

ヨシカさんは、気の抜けた声で言った後、またパンケーキの生地作りに戻る。佳枝は、妙に驚きすぎてしまい、しばらく固まっていたのだが、やがてヨシカさんの邪魔にならないように一歩離れて、ランチの準備終わったんですけど、何かやることありますか？　と訊く。ヨシカさんは、じゃあ、そろそろお客さんが来る頃やから、ホールに出ててください、と指示するので、佳枝はその通り、厨房から出てカウンターの前に立ち、お冷やの準備を始める。

それからすぐに、ぞろぞろとお客さんがやってきたので、佳枝はすぐに、ヨシカさんがポースケについて言ってきたことを忘れてしまった。お客さんの中にはそよ乃さんもいたのだが、さすがに忙しい雰囲気を読み取ったのか、食事をすませるとすぐに店を出て行った。

けれどもそよ乃さんは、佳枝が退勤する十四時頃になると再び店にやってきた。手には商店街にある服屋の紙袋を抱えている。一日に同じ店に二回も入るってどうなのか、と思いながら水を出すと、そわそわした様子で、えなちゃん来た？　と佳枝を見上げる。佳枝は、一瞬何のことかわからなかったものの、すでに眠気が充満している頭をなんとか働かせ、開店直後にやってきた女の子のことを思い出す。

「もしかして、かじたにりつこさんの娘さんのことですか？」

「そうそう」

「膝掛け、置いていかれました」

「そうそう、ヨシカに確認してもらいたかったんで！」

そよ乃さんの言葉付きには、無邪気な「やってやった」というニュアンスが漂っていたので、佳枝は、膝掛けをちゃんと開いて見なかったことを少し後悔する。ヨシカさんは、奥のテーブルのお客さんに紅茶を運んで戻ってきながら、あんたが次に来る時までにちゃんと確認しとくからね、と席を覗き込んで、そのまま厨房に消えていく。

「確かに受け取りましたので、お持ちしましょうか？」

ぼんやりした口調で佳枝が言うと、あ、そうなの、久しぶりに見てみようかな！　とそよ乃さんが答えたので、佳枝はレジカウンターの下の棚から、りつこさんの娘さんから預かった膝掛けを出してくる。ほんの十数秒のことなのに、そよ乃さんは、今か今かと待っている様子で、佳枝は、この人なんか、考えてることの項目が少なそうだな、と思う。

膝掛けを渡すと、そよ乃さんはさっそく広げて、ここの色をこうしたらよかったわー、などと言っている。佳枝は、少し気後れしたものの、なんとなく気安さを感じるままに、楽しそうに膝掛けを精査するそよ乃さんを遮って、ご注文はいかがいたしましょう？　と訊く。そよ乃さんは、あ、じゃあね、アールグレイをポットでください、とメニューを見ずに注文する。かしこまりました、と佳枝は一礼し、席を離れる。厨房に戻ろうとすると、いつもの老婦人がやってくるのがドア越しに見えたので、佳枝はドアを開けて、いらっしゃいませ、と言う。老婦人を、そよ乃さんの隣の席に案内すると同時に水を出し、やっと厨房に戻ると、もう時間なんで、とヨシカさんが振り返る。

「いえ、二番の方の注文を取って、そよ乃さんにお茶を出してから帰ります」

「あー、こみやまさんのことは私がやるんでいいですよ」

老婦人は、こみやまさんというらしい。いいですよ、と言いつつも、お客もあまりひかないし、二枚重ねのパンケーキを同時に二人のお客さんに頼まれたヨシカさんは大変そうだったので、佳枝は首を振って、今日はそれほど眠くないんで大丈夫です、と伝票を持ってホールに出る。こみやまさんは、台湾茶の凍頂烏龍とクッキーを注文した。

「えなちゃんに会いたかったんやけど、高速が渋滞で遅れてしまって」

ポットとカップを持って行くと、そよ乃さんはそう言って軽く肩をすくめる。佳枝は、あの子はえなちゃんというのか、と女の子のことを思い出す。いつもすれ違いなのよねー、娘と年が近いから会いたいんやけどなあ、とそよ乃さんが言いながらカップに紅茶を注いでいると、いつもっていうほど待ち合わせなんかせんでしょうよ、とパンケーキを配膳し終わったヨシカさんはいなしつつ、厨房に戻っていく。佳枝は、二人もいるのか、子供、と少し感心する。こみやまさんは、膝掛けを目の前に広げて、これは見事ね、などと言っている。そよ乃さんはさっそく見てもらうことにしたようだ。

人懐こいな、うらやましい、と思いながら、佳枝はエプロンを外し、たたんでバッグに入れる。こみやまさんは、フランス語らしき言葉を流暢《りゅうちょう》に発音する。そういえば、膝掛けに文字が刺繍してあるのがちょっと見えた。こみやまさんといい、そよ乃さんといい、みんないろんなことができるんだなあ、と思いながら佳枝はコートを着る。

「ごめんね、ほんとになんかあの子、竹井さんのこと、友達の友達かなんかやと思ってしまってて」

「いえ、べつに……」

「こっちの方に、息抜きに来てて」ヨシカさんは、こみやまさんのお茶のためにタイマーをかけ、やや心苦しいといった様子で眉をしかめて振り向く。「息子さんが、幼稚園から私立やからママ友がなかなか近くにおらんかったりとか、家の中のこととかあってね。友達の中で補い合わなあかんことなんやけど、なかなかみんな忙しくて……」

最後のほうの情報は、なんだかヨシカさん自身による自分への確認のように思える。佳枝は、べつにいいんです、と呟き、後ろを向いて口に手を当て、ひどいあくびをしてから、それでは失礼します、と厨房を後にする。あくびをしたことでこめかみが痛くなると同時に、眠気が重くのしかかってきて、佳枝は、肩を落として店を出る。今日はいつにも増して下り階段が怖かったので、手すりを握って、慎重に一段一段両足を揃えて降りていく。

最後の四段ほどまで来ると、もう耐えられない、と思う。会社にいて死ぬほどしんどかった時に、自分はどうしようと考えていたかを思い出す。タクシー、という言葉が頭に浮かぶのだが、自宅は歩いて二分である。タクシーを捕まえるのに二分歩くことはあるかもしれないけれども、歩いて二分のところにタクシーで行く人間は知らない。

誰か担架を持ってきてくれて、それでえっほえっほと運んでもらう……、などと考え事をしながら地上に降り、頭を振りながら自宅の方向に体を向けると、路地に駐輪してあった自転車にバッグが当たり、佳枝は、倒れこんでくる自転車から逃げようと階段側に身を翻《ひるがえ》して、建物の壁の角に顔の右側をぶつけてしまう。痛い、ととっさには思ったけれども、実はそうでもなかったので安心したのもつかの間、目を開けて佳枝は卒倒しそうになる。

眼鏡の右側のレンズに、何本もの横線が入っていた。テンプルも歪んでいる。人差し指をコートで拭《ふ》いて、恐る恐るさわってみたものの、傷は鋭い触感を伴った立体的なもので、クロスなどで拭《ぬぐ》ったところでどうにかなりそうな代物ではなかった。

佳枝は、階段に座り込もうとして、しかしそんなことをしたら新しく来るお客さんが怖がるかもしれないからだめだ、と思い直し、とりあえず路地に出る。自宅から店までの二分の道のりの間の、どこで休んでいたら最も被害が少ないか、と考えながら、レンズの右側を手で覆って右目を閉じ、のろのろと歩く。代わりの眼鏡は、あるにはあるけれども、入社して一年目の記念に買った今身に付けている太い上縁のものの方が、特殊なコーティングも施してあって高価だった。もう一つのは、大学生の頃に買った、あまり気に入っていない縁なしのものだ。あれを掛けると、男の人たちには少し評判が良かったけれども、佳枝自身は落ち着かなかった。

夢でも見ているのだったらいいな、と思いながら、右目を開けてみる。やはりそこには大きなくもりがある。佳枝は落胆して、ますます家に帰る気力をなくしてしまう。視界に、先週つかまって眠りこけてしまったゴミのポリバケツを発見すると、誘惑に駆られる。でも、同じ女が二回もポリバケツにつかまって眠りこけていたら、家の人はどんなふうに思うだろう。呪われてるとか、目を付けられてるとか、とにかく不安がるだろう。自分には他の人にそんなことを感じさせる権利はない、と佳枝は思う。

傍らにあった電柱を右腕で抱えて頭をもたせ掛けると、あまりに悲しくて、それ以上動けなくなるのを感じる。このままではいけないと、頭ではわかっているのだが、眠気は失望を伴って、どんな意志より欲望より強く、佳枝の意識を黒く塗り替えてゆく。

「店員さん！」

そう誰かに大声で呼ばれるのだが、振り返られずにいると、しゃかしゃかと急ぐような足音がして、また、店員さん、何してるの！　と声を掛けられ、背中を叩かれる。

「眠いの？」

「……はい」

「じゃうちで寝てったら？」

履物屋のおばあさんだった。佳枝は、路地での現在位置と、自宅までの距離と履物屋までの距離を秤にかけて、履物屋まではおよそ三十秒だが、自宅までは一分四十秒ほどかかる、と結論を出し、申し訳ないながらも、お言葉に甘えることにしてうなずく。

おばあさんに水を一杯もらって飲み干すと、佳枝は店のすぐ奥の、テレビが点いている部屋で、コートを被ってうつぶせになった。テレビでは、かなり大きな音で刑事ドラマの再放送を流している。おばあさんは、部屋にあるテレビの音声を聞きながら店番をするようだ。自分もこんな商売をしたいけど、あてがないし、だいいち食べていけるかわからない……、とマイナスの要素を一つ一つ積み上げながら、佳枝はコートを被りなおす。傷付いた眼鏡は右手に持ったままで、なんだか死んだ人みたいだな、と思った。

佳枝が寝ていることにはかまわず、履物屋のおばあさんは、店先で誰かと話していた。夢うつつの中で、佳枝は、その声の浮わつき具合や高さから、そよ乃さんか、と判断し、固く目を閉じる。週にだいたい一回は神戸の方からこっちにやってきて、パートをしている様子もないし、なんだか暇で優雅な人だ。時間があって、働かなくてよくて、元気で……。ただもううらやましい立場だな、と佳枝は思う。その分、距離も感じる。だから、そんなそよ乃さんが、やたらに話しかけてくることを少しだけ不快にも思う。

でも、次に起きる時は、こんな感情は忘れているといい……。

「そうそう。それで、息子をいろんなところの面接に連れていかなくちゃいけないし、そこに通うことになったら、送り迎えしないといけないから」

履物屋のおばあさんが、それはなあ、大変やな！　と同意する。

「主人も運転できますけど、息子が今どのスクールに通っててとか、どの先生に診てもらっててとか、何回言っても忘れちゃうんですよ。だから意味ないの。わたしのほうが運転うまいし」

履物屋のおばあさんが、旦那は、嫁の言うことなんかなーんも聞いてないよ！　と言うと、そよ乃さんは高い声で笑った。

「姑はねえ、近所に恥ずかしいから学校にとにかく行かせてって言うんですけど、恥ずかしいから行けとか言えないですよねえ」

履物屋のおばあさんが、わたしは孫おらんからぜんぜんわからんけど！　と答えると、今度は二人で笑った。言葉の上で何がおかしいのかはよくわからないが、二人の雰囲気はかなりおもしろおかしいようだ。

「それで息子は電車に乗れなくなってしまったんで小学校に行けないんですけど……、こんなことやったら、歩いて行ける公立の学校に行かせたらよかったわ」

履物屋のおばあさんが、なんでも歩いて行けるところがいちばんやわ！　と言って、また二人は笑った。

オイルヒーターだけで暖をとっている部屋は、それなりに寒かったのだが、傷付いた眼鏡のテンプルを握り締めている佳枝の手は汗ばんでいた。眠りに半身を摑まれて引きずり込まれそうになりながら、佳枝は手探りで眼鏡をたたみ、うつぶせになったまま、傍らの座卓の上に置いた。

❖

佳枝が眼鏡にすごい傷を付けて履物屋で眠りこけていた、という話は、さっそく「眠りこけていた」に「気を失っていた」という尾ひれがついてヨシカさんに伝わっており、「もう明日は出勤しなくてもいいです」というメールまで来たのだが、受信していることに気が付いたのが夜中の三時だったので、「いいえ、ただ寝ていただけです」という返信をしないまま、佳枝は平時と同じように出勤した。

久しぶりに身に付けた予備の縁なしの眼鏡は、レンズに傷のいったものよりも繊細な作りをしていて、また昨日と同じように自転車が倒れてきた場合、いつものよりもひどいことになるかも、と心配になってきて、佳枝は念のため傷付いた眼鏡をバッグに入れていった。壊れた眼鏡が予備だなんてばかばかしい話だけれども、自分は今の縁なしの眼鏡も壊してしまうような気がしてならなかった。

いつもとは違う縁なしの眼鏡を掛けているものの、何事もなかったようにブログの更新をしている佳枝を見て、何があったの！　と開口いちばんに訊いてくるヨシカさんに、路地でミスをして眼鏡のレンズに傷を付けてしまい、帰宅する気力を失っていたところ、履物屋さんのおばあさんに拾われ、そこで寝かせてもらっていました、と正直に説明すると、ミス……、とヨシカさんは訝《いぶか》しげな顔をした。

「店の前に自転車が停めてあって、倒れてきたんですよ。それをよけそこねて」

「あー。よく停まってるよな」

ラブホの客かなあ、とヨシカさんはぶつぶつ言っていたのだが、佳枝の話をまるごと信用しているという様子もなく、辛かったら帰っていいんでね、と何度か言っていた。

佳枝は結局、午後六時の閉店の時間まで履物屋で寝ていて、おばあさんにおにぎりと出汁巻き玉子と味噌汁までごちそうになり、家に帰った。あんたを迎えに来た女の子な、眼鏡にすごい傷いってんの見つけて大騒ぎしてたんやけど、寝てはるんやったらしゃあないわって先帰ったよ！　とおばあさんが言っていたので、そよ乃さんはただ、履物屋に愚痴を言いに来ただけということになる。おばあさんはおばあさんで、路上で眠りそうになっている佳枝や、前の店のお客というだけのそよ乃さんをよく受け入れるな、と思うけれども、長年お店をやっていたらそういうふうになってくるのかな、と佳枝は思う。

珍しく夜に家に帰り、母親とは一言も話さなかったのだが、母親に連絡してくれたヨシカさんによると、今日は残業だし、もう自分のことは自分でさせます、と言っていたらしい。複雑な気分もするが、一方で、それでいい、と佳枝は思う。母親も含めて、自分の周りの人はどうしたっていい人たちで、自分は彼らに守られすぎているような気がする。日がな一日、飽きもせずに自分に対して強大な権力を振るう役員と、毎日毎日一対一で対峙していた日々とはあまりに違いすぎる。わかっている。こっちが特殊で、あっちが現実なのだ。

なので眼鏡のことについての落胆は人に悟られないでおこう、と思っていたのだが、コーヒーを買いに来た又吉さんに、なんか今日は女らしいいんと違うん?! と言われると、うまい返しを思いつかず閉口した。

「眼鏡をね、今日は違うの掛けてはるんですよ」

「へー。顔付き変わるなあ」

「路地にねえ、自転車停めてあって、それと絡んで、いつものをぶつけはったみたいで」

「おーかわいそうに」

ヨシカさんが話すと、又吉さんは順調に同情してくれる。申し訳ない、と佳枝は思いながら、口角をなんとか上げる。

「めがねといえば、わし、新調したんやけど。娘に言われて」又吉さんは、そう言いながら、カバンをごそごそ探ってケースを取り出し、ふたを開けて中身を見せる。黒くて大きな縁の、芸能人やその真似をする若い人たちがよく掛けているようなデザインのものだった。「若返るでって言われたんやけど、なんか、わしが掛けても前より老けて見えるだけやったし。失敗したわ」

もう店じまいするらしいんで、三割引で売ってくれるからって、女房と買いに行ったんやけどな、と又吉さんが店名を口にすると、佳枝は驚いて体を引く。佳枝が傷付いた眼鏡を買った店だった。佳枝の前の会社からそう遠くない、難波駅のごく近くにある店だった。

「い、いつ閉店するんですか？」

「さー忘れたなあ。でも六月まではやってないと思う」

そうですか……、と落胆して、佳枝は厨房に戻る。時計を見て、あと三十分で退勤であることを確認し、パンケーキの種を混ぜる作業を再開しながら、そわそわし始める。いや、似合ってますよ、というヨシカさんの声が聞こえる。そして又吉さんは、そーお？　と少しうれしそうに返す。

もし店が閉店するまでに修理に行かないと、今度は買ったのとは別の店で修理を頼まなければいけなくなる。よりハードルが上がる。でも電車に乗れないから、難波には行けないだろう、普通に考えて……。

いつかは直してもらおう、と思っていた眼鏡を諦めなければならないような気がして、佳枝はとても悲しくなる。どこでもドアがあればいいのにっ、と子供のようなことまで考えてしまう。

「どうしたん、青い顔して」

「いえ、あの……」

ヨシカさんに気付かれたので、理由を話すと、あーそれはなあ、とヨシカさんと又吉さんは首を捻る。又吉さんは、佳枝が電車に乗れないことは知らないはずなのだが、ごく自然に、難波には電車に乗らないと行けないから竹井さんには無理、という事情を飲み込んだ様子で話を進めるのが、なんだか少し辛かった。

「眼鏡を店に送ってさ、事情があって行かれへんねけど、同じレンズ入れてください、って頼むわけにはいかんのですかね」

「うーん、縁も歪んでんねやったら調整とかあるし、どやろ」

などと話しているうちに、又吉さんのコーヒーが入り、いつものように水筒に詰めてもらって代金を払い、ほな路駐の自転車には気をつけなー、と完全に他人事として言いながら、又吉さんは店を出て行った。それと入れ替わるようにやってきたのはそよ乃さんで、佳枝を見かけるなり開口一番、めがね大丈夫やったん?! と声を張り上げた。佳枝は首を振る。大丈夫なわけがない。眼鏡は物なので自然治癒したり少し休んで回復したりすることはない。

「修理してもらわなあかんねんけど、買った店が難波にあるらしくて……。あ、そや」そよ乃さんに説明しながら、ヨシカさんは、何か思い付いたように手を打つ。「竹井さん、今その眼鏡持ってる？」

　突然水を向けられたので、佳枝は、はいはい、と神妙にうなずく。

「ほなそよ乃、車で来てんねやったら連れてってったってくれへん？」

　ガソリン代は、スコーン五個でどお？　とヨシカさんが言い出したので、佳枝は、いやいや、だめですよ、悪いですよ、と手を振って、そよ乃さんとヨシカさんの間に入ろうとする。しかし、一度話を聞いてしまったそよ乃さんは、いいわよ！　などと元気に答える。

「難波はもう何年も行ってないし、行きたい！」

「いや、だめですよ、車にも乗れるかわかりませんし……」

「後部座席で横になってたらええんとちゃう」

　そう言いながら、ヨシカさんはホールの掛け時計を見上げ、もう上がる時間やし、とうなずく。佳枝は、いや、駐車場までそもそも行けるかわからないし、と反論したものの、いいわよいいわよ、と言うそよ乃さんに引っ張られるようにして店を出る破目になった。

　そよ乃さんにバッグの取っ手をつかまれて引っ張られながら、佳枝は、まだ外は寒いというのに、髪の生え際に汗が吹き出してくるのを感じた。電車ならぬ、自動車に乗せられたら、自分はどうなるのだろうか。駐車場までは二分以上かかるだろうか。だったら自分は、電池が切れたように倒れたりうずくまったりしてしまうのだろうか。

駐車場なんかすぐよ、というそよ乃さんのあいまいな「すぐ」という表現に不安を感じながら、佳枝は、自分がどうやって店の階段を下ってきたのだろうと不思議に思う。そよ乃さんに連れられながら、いつのまにか降りていた。毎日毎日あんなに怖いのに、今日はなんとなく、降りられてしまった。

佳枝はわからなくなった。方向はぜんぜん違うけれども、度合いとしては、震災の翌週、役員にひどい嫌味を言われた時ぐらい、わからなくなった。たった一人でいろいろ考えて、怯えている自分はなんなのか。他人といたら、階段を降りたことにさえ気が付かないのに。

コインパーキングに着くと、ほらすぐやったでしょ？　とそよ乃さんは振り向く。佳枝は恐る恐るうなずく。二分以上歩いたかどうかは定かではないけれども、とにかく家以外のところに来れてしまった。

「すみません、お手数をおかけします……」

「気晴らしやから」そよ乃さんは、片手を振りながら運転席のドアに鍵を差し込む。「なんでもいいのよ。どんなことでも」

その言葉には、やっていることの親切さとはまた感触の異なる、かすかななげやりさのようなものが漂っていた。佳枝は、お世話になります、と言いながら、開いたドアから後部座席に乗り込む。シートに腰掛けると、体が安堵するのか、重い煙が弾けるような眠気が一息にのしかかってくる。深く凭《もた》れても、どうも首が安定せずに具合が悪いので、後部座席に置いてある大きめのクッションや膝掛けを端にどけて、腰を曲げ上半身を横たえる。シートベルトはしてね、というそよ乃さんの言葉に従うと同時に、車が発進する。

履物屋さんで、そよ乃さんの息子さんも電車に乗れないという話を耳にしたことを思い出す。顔も見たことがないその子もまた、こうやってどこかに連れて行ってもらうのだろうかと思うと、なんだかひどく申し訳なくなる。

車の揺れは案外心地好く、佳枝はもうどうにでもなれという気持ちで目を閉じる。このまま完全に寝入ってしまって、目的地で起きられない可能性もある、とそよ乃さんに伝えなければと働かない頭で考えたけれども、それはそれでそよ乃さんも大人なのだから、奈良にとんぼ返りするぐらいのことは思い付くだろう、と佳枝はあくびをする。やはりこめかみと顎の付け根が痛い。

「あ、寝てもいいんやけど、一個だけ訊いていい？」佳枝の頭の中はもう、灰色の濁った煙が充満していて、返事すらできなくなっていたのだが、そよ乃さんはかまわずに話しかけてくる。「あの問題集の最後の長文読解が、ＮＡＳＡの研究員の男女の会話で、男のほうが、この研究が成功したらディナーに行こう、って女の子を口説くんやけど、女の子は、それはない、って言うのよ。その理由が、あなたは研究の結果よりも、プレデターの結果と結婚してるから、ちなみにわたしはペンギンのちょっとしたファンなの、みたいなことを言うのね」

プレデターは捕食者だから、その男の子はなんか、他の女にいいようにされてんのかしら、それともまさか、あのグボァーって口が二重に開くプレデターのこと？　と言いながらそよ乃さんは減速する。問題は、その長文のいきさつを要約しなさい、とのことで、そよ乃さんは、女のほうが乗り気でないことは理解できるのだが、その理由がどうもよくわからないらしい。

「ユーアーマリードトゥプレデターズみたいなことを言うんですか……？」

佳枝は、最後の力を振り絞って、寝言のようにむにゃむにゃと問いを口にする。そよ乃さんは、そうそうそうそう、と同意しながら、ゆっくりとブレーキを踏む。今はどのへんだろうか、平城京のあたりだろうか。そもそも普通自動車免許を持っていない佳枝には、わかるはずもないことなのだが。

「その男子は、仕事の結果よりナッシュビル・プレデターズのリザルトに執着してるから、女子は、ないわ、って言うんだと思います。それで女子は、ピッツバーグ・ペンギンズの軽いファンです。アイスホッケーの話をしてるんですよ」

「何それ、中学生にわかるわけないやろ！」

「同感です……」

佳枝は、もはや口を動かすこともままならなくなり、かすかなまぶたの裏の光にさえ、意識が取り合わなくなるのを感じる。

「なんでそんなこと知ってんのかって、ほんと思うわ、メガネさん」信号が青になったのか、車は再び走り始める。佳枝には、車の運転のうまいへたはよくわからないのだが、ほとんど乗り物に乗っている不安を感じないので、もしかしたらうまいのではないか、と眠りに落ちる最後の淵で考える。「先生にでもなりはったらどうなん」

そよ乃さんの言葉が、眠りの水底にゆっくり沈んでくるのがわかったけれども、佳枝はそれには答えず、寝息を立て始めた。

❖

大阪に到着してからは、話が早かった。そよ乃さんはスマートフォンで眼鏡屋の場所を確認し、難波は久しぶりというわりにはほとんど迷わずそこに辿り着いて、佳枝の代わりに、店員さんに向かって、眼鏡の修理をお願いしたいんですけど！　と切り出した。佳枝は、そんなそよ乃さんにひたすら付いていくだけで精一杯だったが、ときどき視界を通して頭に入ってくる平日の夕方の難波の景色や人ごみは、懐かしいような、失望のフラッシュバックで息が詰まるのではと怖いような感じがした。

しかし、街並みは恐れていたほど佳枝を責める様子でもなかった。髙島屋の前の広い横断歩道も、戎橋商店街と南海通の入り口も、難波西口交差点の角に建っているビルの看板にくっついた気温のデジタル表示も、今となってはただの風景になっていた。

眼鏡屋の、佳枝と同じ年頃と思《おぼ》しき女性の店員さんは、丁寧で穏やかな口調で、派手に傷のいったレンズや歪んだフレームに関して詮索するでもなく、修理の見積もりを出してくれた。佳枝はそんなに近視が進んでいるわけではなく、乱視や他の特殊加工もなかったので、店にあるレンズで対応できるから、六十分でなんとかなる、とのことで、また後日に取りに来る手間が省けそうだ、と佳枝はほっとした。

そよ乃さんは、待ち時間の間に蓬萊に豚饅を買いに行きたい、と強く主張し、どんどん戎橋筋商店街の中に入っていった。スマートフォンの地図を確認しながらとはいえ、久しぶりという土地であまりに迷いなく行動する様子に、地図を読むのがお上手なんですね、と声をかけると、最初の頃はすごく苦手だったけれども、もう慣れた、とそよ乃さんは答えた。何をもって「最初の頃」とするのかについては、佳枝にはわからなかったけれども、そよ乃さんはとにかく、地図だけを頼りに移動することが多いようだ。

「ちっさい病院のホームページに載ってる地図とかって、ほんとにいいかげんでわかりにくいのが多い」

そよ乃さんは、大儀そうに首を振って、あまり歩くのは速くないものの、まっすぐに蓬萊の七色の看板を目指した。豚饅を買うために列に並ぼうとして、あ、そういえば昼ごはんまだやった、と思い出したそよ乃さんは、ここのレストランで食べていこう、と言い出したので、佳枝はそれに従うことにした。唐揚げと中華丼を、半分ずつに取り分けてもらって食べた。そよ乃さんは、予備校のCMを見るたびに、自分も通えないかと思うと話していた。どうして十代の頃、もっとちゃんと勉強をしなかったのだろうと後悔をしているらしい。英語の問題集をやっているのはそのためでしょうか？　と訊くと、あれは子供に教えるため、とそよ乃さんは答えた。息子は、勉強が好きでもないけれども嫌いでもないといった様子で、そこそここなしはするのだが、いつ行き詰まって興味を無くしてしまうかわからないから、その時は自分が教えなくてはならないと思って、問題集をいくつかやっているそうだ。四月から中学生なので、この数ヶ月は中学生向けのものを学習しているらしい。英語はけっこう好きで、今ので三冊目なのだという。

ガソリン代や難波に連れてきてもらった手間賃があるので、食事代は佳枝がおごることにした。そよ乃さんは、あ、ありがと、ごちそうさまでした、と事も無げに手を合わせ、代わりに、自分の家族の分以外に豚饅を四つ買って、佳枝にくれた。

ちょうど良い頃合いだったので、そのまま眼鏡を取りに行き、実際に佳枝の顔に掛けてみて最終調整をしている時に、そよ乃さんの携帯が鳴った。驚いたように電話をとったそよ乃さんは、売り場の隅っこで、え、そうなん？　そう、そうか……、などとうなずいていた。どんどん小声になっていくその様子を傍目《はため》にも心配していると、案の定そよ乃さんは深刻な顔付きで、姑が庭で草刈りをしていて、親指の先をすぱっといったらしくて……、と低い声で言った。そよ乃さんが話しているうちに眼鏡の調整が終わり、レジで説明書などを受け取っていた佳枝は、ああ、ああ、と困惑しながら、しかし、頭のどこかでこういうアクシデントを予想していたように感じながら首を振った。

「先が取れたとかっていうんやなくて、あくまで皮の部分だけらしいんやけど、血がすんごい出てるらしい……」

って子供らから、とそよ乃さんは付け加え、うつむいてゆっくりと首を横に振る。

そうか、そうだな、と佳枝は思った。なんでも、そんなにうまいことはいかない。大人なんだし。直接耳にしたわけでもないのに、もう自分のことは自分でさせます、という母親の言葉が頭を過ぎる。

「じゃあ、先に車で帰ってください」

わたしは電車で帰りますんで、と答えると、え、そう？　ごめんね、悪いわね、またお店行くからね、と言いながら、どこか安堵した様子で、そよ乃さんはさっさと売り場を後にした。佳枝は、妙にさっぱりした気分でその後ろ姿を見送りながら、お店はなくなってしまいますけれども、どうか長く使ってくださいね、と渡された、修理済みの眼鏡が入った紙袋を受け取った。佳枝は深くうなずいた。

出入り口の、自動ドアのマットを踏みながら、佳枝は人と車だらけの夕方の難波の街へと出て行く。辺りを見回そうとして、でもそんなことをすると余計に、自分自身に対して慣れないことをしている感覚が擦りこまれるような気がしたので、以前会社に通っていた頃の感覚を思い出しながら、特に何も頓着していないことを装って近鉄電車の駅を目指す。

高島屋の建物に入り、地下一階の食料品売り場に降りて、百貨店の出口を目指す。佳枝が勤め人だった二年前と比べて、このあたりも少し様変わりしたように感じたけれども、大筋のレイアウトは変わっていないので、なんとか歩くことができた。

地下街のなんばＷＡＬＫのある方へとつながる、御堂筋線沿いの長い通路は、相変わらず殺風景だけれども、行き交う人々の多さがその何もなさを中和していた。ヒロタのシュークリームのごく小さい店舗しか店がないせいか、唐突に熱帯魚の水槽が現れたり、蛍光灯で野菜を育てている企業ＰＲのケースが置かれていて目立つ。

通路は、なんばＷＡＬＫが東西に分岐しているところで行き止まりになる。佳枝は、いつも帰宅する時にそうしていたように、西側の入り口に直結している、近鉄電車の駅へと降りるエスカレーターに乗る。手すりに手をかけながら、今は帰っているけれども、また明日もあの人と仕事をするのか、と自分がずっと考えていたことを思い出す。しかし今日は違うということを不思議に思う。会社の人とは誰とも連絡を取っていないから、あの人がまた新しいターゲットを見つけて、キイキイ鳴きながら誰かの心の一部を剝ぎ取り、背中を曲げてしゃぶっているのかどうかはわからない。

他人を変えられるという勝手な思い上がりが、あなた自身を内側から傷つけている。それはわたしの知ったことではないし、誰もそんな自分で作り出した痛みに責任は負わない。

券売機で近鉄奈良への切符を買いながら、まっすぐ家に帰らずに店に寄ろう、と思う。ヨシカさんに豚饅を分けるのだ。眼鏡が直ったことを報告しなければならないし、名前だけ知っている夜のパートの人にも会いたいような気がした。

ホームでは、線路に落ちてしまうのではないかと少し怖かったけれども、佳枝はすぐにやってきた通勤特急に救われるように乗り込んだ。シートに腰掛け、電車が動き始めると、落ち着かなくて少し呼吸が荒くなった。失望を思い出した。とにかくそこから抜け出しはしたけれども、自分はまだ何も持ててはいないと思った。

ただそれは、社会的な、他人にはこう説明しておこう、というレベルのものであるということにも、佳枝は気が付いた。佳枝の本心は、もはやその失望に現在進行形の感覚を持たなくなっていた。もっと違うことを考えていた。

上本町の駅を出て少し走ると、電車が地上に向けて上昇していく。夕陽が、閃光《せんこう》のように車両に差し込んできて、佳枝は顔を背ける。窓を背に座っている人たちの何人かが、険しい顔付きで日除けを下げる。鶴橋の駅でドアが開くと、焼肉の匂いがする。電車は再び走り始める。

佳枝は、座席の手すりに体を預けて、向かいのドアにはまったガラス越しに、沿線の風景を眺める。線路は、あからさまに斜めの勾配に歪んでいる。坂が多いのだ。

手すりに肘を置いて、手で頭を支えながら、佳枝は目をつむった。あまり眠くはなかったけれども、すぐに眠れるような気もした。布施駅の少し手前の坂に差し掛かると、まるで電車が離陸していくようなイメージが、佳枝の頭の中に差し込んできた。

近鉄奈良に到着するまでしばらくの間、佳枝は眠った。会社の夢は見なかったし、見るかもしれないと恐れることもなかった。

コップと意思力

彼氏のぼんちゃんは優しいが、甘やかされたいといっても別々の人間である以上、限度があるのだ、とエレベーターのボタンを押しながら、ゆきえは当たり前のことを思った。忙しいんだねー、とか、辛いんだねー、と言われても、この時期の仕事量が減るわけではない。要するに、ゆきえが求める具体的な甘やかしは、誰かが代わりに仕事をやってくれることなのだが、ぼんちゃんには司書の仕事があるしそれは無理だ。そうでなくても、シャツにアイロンを当てて欲しいとか、自宅の冷凍庫に常にアイスクリームを入れておいて欲しいとか、甘やかしの項目はいくつかあるのだが、ぼんちゃんは洗濯はするけどアイロンはかけられないから、しわになる素材の服ははじめから買わず、三十二なのにパーカーばっかり着てるし、アイスはまちがって自分自身の好きなあずきバーを買ってきそうだ。ゆきえはバニラとかチョコレートの濃いやつが欲しいのだ。ゆきえは少し考えて、ぼんちゃんに頼めそうなことは、自分の働いている試験室の空気清浄機のフィルターを取り替えることぐらいだと思う。

ゆきえは、自分の家事に関するニーズをすべて叶えてくれる人物を一人だけ知っているけれども、甘やかしてください！　と頭を下げるつもりはない。おとといも電話で小言を言われたのだ。よりによって、結構疲れているのにあと三日も出勤しなければいけないという、何の救いもない火曜の夜に。思い出すだけで腹が立つ。何がもっと換気をしなさい、だ。自分は忙しいのだ。洗濯はそりゃ部屋干しになるし、部屋のカーテンを開ける時間は一週間で合計十時間あるかないかだ。その前は、部屋にたくさん髪の毛が落ちていたから、そろそろ髪を切りなさい、と言われた。ゆきえは、四月までカットに行く時間なんかない！　と言い返した。

むかむかしながら、職場のある建物を出る。振り返って窓を確認すると、横に広い五階建ての、だいたいどの部屋も電気が点いている。もう九時といえばそうだし、まだ九時といえばそうなのだろう。今はみんな忙しい。だから仕事を手伝ってとも言えない。耐えるのみだ。

夜道に響き渡る、自分のバタバタした足音に混じって、お腹が鳴る音が聞こえる。七時におにぎり食べたのに！　とゆきえは苛立《いらだ》ちながら駅を目指す。コンビニを通り過ぎたけれども、あの店には自分が好きな惣菜がないから、いまいち入る気にならない。たいして好きでもない商品の中から、食べたいものを探すのは本当に面倒臭い。自宅の最寄り駅にあるヨシカさんの店も、閉店時間は過ぎている。一応掃除したり明日の下ごしらえをしたりで、閉店後も十時ぐらいまで店にいるそうなんだが、押しかけてなんか食わせてくれっていうのもなあ。

駅に到着すると、線路の果てから帰る方面の電車が来ているのが見えたので、改札に入ったゆきえは、最後の力を振り絞って走り、電車に乗り込む。しかしそのせいで、余計に力を使ってしまったような気がして、損した！　と怒る。

終点の奈良までは数駅なのに、座席の端に座れたせいで泥のように眠ってしまった。中途半端に寝てから起きると、体も泥みたいに重く、ゆきえは、もうこうなったら奥さんがほしい、と思う。そうでなくても、スマホからタップだけで注文して、指定した時間に弁当を届けてくれるサービスとかないのか。カード番号がいらなくて、アカウントを作らなくてもよくて、できれば五百円ぐらいで。

肉か魚かしか訊いてこない、機内食みたいなのがいい、選ぶのめんどくさいから……、と思いながら、ゆきえは駅前の商店街を歩いて帰る。半分ぐらい照明が落とされているが、この時間帯ならまだ帰宅する人がたくさんいて、そんなに暗いという感じがしない。

またコンビニの前を通りかかったものの、ゆきえは歩調をゆるめて深く考えた後、やはり入るのはやめにする。あの可能性に賭ける。あの人が昼間、気まぐれにやってきて、ゆきえの部屋を掃除して、冷蔵庫にカレーやピラフなどを置いていってくれるという。

毎日とか、曜日が決まっているとか、正しい規則性のあるものではないので、ゆきえが食事を買って帰るのと重なってしまう日があることがときどき腹立たしいのだが、最近で掃除に来たのはおとといのことだったので、今日はもしかしたら来たかもしれない。

そういえば、ローストビーフなどという日もあったな、とゆきえは思い返す。今日がそういう日ならいいな、と目をぎゅっとつむり、バッグからスマートフォンを出しながら自宅のあるアパートを目指す。アーケードのない夜道に差し掛かると、ゆきえは必ずスマートフォンを用意する。防犯ベルとライトの代わりだった。しかし、起動ボタンを押しても、画面が黒く落ちたまま、ホーム画面が表示される様子がないので、電源ボタンを押すと、かろうじて、という様子でよろよろとOSが立ち上がり、赤いライトを弱々しく点滅させながら、『充電が必要です』という表示を出した。どうも、朝の通勤の時にインターネットに繋いだままロッカーにしまい、電波の弱い状態でソフトの更新やら何やらをされて、バッテリーが減ってしまったようだ。

もうっ！　とゆきえは顔を歪めて右腕を振り回し、不機嫌に夜道を歩く。ぼんちゃんは最低限しかメッセージを送ってこないし、親しい友達も、SNSより会ってしゃべる派が多いので、帰宅するなり電話の電源が切れていて不便ということはないのだが、家に帰ってテレビを観ながら映っている芸能人のことが検索できないといらつくと思う。かといってパソコンを立ち上げるのもめんどくさい。

アパートは、商店街を出てから三分ほどのところにある。今まで危ない目には遭ったことがないのだが、そういうことは本当に突然やってくるよ、と職場の先輩に教えられたので、ゆきえは早足で歩きながら、ときどき振り返ったり、ジグザグに歩いてみたりする。特にあやしいことはないまま、二階建ての建物に辿り着き、階段を登ろうとすると、一階の自転車置き場のあたりで、何かが動いたような気がしたので、ゆきえは立ち止まった。動物ではないと思う。もっと大きい。大人の男ぐらい。他の住民が、自転車で帰って来たにしろ、自転車で出て行くにしろ、いくらかはフレームやタイヤの音が聞こえてくるはずなのだが、そこにはただ気配があるだけだった。えぇえ？　とゆきえはそちらを覗き込もうとして、いや、ことを荒立てるのは良くないかもしれないと思い直し、いつも以上に早足で階段を登り、走ってドアの前に辿り着いて、鍵を開けた後は、できる限り素早くドアを閉めた。

トイレと風呂以外の電気をバチバチと点けていきながら、ゆきえは部屋を見回し、落胆して、バッグを放り捨てる。あの人、つまりゆきえの母親は、今日は来なかったようだ。部屋は、朝ゆきえが出勤した時と同じように散らかっていた。布団が足元で固まっているベッドの上には、脱ぎ捨てたスウェットがあり、床には、昨日買って飲んだジャスミン茶のペットボトル、お菓子の空き箱と内袋、ビニール袋、おとといまで着ていた服、電気代や水道代やカード代やプロバイダ料金の書類、雑誌、昨日観ていたDVDのケース、その前日と前々日に観ていたDVDのケースと中身がばらばらに置いてあった。

やっぱりごはんないのか……、とゆきえは、化粧も落とさずクッションに座り込み、テレビをつけて溜め息をつく。どうしてさっきコンビニの前を素通りしてしまったのか。というかこの帰り道に二回も通ったのに。自分の判断が甘すぎて腹が立つ。

このままの格好なら外出られるし、買いに行くかなあ、と腰を上げながら、しかし待てよ、とまた座る。自転車置き場に、誰かがいたことを思い出したのだった。いや、やはり住民の誰かで、自分の自転車の点検などに来ていたという可能性もあるけれども、どうも様子がおかしかった。

ゆきえは、クッションの端に頭を預けながら、人影に似た背格好の人間のことを思い出して、本当に吐き気がしたわけではないが、おえっ、と口にしてみる。それで胃から空気が出て行ってしまったのか、よけいに空腹がひどくなったような気がした。

冷蔵庫の中身と、食器棚に粉末のスープでも残っていなかったかということと、前に付き合っていた久米澤司《くめざわつかさ》という男のことを同時に考える。冷蔵庫の中にはチョコレートとチーかまと、飲みかけのアクエリアスビタミンガードの2ℓペットボトルしかなくて、スープはコーンのが一袋だけ残っていたような記憶があり、司は死ねばいいと思う。いや、死ねばいいと思うほどは憎んでいないけれども、とにかくもう会いたくない。向こうがどれだけそうでも。

ゆきえは、のっそりと立ち上がって、食器がほとんどしまわれていない食器棚を開け、賞味期限の切れたスープの箱を取り出して揺する。なんとか一袋だけ滑り出てきたことに安堵しながら、電気ポットに水を入れて沸かす。あとはチーかまだ。それが夕食になる。

まさか司が自転車置き場にいたとは思えない。そんな馬鹿なことをするとは。付き合っていた時、馬鹿は圧倒的にゆきえの方だった。二つ年上の司は、態度で常にそれをゆきえに知らしめていたし、ときどきは口に出して言うこともあった。ゆきえは、そういう口癖の人なんだろう、年上だし、と思いながら、特に気にもせずに適当に調子を合わせていたが、ある日、カードにスタンプが溜まって、景品と交換にそのカードを店に返却するように、もしくはカード全体に大きくバツをつけるように、司と会いたくなくなった。

どうでもよくなった。理由については細かく考えなかったけれども、強いて言うなら、この人めんどうだし一緒にいても楽しくないな、と思ったのだ。

ゆきえの単純な所感に反して、別れ話はこじれた。というか、向こうが一方的にこじらせた。それこそ馬鹿と言われたし、恩知らずだとか冷酷な女だとかまで言われた。思い出したくない。

お湯が沸いたので、マグカップにスープを作り、なんとか一袋すべて無事に残っていたチーかまをかじる。自転車置き場にいたあれが司であっても、司でなくても恨むわ、と思う。こういう疑いの気持ち自体がうっとうしくて無駄なものだ。自分が司と付き合っていなければ、今頃コンビニにごはんを買いに行けたのに、と思うと、電話をかけて怒鳴りつけてやりたくなる。

あ、そういえば電話、とゆきえは思い出して、マグカップを床に置き、放り捨てたバッグからスマートフォンを取り出し、ソケットに挿しっぱなしの充電器から伸びたケーブルに繋ぐ。ランプが点灯して、充電が始まる。

立ち上がったついでに顔を洗い、スウェットに着替えたゆきえは、再びクッションに落ち着くと、ちょうどいい具合に冷めたカップスープを、一瞬で残り三分の一というところまで飲んでしまう。スープがかなり減ったことに焦りながら、床の上のチーかまの袋を見ると、そちらも一本しか残っていない。もー、顔洗ってこれからくつろぐところなのにぃ、と足をばたばたさせ、ピザでも頼むかと誘惑に駆られるのだが、電話は充電中である。充電中でも電話はかけられないことはないのだが、バッテリーに悪い印象があるので気が引ける。

仕方がないので、バッグをひっくり返して探すと、底の方からカシスの味のキシリトールのガムが出てきたので、おおっと言いながら取り出してチーかまの横に置く。冷蔵庫の中のチョコも出してくる。アクエリアスは、夜中に喉が渇いたときのためにおいておく。

観ていたドラマの筋がよくわからなくなったため、適当にザッピングして、ニュースに落ち着く。その時のトピックは、不法就労をしている外国人ホステスについてで、ゆきえは顔をしかめて、十人で同居って大変だな、うちに一人ぐらい来たらいいのに、などと思う。

とりあえず明日は、絶対に晩ごはんを買って帰らなければいけない、あの人の気まぐれはあてにならないから、とゆきえは決意しながらスープを飲み干し、台所でカップを洗い水をくんで、クッションに腰掛けてガムの包みを開けた。この味意外とうまい、と思った。

❖

午前中だけで、兄からの着歴が五件入っていたので、昼ごはんを食べるとすぐに、職場の試料倉庫に行って電話をかけた。留守電もいっぱい入ってたけど珍しく何事かね、と言うと、おまえ、携帯の電話は入れとけよ！　と怒られた。釈明のために、4G通信を切らずにいたら、ロッカーの中で勝手にソフトを更新してバッテリーが減ったことがあったから、電源ごと切るようになった、という話をすると、そんなことはどうでもいいんだよ！　と更に怒られた。

「昨日の夕方、おかんが階段ですべってかかと骨折して入院してんぞ」

「えーそれは早く言ってくれんと」

「言おうとしたらおまえの電話はつながらんしメッセージは既読つかんし！」

四つ年上の兄は、名古屋で働いていて、結婚もしている。ぜんぜん会わないし話すこともないので、機種変更とともに番号やメールアドレスを変更した時も連絡しなかった。明日は自分が有休をとって様子を見に行くつもりだが、とにかく今日はおまえが見に行け、近いんやから！　と兄から指示されたので、わかったー、と通話を切る。母親の事故を最初に知った父親も、ゆきえのメールアドレスや電話番号を知らないので連絡できなかったらしい。住んでいるところは知っているので、一度見に行ったが、応答がないのでそのまま帰って来てしまったという。それが昨日の十九時の話だ。

ゆきえは、かかとかあ、早退できないかなあ、と思いながら、一応母親から番号を聞いて知っている父親の携帯に電話をすると、まあ自分がお見舞いに行くからいいよ、おまえは会社の人に迷惑をかけるといけないから早退とかはいいよ、と言われたので、少しがっかりする。

大変なことはわかるのだが、あまり実感がわかない。あの人は、わりとアクティブなところがあって、土日ごとに山歩きに行ったりしていて、それを自慢しつつゆきえの運動不足をよく咎めるのだが、しかしかかとか、しばらく歩けないのか、と感慨深く思う。

電話を切った後に、何か持って行くものはないか訊くのを忘れたとまた父親に電話をかけてみると、ないな、と父親は自信なさげに答え、二十秒ぐらいで話は終わった。

電話をかけるためにやってきた、人けのない試料倉庫のデスクに腰掛けたまま、とりあえず、今日買って帰るものは今日の夕食と、他にレトルトのごはんや惣菜と、インスタントラーメンを大量にだな、とゆきえは考えながら、しばらくスマートフォンで天気予報や芸能ニュースなどをチェックし、まだくそ寒いしどいつがどうしたとかどうでもいいわやっぱり、とネットの通信を切断する。

大事なことを忘れていたような気がしたので、うーんとしばし記憶を辿り、そうだそうだ司のことだ、と思い出して顔をしかめる。昨日自転車置き場で見かけたような気がするのはいったいなんだったんだ。人違いか。それともやっぱり本人なのか。別れた後にさんざんひきずってもめたことを考えると、問い合わせるのはご法度だし、しかし、気にしないわけにもいかなかった。職場の女の人に打ち明けまくって、いろいろと意見を仰ぎたい気もしたけれども、今から食堂に帰って、出来上がってる話の中に割り込むのもなあ、と思ったので、ゆきえはとりあえずぼんちゃんに電話をかけることにした。この時間は、ぼんちゃんもたぶん昼休みのはずだ。

五コールぐらい呼び出した後、ぼんちゃんは電話に出た。おつかれー、とゆきえが言うと、ぼんちゃんは、こんにちは、と言う。おかんが階段ですべってかかと折ってさあ、と告げると、うわ大変やな、健脚やのに、とぼんちゃんは返す。

「死ぬまでに百名山全部登るねんとか言ってたくせに」

「お見舞い行かな。ぼくもなんか手伝おか。千羽鶴折ろか」

ぼんちゃんはわりと多趣味だが、その優先順位のだいたい七番目ぐらいの位置に『折り紙』がある。ぼんちゃん自身はそのことについて、もてないと暇なんだよ！　と茶化して言っていたのだが、ゆきえは、本気で折り紙が好きなんだろうと考えている。実際、かなり複雑なものも折れるようだ。ゆきえはとにかく、折り紙やあやとりといった、繊細な手の運動が昔から苦手で、母親が買ってくれた教則本を眺めながら、無理だ、といつも失望していた。

手順を読んでそのまま実行するのも、どうにも苦痛だった。

　大学を卒業して以来続けている今の土質試験の仕事は、0コンマいくつの単位まで計量をしたりするので、繊細な作業といえばそうなのだが、仕事を教えてくれた先輩が、だいたい気の長い良い人が多かったので、ゆきえでもやれている。

　職場の先輩たちと比べて、料理を教えようとする母親はなんと短気で上から目線なことか、などと考えていると、自分が何の話をしたくて電話をかけたのか忘れそうになるので、そやなあ、一緒に折ろか、と話を合わせ、急いで本題を挿《さしはさ》む。

「おかんのこともあれやけどさあ、昨日の夜、アパートの自転車置き場に人がおってさあ」

「それはまあ、おるよね。自転車は人が乗るから」

「そうやねんけど、元彼と背格好が似てて」

「ええ?」

「それでさ、ごはん買って帰んの忘れたのに、買い直しに行けんかったよ!」

「いやそうじゃなくて、そこに怒るんやなくて」

　ぼんちゃんは、ゆきえが何時に帰宅したかということと、司がどこに住んでいてどういう生活パターンかということ、自転車置き場での様子のこと、住所は知られているのかということなどについて、簡潔に質問してきて、最後に、そうかあ、と溜め息をついた。

　元彼が会社帰りに来たとすると、梅さんが残業して帰ったぐらいがちょうど時間的にかち合うんかもしれんなあ、とぼんちゃんはちょっとのんきそうに言う。ゆきえの名字は梅本なので、ぼんちゃんはゆきえのことを梅さんと呼ぶ。

「仕事居残りやわストーカーはされるわ、災難やで」

「定時に帰ったら意外とはち合わせたりはせんのかもな。世の中うまくいかんなあ」

ぼんちゃんは、かなりがんばって、同情している、という様子を声音に含め、今日は少し早めに職場を出て、ごはんを買って帰り、できれば他の住民と一緒に建物に入るようにして、スマホは充電しておく、というようなアドバイスを続け、最後に付け加える。

「ていうかぼくんち来る？」

「いや、ぼんちゃんち遠いしええわ。おかんのお見舞いも行かなあかんし」

あーそうか、それがあるか、とぼんちゃんは言う。ぼんちゃんの家は、同じ近鉄沿線ではあるのだが、ゆきえは近鉄奈良線沿いでぼんちゃんは近鉄大阪線沿いなので、微妙に遠い。そして六畳の壁面が出入り口とベランダ側を残して全部本棚なので、ものすごい圧迫感がある。ぼんちゃんはゆきえより背が低い一五八センチしかないのだが、ぜんぜん平気らしい。

ちゃんとごはん買って帰りや、とぼんちゃんが言ったので、ゆきえが考えた肉か魚しか選べない弁当のサービスのことを話すと、ぼんちゃんは、菜食主義者の人もおるし、肉・魚・野菜にしたほうがえんちゃう、と付け加えた。

「あとは、宗教のこともあるから、牛・豚・鳥・魚・野菜にしよう」

「でも魚も青魚と他のとかあるやん」

「それ普通の弁当と何が違うのん」

結局、母親の怪我だとか、ストーカー騒ぎだとか、深刻な話をしていたはずなのに、どうでもいい話でぼんちゃんとの通話は終わり、それと同時に、昼休みの終わりを告げるチャイムも鳴った。ゆきえは、よくわからないが、朝起きた時よりもすっきりしたような気分で、試料倉庫を後にした。

❖

母親のかかとの負傷が、どうやらひび程度ですんだらしいのはよかったけれども、アパートの周囲に司らしき人物が出没しているのを母親が知っていたということは、大いにゆきえを憤慨させた。母親がゆきえの部屋を訪れる時刻は、日によってまちまちなのだが、夕食後に食事を持っていくと、たまに建物の近くに、何をするでもないのにうろうろしている男がいて、不審に思っていたらしい。

「でもあたしを見たらこそこそ逃げていくんよね」

脚を吊った母親は、近所の人からお見舞いでもらったというキウイを剝きながら、ぼんやりと言う。

「なんで言わへんのよ！」

「だってあたしのことを怖がってるみたいやから、それやったら特に気にせんでもいいわと思ってー」

母親は、ゆきえの叱り口調など意にも介さず、自宅から父親に持って来てもらったと思しき小皿にキウイを置き、輪切りにして寄越す。現実的に考えて、六十過ぎの何の変哲もないおばはんを司が怖がるとは思えなかったのだが、こんなことにまで母親には妙な万能感があるようだ。

「まああんた、心当たりがあるんなら気をつけなさいよ。あのちっちゃい子よりは大きい人やったよ」

「人の彼氏に対して失礼な」

「だってほんまのことやん」

母親は、ふはは、と笑ってキウイをぱくぱく食べる。かかとは痛いものの、その他の部分は依然快調なようだ。

その後も、家が散らかっているから変な人間関係を呼び寄せてしまうのだ、だとか、給料はちゃんともらってるんだからもっといいところに引っ越せばいいのに、といった、いちいちいらいらする話は続き、ゆきえがうんざりして「帰る」と言い出しかけたところで、母親は、そうやわこれこれ、と町内アートフラワー教室の裏紙のメモを出してきた。母親自慢の、無駄に達筆な文字で、「・キャベツとにんじんの千切りの入った袋野菜を買ってくる　・お酢につける　・うずら買ってくる　・みそに酒、みりんを加えて混ぜる　・みそに穴を開けてうずら落とす」などと、思いつくままという様子で書かれている。

「何これ……」

「あんたでも作れる、日持ちする料理。あたしが行けんかったらごはん困るんやないの」

あんたはガス台も包丁も使わんしね、そのぐらいしか思いつかんかったわ、と母親は言う。ゆきえは、料理のことはよくわからないが、そのメモの言う通りにするだけでこれからしばらく食べていけるとはまったく思えなかった。

「いいわよ、外食するか、帰りにインスタントのなんか買って帰るし」

「インスタントばっかり食べてたら体悪なるし、出来合いの弁当とか外食ばっかりやったら太るよ」

「うるさいな。こんなメモで毎日のごはんがまかなえるわけがないし、外食とか買ったものでも、ちゃんと栄養とか見るよ。そうやないと、料理できん男の人の一人ぐらしなんかみんなすぐ死ぬしすごいデブってことになるやんか」

「またへりくつを」

だんだん、どうしてお見舞いになど来てしまったのだろうという気がしてくる。いや、お見舞いはいいとしても、長く喋りすぎてしまったのではないか。話してもこの人とはずっと平行線だというのに。

ほな帰るわ、とゆきえはやや唐突にバッグを抱えて病室を出る。腹が立つのは、母親の「またね～」という声が、ゆきえとの言い争いやゆきえがさっさと帰ったことに対して、一切傷付いていないところである。

カリカリしながら県立病院を出て、駅へと向かう。家の近くのスーパーで何を買おうかと頭の中でリストを作ろうとしたけれども、だんだんわからなくなってきて、毎日コンビニに寄って弁当を買って帰ったら、時間が遅くなっても食いっぱぐれはないし、そもそもスマホのバッテリーに気をつけてればピザだって頼めるし、よく考えたらあの時だって、ネットで出前を頼めばよかったんやし、などと言い訳を考え始める。

あー食べるってめんどくさい、と思う。ゆきえはやせているわりに、食い意地は張っているほうだと自認していたのだが、食べることについていろいろと調整したりするのは嫌いなのだ。

外食するなら外食するで、通勤の途中にあるいろいろな店を、気分じゃないと避けてしまったりする。牛丼やハンバーガーやうどんを、待っていたらそのうち自分は食べたくなるだろうと思うのだけれども、一向にそうならない時もある。ヨシカさんの店は日替わりに近いので（前日のメニューと似たような材料で違うものを作っていたりする）、頻繁に訪れる価値はあるのだけれども、だからといって毎日世話になるのもなんだか恥ずかしい。ならば日替わりの店をもっと開拓していけば、そうしなくてもよくなるのだが、店について調べることと自体がわずらわしい。そんな丁寧な店に毎日通っていたら、お金もなくなってしまうだろう。昼も外食やコンビニ弁当が続いているので、夜は少し出費を抑えたい。

電車を降りてスーパーに入り、とりあえずレトルト食品の売り場に直行する。選択肢はいろいろあれど、レトルトといえばカレーだ、と四段の棚に詰め込まれた商品をそれぞれに見比べるのだが、価格帯も味の違いもあまりに多様で、だんだん疲れてくる。仕方がないので、いちばん安いものと、真ん中ぐらいの値段のものと、高いものをかごに入れ、近くにあったレンジ用のごはんの三個パックをその上に放り込む。これで三食分である。ゆきえは少し安心して、インスタントラーメンのところに行き、カップラーメンとうどん、焼きそばとパスタを手に取る。これで七食、一週間分である。

ゆきえは満足して会計を済ませ、スーパーから出てくる。これで、外に出られない日も食事ができる。ざまみろ、と司に対して、そして少しだけ母親に対して思う。足取りも軽い。なんだったら、また自転車置き場に司らしき人物がいたとしても、逃げるだけではなくうまくあしらえるような気がする。しかしそんな調子のいい日に限って、司はいなかった。

もちろん、いないに越したことはない、と思いながら、いつもより早めに帰り着いた自分の部屋に入り、バッグとインスタント食品がごっそり入ったビニール袋を台所の床に置き、そこからコートをベッドの上に放り投げ、洗面所で化粧を落とす。とてもさっぱりする。ゆきえは、顔のクレンジングをする時間が一日でも最も好きなのだが、おまえは化粧を早く落としすぎる、と司に注意されたものだった。

機嫌が良くなりかけていたのに、司のことが頭を過《よ》ぎり、ゆきえは、うざい！　と一言大きく吐き出して、テレビをつけてお湯を沸かす。服を次々とベッドの上に放り投げながらスウェットに着替えた後、先ほど購入した食料の入ったビニール袋を開いて手を突っ込み、少し悩んで、焼きそばを取り出す。塩焼きそばである。比較的好きな銘柄のものなので、インスタント生活悪くないやん、と思いながら、フィルムをひっぺがして、中から小袋を二つ取り出し、かやくの袋だけを麺の上に振り掛け、お湯を注ぐ。

コップに水を汲み、焼きそばを持って、座卓に置く。テレビでは、午後七時台のバラエティ番組をやっていて、今日はほんとに早く帰ったな、と思う。母親のお見舞いに行くために、無理やり仕事を切り上げたからなのだが、明日はその分がんばらなければいけないし、残業もいつもより長いかもしれない。

時間は計らず、箸で焼きそばの具合を確かめて、なんとなくいけそうだと判断し、流しにお湯を捨てに行く。何度も下向きに振ってしっかりお湯を切ると、なんとなくわくわくしてくる。七割がたまでめくった紙のふたをカップにくっつけたまま、液体の調味料を振り入れ、いそいそと座卓のところに戻って適当にかき混ぜる。いい匂いがする。すこぶる機嫌よく、何本かすくって食べると、匂いのわりに少し味気ない感じがした。水切りが足りなかったのかな、と思いながら、そのまま食べ続けると、麺に絡まって、粉末調味料の小袋が出てきた。あーもう、とゆきえは頭を振りながら、流しで小袋を洗い、スウェットの裾で拭く。なかなか袋が切れなかったので、歯で挟んで袋の端を落とし、中身を焼きそばに振りかける。まだ少し湿っていたのか、切り口に粉末がまとわりついてきて、どうもスムーズに中身が出てこない。

ゆきえは、肩を落として首を振る。テレビから聞こえてくる笑い声が、途端に厭《いと》わしくなって、リモコンを左手に取ってテレビを消し、右手に持った箸で焼きそばをすくう。

すごいあほやな、と自分で思う。それはいい。一日に最低でも五回は思う。職場で、違うフロアに移動したのに目的がわからなくなったり、目の前にある計量スプーンを探していたり、作業の期限は守れるのに、保険の書類やなんかについては守れたためしがないし、試験所の理事をエレベーターのドアで挟んだことがあるし、引き出しもよく詰まらせる。自分はあほだと思う。そのことについては納得しているし、仕方のないことなので、あやまるのはうまくなったし自虐もまったく苦痛ではない。わからないことがあればとにかく人に訊く心理的な壁も、十代の終わりにはあらかた取り払って、ありがとうございますという言葉も自然に口から出る。

しかし、人前で他人から、自分についてずけずけと言われることには納得がいかない。司と付き合っていた頃は、よく司の友達と出歩き、ゆきえの友人とも遊んだのだが、いつも馬鹿にされていた。司の友人の前では、こいつ根本的に人として成ってないんだよ、と小突かれたり、ゆきえの友人の前では、なんで他の女の人と比べていつも化粧とか髪の詰めが甘いかなあ、などと笑って頭をさわってきたりした。ゆきえの友人とばかり喋って、ゆきえをほったらかしにすることも、友人の具体的な名前を出して、おまえより女として上だなと言うことも何度かあった。そのたびにゆきえは、自分自身が決して失言の少ないほうではないことに鑑《かんが》みて、この人は正直に思ったことを話す人なんだな、というふうに考えてきたけれども、ある日限界が来た。

長い間箸に絡ませたまま持っていた塩焼きそばを、やっと口に運ぶ。作り方にミスがあった上、司のことを考えてしまったものの、やはりおいしかった。なんとなく、またテレビをつけて、こんどは比較的静かなニュース番組にチャンネルを合わせると、バッグの中でスマートフォンのメッセージ通知の音が鳴った。箸を置いて見に行くと、ぼんちゃんから一通来ていた。内容は、このホテルの味のハッシュドビーフ二十個セットの共同購入が、あと一人で二千円になる！　という説明と、その商品のリンクで、ゆきえはへらりと笑い、スマートフォンをそっとバッグにしまった。返信は焼きそばを食べ終わってからだ。

ハッシュドビーフが好きなのはぼんちゃんのほうである。ゆきえはカレーが好きなのだ。一年付き合っても覚えてくれない。司からしたら、ぼんちゃんもあほなんだろうか。背も小さいし。博士号を持っているのだが、それさえなんだか、大学から出そびれただけのことに思えてくるぐらい、ぼんちゃんはえらくなさそうに見える。

まあまったくそれでかまわないのだが。

ゆきえは塩焼きそばを食べ終わり、水を一息に飲む。まあまあうまかった。明日は明らかに忙しいし、家事もめんどうだし、司のことも気になるけれども、なんとかこなしていかないと、と思った。

❖

駅から自宅に向かう途中、昨日ついに履くパンツがなくなってしまって、帰りに買って帰った、という話をすると、ぼんちゃんはげらげら笑って、自分もそれをやったことがある、と言った。

「家帰ってさあ、もう自己嫌悪でそっこー洗濯機回したよ。ほんなら、ウールのカーディガンとか入っててさ、思いっきり縮んだわ」

「ありがちありがち」ぼんちゃんはよく、開いたままのポケットティッシュと一緒に洗濯してしまい、中身が他の洗濯物にまとわりついて出てくるのだそうだ。ときどき千円札も出てくるらしい。「万札を洗濯機にかけへんのはさあ、紙幣と貨幣の最大単位なんで、最初に財布に入れるのが決まってるからやろね。まだ救いがある話やね」

まあんまり財布にも万札は入ってないけど、とぼんちゃんは付け加える。ちゃんと訊いたことはないけれども、新設の私立大学の図書館に勤務するぼんちゃんの月給は、土質試験場に勤めるゆきえより少し低いぐらいのはずだ。

ゆきえは、気が付いたらほとんど母親が自分の洗濯物を片付けているという生活をしているので、ぼんちゃんほどは洗濯について話すことがなく、ほんの少しだけ寂しく思ったものの、すぐに、そういえば年始に封筒で手渡された二千円の酒肴料《しゅこう》を、すぐに財布に移さずにバッグに突っ込んだままにして忘れてしまったので、バッグの底からお金が出てきた時は嬉しくて、普段買わないさきいかの大袋とか買ってしまった、と話した。するとぼんちゃんは真面目な顔をして、ちゃんと酒肴料として使ったんやね、と感心した。

部屋が散らかっているので、ぼんちゃんを呼ぶのは忍びなかったのだが、司のこともあるし、片付けの手伝いを打診した。司がその様子を見るのかどうかはわからなかったけれども、少なくとも人の出入りはあると知らせたかった。

ぼんちゃんを家に入れ、閉め切っていたカーテンを久しぶりにすべて脇にどけて、窓を開けた。三月なので、よく晴れているとはいえまだ肌寒かったけれども、空気が入れ替わるのはすっきりした。ゆきえは、やたら深い呼吸をしつつ、床の上に散らばった持ち帰りの仕事の資料、郵送されてきた通販のカタログ、フリーペーパーや雑誌などを重ねて座卓の上に置きながら、次はいつ窓を開けられるのかなあ、とぼんやり思う。

「一週間、窓を開けんかったん？」

「そう。サイトとかで調べたら、部屋の中におるかおらんかわからんように、カーテンを閉め切っとけとか書いてたから」

「光がないのは、ちょっとずつこたえてくるよなあ」

　ぼんちゃんは伸びをしながら、ゆきえのベッドの上から掛け布団を下ろし、ベランダに干しに行く。ぼんちゃんも、ゆきえのと似たような1DKの間取りに住んでいるのだが、本の日焼けを防ぐためにカーテンを閉め切っているぶん、キッチンの窓には遮光の用途のものを一切付けないという極端なことをしている。もう一つの部屋が蔵書と就寝以外に機能しないため、パソコンやデスクは台所に置いてあり、ものを書く場所でごはんも食べる。しかし料理はそれなりに好きらしく、パソコンで検索した作り方を画面に表示したまま、流しと行き来してキッシュやローストチキンを作っていく様子はかなり妙で、自由で良い、という所感と、突っ込まれなさすぎてガラパゴス化しているな、という冷静な評価がゆきえの中では半々だった。

「光、通勤の時とかめっちゃわずらわしいけど、やっぱり体にいいのかな」

「そりゃいいやろう。でも目へのダメージはあるらしいから、良し悪しやないの」

　そして、でも日焼けしすぎは体に悪いし、とはいえ光を浴びないと体内時計がおかしくなるし、と続ける。ぼんちゃんは、こうじゃないかと思う選択肢を次々と口にするので、ときどき人を混乱させる。図書館に勤めて四年で、後輩も何人かいるらしいけれども、貫禄もぜんぜんないし、ちゃんと慕われているかはらはらする。職場に行って、でも、いい人なんだよ、と言ってあげたい気もする。

二人で部屋を片付けると、もう一人が何かを手に取るたびにいちいち判断をしなければいけないので、一人でうだうださぼりながらそうするよりも捗《はかど》るのは良い発見だった。ただ、これは捨てるのか、これはしまうのか、これは捨てないししまうこともできないが、どのように保存するのか、などとひたすら考えていると、すごく体を動かしているわけでもないのにどんどん疲れてきて、一通り部屋がすっきりする頃には、ゆきえはへとへとになっていた。

片付いた部屋の隅で、クッションに腰掛け、ぼんちゃんの持ってきた『快適な生活』というクレイアニメのDVDをぼんやりと観ていると、ぼんちゃんが、晩ごはんを作るよ、と言い出したので、ゆきえは困った。

「いや、いいよ」

「いやいや、作るよ」

スペイン風オムレツとか、簡単なやつ、とぼんちゃんが言うので、ゆきえは首を振り、告白する。

「うちには調理器具がまったくないのよ」

「え、鍋とか？」

「ない」

「フライパンも？」

「ないよ」

そうかあ、とぼんちゃんは大して驚いてもいないない様子で、座卓の上で腕組みをする。これまでは、ほとんど外食か、ぼんちゃんが弁当を作ってきたり、ぼんちゃんの家で作ってもらって食べたりしていたので、そのへんはぼかされていたのだ。料理をしない、とは言っていたが、まったくしない、というレベルだとはぼんちゃんも思っていなかったようだ。

ゆきえは、そういえば少し前にピザを食べ損ねたことを思い出し、ピザ出前とろうピザ、とクリアブックの中に整理してもらった出前のチラシをさっそく取り出してぼんちゃんに見せる。調理器具の件で少し面食らったような顔をしていたぼんちゃんは、気を取り直した様子でチラシを見ながら、自分はこのネギと鶏のが珍しいからいい、とすぐに指差す。わりと我が強い。何をしたいのかをすぐに決めて、それがだめな選択だったらあやまる。「なんでもいい」と言って、ゆきえが決めると後でそれにケチを付ける、というようなことはしない。

ゆきえは、じゃあ自分はこの肉肉しいの、とペパロニとソーセージとベーコンがのっているものに決めて、一枚のクラストに半分ずつのっけてもらうことにする。ぼんちゃんは、耳の部分にチーズが入っているクラストがあることにさかんに感心していたので、そのオプションもつけることにした。

ビールを買いに行き、ピザが到着したら、部屋が散らかっていたことや、調理器具を持ってていないという話をしたことをすぐに忘れてしまった。ぼんちゃんは、おみやげに持ってきたけど忘れていた、というラー油をネギのピザにかけて、おいしいのでこっちにもかけよう、とトマトソースのかかったゆきえが頼んだ側にもかけたが、本人としてはおいしくなったとは言えなかったようで、ミスったな、と少し後悔していた。ゆきえは、べつにどっちでもいいよ、と言いながら、その日四回目ぐらいの『快適な生活』を再生した。粘土で作った動物が、自分の日常についての愚痴を淡々と吐き出す様子は、すごくおもしろいというわけではないけど、飽きなかった。ぼんちゃんは、これで食器を磨いたらきれいになるよ、と小さい紅茶の缶に入った重曹もくれた。職場のおばさんが教えてくれたそうだ。

その日はとても穏やかに過ぎていった。ゆきえは、自分が家事に行き詰まっていたことも、司に付きまとわれているのかもしれないということも忘れて、気楽に過ごした。食後、ベランダから布団を取り込みながら、見覚えのある背の高い人影がゆきえの住むアパートから離れていく様子が見えても、さして気には病まなかった。

❖

レンジがチンという音を立てたので、ゆきえはキッチンにのそのそと這っていき、レンジの真下でやっと立ち上がって、中からパックのごはんを取り出す。熱いので、慎重に容器の端と端を持ち、座卓の上に投げ出すように置く。びりびりと乱暴にフィルムをめくり、コンビニでもらったプラスチックのスプーンで一口すくい、しばらく眺めた後、おもむろに口に入れる。まだ熱い。ちゃんと吹いて冷まさなかった自分にものすごく腹が立つ。険しい顔でペットボトルの緑茶をあおり、ごはんを飲み込むと少し余裕が出てきたので、座卓の真ん中にいつも置いてある、ぼんちゃんがおみやげに持ってきたラー油を開け、パックごはんの上で傾ける。ごはんに赤い油がじんわりと染みていくのを眺めると、ほんの少しだけましな気分になる。ラー油は、ごはんにかけたりそのまま食べたり、折に触れて口にしているので、かなり減ってきている。

傍らのビニール袋から、からあげのパックを取り出して輪ゴムを外し、その横に海草の酢の物のサラダを置いてテープをめくる。食べ物を開封するだけでも、ゆきえの意思力は減っていく。イメージとしては、『ドラゴンクエスト』で毒を食らい、四歩歩くごとにばしんと画面がひらめくような感じのことが、ゆきえの頭の中で起こっている。

もうあと一息だ、とこのところ上司や同僚たちと励まし合っていたのだが、とどめを刺すように、官公庁関連の団体の仕事が入ってきた。発注がぎりぎりなわりに、期限にも内容にも厳しいことで有名な得意先である。今年は仕事しないらしい、という話もあったのだが、結局ゆきえの職場は請け負ってしまった。毎年のことじゃないか、と自分に言い聞かせようとするのだけれども、でも向こうも、無茶な期限を切る気満々なら、せめて少し早めに注文して欲しい。

いやしかし、仕事は毎日のことだ、慣れている。今ゆきえの頭の中をひどくかき回しているのは、こんな余裕のない時期に郵便受けに入っていた手紙のことだった。封筒には切手も、宛先も、送信元の表記もなかった。しかしそのずっしりと重い感触に、ああ来た、とゆきえは目を固く閉じて眉をひそめたのだった。中身を見なくても司からのものであることはわかっていた。

なのでせめて、まずはごはんを食べようと思った。手紙を開封する気力を得るために。粗末なメニューだったけれども、ラー油かけごはんもからあげも酢の物も、それぞれにおいしかった。手紙を見るのがいやなので、余計にもっと長く食べていたかったのだが、空腹だったため、おそらく十五分もかからずに完食してしまった。

ゆきえは、ペットボトルの緑茶を飲み干し、しかしこれでは手紙を読んでいる間に飲む物がなくなる、と思い付き、流しに置いてあるコップをすすいで水を汲んだ。コーラが欲しい、と思ったけれども、外には出られなかった。しばらくの間水洗いしかしていない大きな耐熱ガラスのコップは、ひどく曇っていた。

藤色の封筒と便箋は、フランスの有名な文具メーカーのものだった。気の重い手紙でなければ、うれしかったかもしれない。書き出しは、他愛もなかった。

『前略　すごく久しぶり。ゆきえは今は年度末なんですごく忙しい時期だよね。自分も、取引先のわけのわかんない奴らと毎日やりあいながら頑張ってる』

水を少し飲む。司は商社に勤めていた。今もそうなのだろう。愚痴は言わなかったが、仕事ができるという主張が強かった。今も、上司と対立したり、使えない新卒の尻を叩いたりしながらも昇進にこぎつけ、まあいろいろとうまくいっている、と言う。この数年で、成長した実感があるらしい。八つ年下の、素直で自分を尊敬してくれる彼女もできたという。顔がきれいで、仕草や性格もかわいげのある人らしい。なので、落ち着いて充実した暮らしを送っているそうだ。

ならどうして、メールも着信も拒否している元恋人の自宅までやってきて、郵便受けに手紙を入れていったりするのだ、という疑問は飲み込む。不満の少ない生活をしてくれているのならそれに越したことはない。

『そういうわけで、おまえにさんざん振り回された傷は、思ったより深くなかったみたいだ。周りの人に敬意を払ってもらったり、受け入れられたりして、俺は回復してる』

ゆきえは、小さくうなずく。ならいい、と思う。あんたさえ満足なら、自分はいくらでもあんたの頭の中で悪者になる、と思う。ならどうして手紙なんかを、という疑問は、再び飲み込む。

『彼氏、背が小さくて、服装も子供みたいだね。そんな好みがあるなんて知らなかった。俺の会社ならあんな感じの人は、仕事ができるできない以前に弾かれちゃうかな』

ぐぎぎ、と顔をしかめて歯を食いしばる。自分のことはどれだけ悪く言ってくれてもいいけれども、ぼんちゃんのことをとやかく言われるのはものすごく腹が立つ。

ぼんちゃんとは、職場と得意先の合同遠足で出会った。信貴山にしいたけ狩りに行って、バーベキューをした時のことだった。中学生が隅っこで肉を焼いている、と思って声を掛けたら意外とおっさんで、得意先の男の人の知人だと説明するぼんちゃんを、元来背の低い男が好きなゆきえがデートに誘ったら、えーなにそれびっくりするなとか言いながらついてきた。ゆきえが人生ではじめての彼女らしい。

『仲はいいんだね。いつまでだまされてくれるのかな、彼は』

だましてないっ、とゆきえは座卓をばちんと叩く。

『ゆきえはさ、周りにはいい顔をして、一人の人間に悪い部分を開示して押し付けるよね。俺はそれを受け入れてたから、よく知ってる。けっこう冷血なところがある。知ってた？次の人とうまくいかなくなる前に、指摘しとくね』

ゆきえは、手紙は、便箋を片手で素早く折りたたんで、目の前の壁に向かって手裏剣のように投げつける。手紙は、鋭い音を立てて壁にぶつかり、ぽとんと床に落ちる。三度深呼吸をした後、とりあえず、座卓の上が食べたものの空の容器で散らかっているので、プラスチックとそうでない物に分けてゴミ箱に捨てる。

　ゴミ捨てのために立ち上がったついでに、手紙を取りに行く。本当に腹が立つ。司は、ゆきえが薄々この人はそういうことをしてるんじゃないかと思って疑問に思いながら、しかし言葉には落としこんでこなかったことを、今ゆきえに向かって言っている。ゆきえのことという態を取りながら、自分の話をしている。

　ゆきえは、大きなクッションにもたれて、できるだけ尊大な表情で手紙を読む。その後も、同じような取り乱していないことを装う語気で、司の文章は続いた。

　おまえは未熟で都合がいいから、人とちゃんとした関係を作れない。自分は搾取された。差し出した。そこから抜け出て今は幸せ。でも縁があって、それなりにいいところもあったおまえだから注意してあげる。心配もしている。今の人はできた子だよ。だからできないおまえに割ける時間も気力もあるんだよね。会ってじっくり話がしたいな。できれば今後もいい距離で見守りたい。

「無理！」

　最後の一行まで読み終わった後、ゆきえは天井に向かって宣言する。

　手紙での司は、ゆきえへの心配と自らの思慮により、気が進まないながらも欠点を指摘してやる、という立場から一歩も動かなかった。いや、そこから動いていても不気味なものだろうけれども、ゆきえが、この人と付き合っていたらおかしくなりそうだ、と思った態度のそのままで、自分と袂《たもと》を分かつことになっても、この人は何も省《かえり》みないし変わらない、ということだけがはっきりとわかった。

そんな人間が、自宅のある建物にやってきて、郵便受けに直接手紙を投函していった。ゆきえは、ゴミを捨ててしまったことを後悔する。そういった無害な物を、どんどん部屋のいたるところに投げつけたかった。

座卓の上の、ラー油の瓶とコップが目に入る。ゆきえは、反射的にコップのほうを右手に取って握り締め、少し座卓の面から浮かせる。そして首を振って、コップを流しに持って行き、洗い桶の中にどんと置く。

出来心で、流しの引き出しを開け、ぼんちゃんがラー油と一緒に持ってきた重曹の缶を取り出し、スポンジに振りかけて曇ったコップを磨く。どこが汚れているのか確認する気力もなかったので、ただでたらめに磨いていたものの、コップはゆきえの手の動きに呼応するように、汚れを手放していった。

水で流すと、曇ったコップは見違えるように透き通り、ゆきえは軽い満足感に浸る。もっとたくさんの食器があればいいのに、と思う。そしたらもうしばらく、手紙をもらったことに戻らなくていいから。

とにかく、これを壁に投げつけて割らなかった理性を保てたことだけは、今日の成果だ、と思いながら、再び水を汲んで座卓のところに戻る。司からの手紙は、依然としてラー油の瓶の手前に置いてある。

ゆきえは、片手で頬杖をつきながら、盛大な溜め息を吐き出す。それから、少し迷った挙句、スマートフォンを取り出して、ぼんちゃんに電話をかけた。ぼんちゃんは、すぐに電話に出た。重曹で磨いたらコップがぴかぴかになった、とゆきえが言うと、それはよかった、とぼんちゃんは言った。ゆきえが五秒ほど沈黙すると、ぼんちゃんは、何かあったんやね、と言った。そして、あのねえ今日はいろいろな用事をすませたから、夜中の二時ぐらいまでやったら話を聞けるよ、と言った。ゆきえは、司から手紙が来たことを話した。しかし、しゃべっているうちに、だんだんばかばかしくなってきて、結局二十分ぐらいで話を切り上げた。

その代わり、ものすごく腹が立ったわりに、食事のごみを散らかしたり、コップを壁に投げつけたりするのをがまんしたことについて話した。それは、大多数の大人にとっては簡単にせずにいられることなのだろうけれども、自分には難しかった、とゆきえは話した。でもまあ、意思力を使えばなんとか、コップを壊すのではなく洗う方向にシフトできたので、自分にとっては進歩だ、と。しょうもないことを話してるよな、とゆきえは自分で理解しながらも、そのことを知ってほしいとなぜか強く感じたので、淡々とぼんちゃんに報告した。ぼんちゃんは、そうかあ、意思力かあ、と何度も繰り返していた。

電話を切る直前に、明日からうちに泊まる？　とぼんちゃんはおずおずといった様子で提案した。ゆきえは、ぼんちゃんの部屋が人を泊めるような状況でないことを知っているので、それは断った。行き帰り気をつけて、手紙は取っておかないといけないけど、持っておくのがいやなら、家族の人かぼくに送って、とぼんちゃんは言った。

❖

殴られる、とか、どちらかが浮気する、とか、決定的な破綻を来《きた》すための要素がなかったので、別れ話をした当初は、もう好きでいられなくなった、としか言えなかった。その背後には、おびただしい量の小さい辛さがのしかかってはいたのだが、ゆきえはそれをどう表現したらいいかわからず、とにかく、ときめかなくなったような感じなので、一緒にはいられない、と言った。馬鹿か、と言われた。馬鹿でも、本当にもう好きだと思えない、とゆきえが答えてから、司との話し合いは三ヶ月にわたってこじれた。司は当初、くだらない理由で離れようとするおまえはおかしい、という論調で、ゆきえがすぐに心変わりすると思っていたようだが、ゆきえの決心が固いことに気付くと、おまえは恩知らずで、冷酷で、無責任だ、と言い出した。メールで、電話で、家に押しかけられて、えんえんとそんな話を聞かされると、本当にそんな気がしてきたのだが、しかしゆきえは、そこまで罵られた上で復縁しても、またひどく言われて辛くなるだろう、と考え、自分のところに戻るべきだ、という司の話には応じなかった。

司は、おまえは冷たくて計算高い、と言った次の日に、無邪気で純粋だから支えてやりたい、と懐柔《かいじゅう》しようとしてきた。ゆきえは、自分はどちらでもない、と思った。ならどんな人間なのかについて、簡潔に述べられそうにはなかったけれども、そんな両極端な人間ではない、ということだけはわかった。

一年半前に終わったことなのに、どうして今も司は自分に付きまとうのだろう。きれいな彼女もできたのだろう。付き合っていた頃は、ゆきえはマッチ棒や煙草の箱のように扱われ、美人でよくできた友達と比べられたりしていたので、マッチ棒じゃないほうと付き合えたのなら、それで充分じゃないのか。どうしてマッチ棒のほうを手放せないのか。

『あなたは日常的に私にばかだと言っていたので、そういう対象がいなくなって手持ち無沙汰なだけじゃないでしょうか？』

コピー機の中から一枚取ってきた紙に、ボールペンでそう書いてみる。それ以上は言葉が出てこないので、手はそこで止まる。ゆきえは、その紙を折りたたんで、仕事用の白衣のポケットに入れた。仕事中はそのことについてはまったく思い出さなかったけれども、帰りに着替える時は、ちゃんとポケットから取り出してバッグに入れた。

その日は、官公庁関連の団体の仕事を納めた日だったので、帰宅は定時だった。職場の人たちから、打ち上げの軽い食事に誘われたけれども、ゆきえは疲れていたので断った。その代わりに、三月の最後の金曜の飲み会には絶対に行くので、と確約した。

外食をする気にもなれず、スーパーに行って、漬け物のセットと野菜がたくさん入っているというふれこみの味噌汁、焼き鳥を三本とパックのごはんを買った。レジで会計をしながら、疲れてる感じの食事だなあ、としみじみ思った。

アパートに帰り着き、自転車置き場を覗くと、ときどき見かける若い女の人がいたので、こんばんは、とあいさつをした。大学生ぐらいに見える彼女は、一瞬面食らったように顔を上げたものの、こんばんは、と小さな声で返した。郵便受けを開け、定期的にやってくる無料のカタログ以外には何も入っていないことにほっとしながら、どうしてその程度のことでこんなに安心しなければいけないのか、とむかむかしてきた。当たり前のことなのに。なんでびりつつ暮らさなければいけないのか。

ゆきえは、バッグから昼間に一文だけ書いたコピー用紙を出して、郵便受けの扉に挟み込んだ。そして、漬け物と焼き鳥のことを考えながら建物に入り、ゆっくりと階段を上がっていった。

❖

会社で書いたメモを郵便受けに挟み、次の日にそれがなくなっていた、という話をぼんちゃんにすると、ものすごく心配なのでよかったら実家に帰ってくれ、とお願いをされた。でもそんなすごい非難はしてないしなあ、とゆきえが言っても、ぼんちゃんは、頼むからそうしてくれ、の一点張りだった。幸い、実家の住所は司には知られていない。

それでしばらく、父親と二人暮らしをすることになった。一人暮らしの部屋と実家は、ごく近いところにあるので、駅までの通勤経路はほぼ同じだったが、行き帰りは遠回りをするようになった。

母親が入院してから、父親はすべての食事を外食か外の弁当で済ませ、そこそこ不自由なくやっている様子だったものの、洗濯はそうはいかないので、クリーニングに出したり、自分なりになんとかやってみたり、間に合わなければ新品の下着を買ったり、苦心している様子だった。実家の散らかり具合は、母親がいる時とそんなに違わない印象だった。ゆきえの母親は、物品を整理したり、住居をある程度清潔に保つことはできたが、整頓とインテリアの才能はないので、どれだけちゃんと掃除をしても、実家の様子は常に雑然としていた。母親は、物をなかなか捨てられない性分だし、家具を動線に配慮して配置したりするのは苦手なようだ。

自分もいろいろ散らかすけれども、二つもある食器棚の位置が悪くて流しと食卓の間に人一人通るスペースしかないとか、兄の部屋が完全に物置になっているとか、寝室のたんすの前にカラーボックスを置いているとか、そういうことはないな、と久しぶりに家を見回って、ゆきえは思った。それは、母親の性格と、それを許容してきた父親の性格を足して、二人が一緒にいる年月を掛けたものが蓄積した現象のようだった。

なので、入院から帰ってきた母親が、自分がいなければ何も回らなかっただろう、喜べ、といった様子で父親とゆきえに対して振舞うことにも、ゆきえは生暖かく接した。母親が、ゆきえの部屋ならきれいに片付けることができたのは、所持品が多くない上、まだ住んで数年と日が浅いので、作業が単純だったからだろう。

両親は、司の行状について改めて心配し、もうアパートのほうは解約して実家に住め、と説得してきたけれども、ゆきえは気が進まなかった。親と住むのが嫌、というよりは、何十年も母親がいじくり回してきた家にずっといるのは、なんとなくもう場違いな気がしていたのだった。かといって、一人暮らしの部屋に戻ったら、ぼんちゃんの意見を無視することになるので、ゆきえはずっと落ち着かない気持ちでいた。何かを判断しなければいけない淵に来ていることを自覚しながら、母親の怪我や司のことで精神的に疲れて、考えることを先送りにしていた。

ぼんちゃんが、なぜか背広を着てゆきえの実家を訪ねてきたのは、そんな矢先の休日のことだった。今は実家にいるんで来たら、と軽く言っただけなのだが、ぼんちゃんは、何か思うところがあったのか、普段の大学生のような格好はやめて、なんだかいっぱしな感じで玄関に立っていた。

ぼんちゃんが訪ねてくることについて、事前に母親には告げていなかったため、ちゃんとした食事の用意ができなかっただとか、寿司をとればいいのか、などと母親は混乱して、ちゃんと話をしなかったゆきえを責めたけれども、ゆきえは、外食をするので、とあっさり跳ね除けた。

ずいぶん久しぶりに、興福寺の国宝館に行き、春日大社まで歩いたような気がした。といっても、最後に地元をぶらぶらしたのは、ゆきえの職場が繁忙期に入る直前の二ヶ月ぐらい前のことだったので、大して時間が空いているわけでもなかったのだが、二人は適当に話しながらぶらぶらすることがとても好きだったため、とても長い時間そうしていないような感触を持ったのだった。

その背広はSサイズなのかそれとも特注なのかだとか、自分は東大寺の戒壇院の近くでみかんの皮をめぐって殴り合う雌の鹿同士を見たことがあるだとか、仏像クリアファイルを買いすぎてどれを買ったかよくわからなくなってきただとか、どうでもいいことをひたすら話した。自分たちにはもっと話さなければいけないことがあるような気がしていたけれども、どうしても、くだらない話をせずにはいられなかった。それは、意味があったり知的だったりする言葉や情報の交換ではなく、ひたすらテニスのラリーやキャッチボールをしているような感じだった。何も前に進まないし学ばないけれども、いくらでも時間を過ごせて、気持ちが晴れてゆく。

夕方になり、二人ともおなかがすいたので、商店街の中のヨシカさんの店に行くことにした。繁忙期の間はほとんど行けなかったので、こちらも久しぶりだった。ぼんちゃんは、店に入る前に、一階の古本屋に寄りたそうな素振りを見せたけれども、ゆきえが、もう空腹を我慢できない、と主張したので、先に食事をすることになった。ヨシカさんの店には、相変わらず、ゆきえの母親よりは少し若いぐらいのおばさんがいて、ゆきえさんしばらくやんかあ、と水を出してくれた。仕事が忙しかったんすよ、とゆきえは、ほんとに誰でも言いそうな理由だなこれ、と思いながら答えた。

ランチから引き続いてのごはんメニューのうち、一品物は売り切れていたので、ラタトゥイユ、豆腐のサラダ、チキンのグリルの定食を選んだ。汁物は味噌汁の日が多いのだが、今日は珍しくコンソメスープだった。前に食べた親子丼といんげんのサラダがおいしかった、とぼんちゃんは言い残し、フロアの隅にある本棚のところに向かった。ぼんちゃんとは、だいぶ前に一度だけ来たことがあった。

ぼんちゃんは、菌類の写真集を持ってすぐ戻ってきて、こういうのって食欲を減退させるのか、べつにそうでもないのか微妙なラインやな、とぶつぶつ言いながらめくっていた。

「ここって本の寄付を受け付けてんねやんな」

「うん」

「ほんなら、ぼくの本でよさげなんあったら、何冊か置かせてもらおかな」

ぼんちゃんが本を手放すという状況は想像したことがなかったので、ゆきえは驚いて、なんで？　とテーブルに身を乗り出して訊く。

「引っ越すのに決めてん」

「ああ」

「梅さんとコップの話をしてな、なんか、そう思ってん」

「なにそれ」

確かに自分は、司から手紙を受け取った日に、それらしい話をぼんちゃんにしたけれども、それがなんで引っ越しと関係があるのか、ゆきえには理解できなかった。

「意思力の話。梅さんが腹立ってコップ割ったろって思ったけど、みがいたらきれいになったっていう」ぼんちゃんは、横書きの本を、裏表紙のほうからめくりながら、何かおっと思いでもしたのか、手を止める。「なんかさ、そういうのが自分にもあって、使わなあかんTPOがあるとかって、最近考えることがなかったからさ。がんばる、とか、努力する、とか、我慢するっていうのは日常的にあるけど。それでなんか、今それ使ったろと思ってん」

「それが引っ越し？」

「そう」ぼんちゃんはうなずいて、菌類の本を膝の上に置き、水を飲み干した。「ちょっと広いとこに住もかなあと思って」

「それはええやん」

「梅さんも来たらええねん」

ぼんちゃんは、少しだけ声を低めて、早口で言った。ゆきえは、ぼんちゃんの言ったことの意味について考え、やがて笑った。

「ほな行くわ」

「ストーカー怖いし、それがええよ」

良い回答をもらえたぼんちゃんは、我が意を得たように明るく言った。

ぼんちゃんは、自宅から勤め先の大学がけっこう遠いのに、現在の住居から移ることや、本でどんどん狭くなっていき、それにつれて部屋のレイアウトがおかしくなっていくのに、それを変える勇気が持てなかったことについて話した。けれどもこのたび、変わろうと思ったらしい。主にゆきえの身にいろいろなことが降りかかったせいで。

「わたしもじゃあなんか変わるよ」

ゆきえが言うと、それはべつにどっちでもいいよ、とぼんちゃんは言った。ゆきえは、変わりたいのよ、と答えた。

定食お持ちしましたー、とおばさんがゆきえの前にトレーを置き、またすぐにぼんちゃんの分も持ってきた。ヨシカさんの出すごはんはおいしかったし、どうしたらこんなにおいしく作れるのだろう、とゆきえは思った。ほとんど生まれて初めて、そう思った。

亜矢子を助けたい

亜矢子を助けたくてたまらない。先月の終わりぐらいから。

「入れるところでいいわ」と楽天的に言いながら、その妥協は受け付けてもらえず、書類審査で落とされて社屋を訪れることすら許されない亜矢子、面接までこぎつけたらこぎつけたで、「日本社会における育児休暇はどうあるべきか」、などと遠回しにふるいにかけるような質問をされて困り果てていた亜矢子、社員数人の小さな男ばかりの会社で、営業の合間の暇潰しに取り囲まれて、履歴書もろくに見てもらえないまま一時間雑談に付き合わされ、「でもうち女子を採用した前歴がないんだよね」と出口で送り出されたという亜矢子、最寄り駅の名前を読めない会社を訪ね、うっかり学研都市線の終点まで乗ってしまい面接に遅れて悔しがっていた亜矢子、洗面所に座り込んで、足の裏の血豆を凝視していた亜矢子、おまえはＳＮＳに対してまめじゃないから、なんていうか前向きそうじゃなくて損をしててバカ、と講師バイト先の塾に就職が決まっている彼氏に言われ、別れてしまった亜矢子。あいつは顔自体がそこそこ好みだから、ちょっかいかけられてなんとなく好きだと思ってしまっただけだし、別れて何も後悔はない！　とうそぶいても、その悲嘆はいかばかりか。

亜矢子を助けたくてたまらない。そんな思いで、十喜子は日々身を裂かれるようだった。昼のパート先のコンビニの店長に、うちの娘を雇ってもらえませんかね？　と言うと、うちの店はフランチャイズやし正社員とかそういうのはちょっと……、と返され、本社のエントリーシートをもらった。それを亜矢子に見せると、そこはもうとっくに落ちたよ！　と怒られた。大きな会社は、何次かに分けて募集したりもするらしい。

夜の仕事先であるカフェは、午前中から昼にかけて一人、昼遅めから夜にかけて一人のパートを雇うので精一杯で、話を持ちかけるまでもなかった。娘の話をすると、店主のヨシカさんは、まあ、おいおい店を大きくして、もっと身分を保障して人を雇いたいとは思ってるんですけどね、と言っていたのだが、まだまだ先になるだろう、とのことだった。ヨシカさん自身も新卒の就職活動を体験しているので、娘の境遇に心から同情してくれたものの、十喜子が、パート先の店主さんもしんどかったって、と亜矢子に告げると、亜矢子は、でももうその人店持ってるし三十八とかなんでしょ！　となぜか怒っていた。違う、ヨシカさんは三十四歳だ、と訂正すると、亜矢子は無言で部屋に戻っていった。

言葉や知識ではなかなか力になることができないとはいえ、何か少しでも亜矢子の役に立ちたい十喜子は、亜矢子がときどき昼ごはんを食べる場所に困っているのを思い出して、お弁当を作ろうか？　などと申し出てみるのだが、亜矢子は百貨店で買った自分の就職活動用の平たいバッグを指差して、あれのどこに弁当箱が入るっていうのよ！　などと怒るばかりだ。家を出る時に、気をつけてね、と言っても、疲れ切っている亜矢子は答えない。

それよりガレージを整理してよ！　と亜矢子は言う。亜矢子は、兄であり十喜子の次男である義仁の自転車が、いつも自分の自転車の手前に置かれていることに対する苛立ちを隠そうとしない。今は家にいる義仁の自転車が、毎日出歩いている亜矢子の自転車の前に駐輪されていることが多いのは、義仁が夜な夜なコンビニに日用品を買いに行ったり、夜食を食べに出たりするせいだ。誰よりも早く家を出て、誰よりも遅く家に帰る亜矢子は、自分の自転車をガレージのもっとも出し入れしやすいところに置いているのだが、夜中に行動する義仁は、いつもその進路をふさぐような場所に自分のクロスバイクをしまってしまうそうだ。亜矢子は、この世の何よりも、そのことが許せないらしい。十喜子がパート先から帰ってきて、テレビを観ながら一息ついていると、亜矢子がやってきて、自転車！　とだけ叫んで立ち去ってゆくこともある。仕方なく十喜子は、義仁の部屋に行って自転車の件について話をするのだが、義仁は、協力する、と言うでもなく、パソコンをさわりながらのらりくらりと生返事をし、結局何もやらない。

仕方がないので、少しの間、十喜子と夫の正仁が交代で、毎朝義仁の自転車をどけていたのだが、夫が一度その様子を亜矢子に見つかって、なんでお父さんがそんなことすんのよ、あいつがやるべきやと思わんの？　とがみがみ言われた。亜矢子は、あくまで義仁自身に自転車のことをやって欲しいらしく、それに十喜子夫婦が力添えをするのはまったく望まない、むしろ亜矢子の溜飲を下げるには逆効果らしい。

亜矢子は義仁が嫌いなのだと思う。目下就職活動中の亜矢子からしたら、一度は企業に勤めたものの、心身を壊して退職し、今は自宅で過ごしている義仁は、目障《めざわ》りというほど顔を合わせないにしても、その存在を家の中で感じるだけで、嫌悪感を呼び起こすのだろう。義仁も義仁なりに、亜矢子の邪魔にはならないように静かに行動していると十喜子は考えているのだが、亜矢子は、ガレージに置いてある、自分と母親と父親の自転車の他の、もう一台のクロスバイクに、どうしても義仁の存在を感じてしまうようだ。亜矢子は一度、なんであいつは親に年金を立て替えてもらってるのにあんないい自転車乗ってんのよ！　と怒ったことがある。十喜子と正仁も、まあそりゃ理不尽な話ではある、と話し合いながらも、良い自転車を買うことによって義仁が外に出るようになったし、というところで話が着地した。それ以来、年金の話を亜矢子が持ち出すと、今月から払うのをやめた、と言うようにしている。本当は払っているのだが。

今日も夜のパートから帰り、亜矢子の洗濯物を回収しようと自室の引き戸をノックすると、何度叩いても、名前を呼んでも返事がなかったので、怒鳴られることを承知で戸を開けた。このぐらいの時間の亜矢子はだいたい、座卓の上で履歴書を書いているか、資料を読みふけっているか、就職用の手帳を凝視してなにやら書き込んでいるかなのだが、その日は違った。座卓に着いているのはいつもと同じではあるが、スウェット姿の亜矢子はその上に上半身をだらりと預け、両腕を伸ばしていた。死んでいるのかも、と十喜子は思った。そんなわけはないのだが、それを危惧《きぐ》させるほど、亜矢子は脱力していた。

「亜矢子、洗濯物ある？」

十喜子は、夜のカフェのパートから帰ってきた後に、家族全員の洗濯物を回収して回り、朝に洗濯機が回るように予約する。そして、すべて干してから昼のコンビニのパートに出かける。亜矢子は、毎日シャツとタンクトップとストッキングを出す。ブラジャーは二日に一回だが、夏場になると毎日洗う。

返事はなかった。亜矢子は、履歴書を書いている途中に背中を撃たれた人のように、べったりと座卓に伏せていた。

「ベッドの上に脱いであるもの、持っていっていい？」

いくつか脱ぎ捨てた衣服が置いてあったので、十喜子は、亜矢子が見ていないことを承知で指差す。亜矢子は身動《みじろ》ぎもしない。

「入るわよ」

十喜子が、亜矢子の部屋の中に一歩踏み出そうとすると、勝手に入らんといてよ！　という声が飛んできた。

「でも入らんと、洗濯物が取られへんから……」

「そんなもん、夜に私が洗濯機ん中に入れたらええんやんか」

「それはそやけども……」

「洗濯とかよりしてほしいことなんかいっぱいあるわ」

亜矢子は身を起こして、じろりと十喜子の方を見る。亜矢子は色白なほうだが、そのせいで感情の影響を受けやすいのか、顔が緑っぽいというか、紫色というか、とにかく、心身ともに健康な状態の人の顔色ではない色を帯びている。精神的に追い詰められている上に、堅い座卓に顔を伏せていたことが原因だろう。

「義仁の自転車かしら？」

「それもあるけどよ！」亜矢子は顔をしかめて首を振り、天井の蛍光灯を見上げて眩しそうに目をぎゅっとつむる。「とにかく、今は話しかけんといて。これから、洗濯物はいちいち取りに回らんでも、あれば私が洗濯機に入れとくから」

「わかった」

洗濯物を取りに回るのは、家族とのコミュニケーションの手段の一つなので、残念に思いながらも十喜子がそう言うと、亜矢子はまたべったりと座卓に顔を伏せる。このまま引き下がるのが吉、ということは、十喜子もわかっていたのだが、いちど引き戸を閉めてから、また開けて、十喜子は声をかけてしまう。

「なんか私にできることがあったら、言いや」

そう言ってしばらく待ってみたものの、亜矢子はぴくりとも動かない。十喜子は、やがて諦めて戸を閉める。階段を降りながら、ほんのかすかな声で、亜矢子が、そんなもんない、と言うのが聞こえたような気がした。

十喜子がリビングに戻ると、正仁と義仁がソファに伸びていて、二人でビールを飲みながら、十喜子が録画した『刑事コロンボ』を観ていた。夫は、これ誰が犯人なん、とまったくどうでもいい様子で義仁に話しかけながら、ぽりぽりと揚げたスパゲティを齧《かじ》り、無言の義仁は半目でテレビを眺めている。

「誰が犯人なん?」

夫は十喜子にもそう訊いてきたので、十喜子は、コロンボの次によう画面に出てくる人と違う、と答えた。夫は、そっか、まあ、そやな、と納得した様子で、空になったコップにビールを注ぐ。

「義仁」

「何?」

「あんた、洗濯物はある?」

「ある」

「ほな、あとで取りに行くから用意しといて。それと、自転車な。毎朝亜矢子のがいちばん車道側になるように、ちゃんとしといて」

「わかった」

「ほんまにわかってんの？」

十喜子が少しきつく言うと、義仁はそれには答えずのろのろと立ち上がって、自室へと戻っていった。

「自転車、なんで亜矢子はそんなこだわんねやろうなぁ……」

そんな細かい子やったっけ、あの子、と正仁は不思議そうに言いながら、十喜子に揚げたスパゲティを勧めてくる。十喜子は遠慮せずに、一本取ってぽりぽりする。味付けが濃いので、少し注意しないといけないかもしれない。正仁は、つまみは自ら進んで作るし、十喜子がいない時も食べたいものを食べるために、簡単な料理もする。至らない部分もけっこうある人ではあるのだが、そういうところは楽でいい人だ。母親の介護も、二人とも働いているから施設に預けていたとはいえ、友人知人の話と照らし合わせると、夫はかなりやった方だと思う。

「自転車は、亜矢子にとってはなんかをあらわすもんなんやないの？」

「なんかって？」

「何かしら？　家族のゆがみ、とか？」

「そっかぁ、なるほど」正仁は、ぜんぜんわかっていません、という様子でうなずきながら、スパゲティを二本いっぺんに取ってすぐに食べてしまう。「おまえたまに難しいこと言うなあ。テレビの観過ぎなんちゃうん」

「難しないよそんなん」

きょうだい間と、それを含めた親子関係の愛憎は、ときどき刑事ドラマに登場する動機のひとつである。なので、自分達は平等に扱われていない、という亜矢子の苛立ちの存在についてはよく理解しているつもりなのだが、それでも、十喜子夫婦からしたら、義仁のほうが援助しやすいし大変なので、どうしても甘くしてしまう。亜矢子の大変さは、家の外にあって、十喜子にも正仁にも救えないものなのだ。十喜子はそのことを、ひどく歯がゆく思うこともあったし、大人になったな、と変に感心してしまうこともあった。

「亜矢子にクロスバイクを買ったったほうがええんかなあ。でも金ないし……」

正仁は、完全に的外れなことを言いながら、上体を起こしてソファの背もたれに体を預ける。

「そういう問題でもないと思うわ」

「そうか。すねてるんではないんか」

十喜子は、正仁の隣に座ってリモコンを取り、ボタンを押して、『刑事コロンボ』を最初のところまで戻す。正仁は、えーおれ観たのにまた同じとこ観るんか、とぶつくさ言いながら、ソファから動く様子はなかった。

次の日の亜矢子のスケジュールは、昼からの合同説明会に行って、それから東大阪の印刷会社の説明会に行くとのことだった。いつもはそんなに詳しくは知らないのだが、その日はたまたま、朝食が一緒になったのだ。亜矢子は、高校の時から完全に朝を抜くようになってしまったけれども、その日は、十喜子が食べていたポテトサラダを載っけたトーストと、冷たいカフェオレを欲しがった。十喜子は喜んで、自分の朝ごはんを放り出して、亜矢子のために同じものを作った。亜矢子は、椅子に浅く腰掛けて、真っ白な顔でうつむいていた。

身動《みじろ》ぎ一つしない亜矢子の前にランチョンマットを敷き、ポテトサラダのトーストを載せた皿と、カフェオレの入ったグラスを置くと、亜矢子は、おもむろに床に置いたバッグからスマートフォンを取り出し、かしゃっと出された料理の様子を撮影する。

「あら何？」

「なんでもない」

いったんスーツを脱いで椅子に掛けた亜矢子は、食事の前で手を合わせて、もそもそとトーストを齧り始める。疲れ切っている。毎日歩き回って疲労し、しかし就活がうまくいかないせいでよく眠れず、そのまま起き出してまた次の説明会やら面接に向かう。終わりはあるのだろうか、と亜矢子は追い詰められているんじゃないかと十喜子は思う。いや、どんな形の辛さであっても、良かれ悪しかれ終わりはある、と年かさの十喜子は知っている。けれども、そんなことを言っても、亜矢子を苛立たせるだけであることもわかっているので、あえてそんなことは言わない。

いろいろと亜矢子に言いたいことはあったが、十喜子は我慢して、自分の分の冷め始めたトーストを口にした。ポテトサラダがまだ温かいので、それほど損をした気分にはならない。

亜矢子は、動作が小さいわりに、十喜子よりも早くトーストを食べ終わって、カフェオレをがぶがぶと飲んだ。

すぐに立ち上がって無言で家を出て行くであろうと思われた亜矢子だったが、その時はグラスをマットの上に置いたまま、うつむいてじっとしていた。何かあるのだ。でもその何かは、十喜子には正確には言い当てられない。大きく言って、どう考えても就職関係のことのはずなのだが、十喜子は亜矢子がやったような就職活動をしたことがないので、その悩みの詳細については、十喜子の考えは及ばない。

「お母さん」

「何？」

「手伝ってもらえること、あるわ」

亜矢子は、手の甲で口元を軽く拭い、顔を上げた。暗く開いた虹彩は、死人のもののようだった。さすがに五十余年生きている十喜子も、死人の目は見たことはなかったけれども。

❖

母より送信：『今日は履歴書を書き終わった後、録り貯めていた「HAWAII　FIVE－O　シーズン4」を観ました。ハワイの風景が素敵なのと、主題歌が大好きなんです。検視官役のマシ・オカ君を観ていると、自動的に「こういう人おらんかなー」と言ってしまうのですが、そういう人ほど、マシ・オカ君の希少なIQや内面あってのマシ・オカ君だと強く思っているわけで、ぜんぜん希望のない発言です。マシ・オカ君みたいな人はいません。マシ・オカ君の中身でないマシ・オカ君ぽい人や、マシ・オカ君の十倍ぐらい見た目はいいけど中身が面白くない人のほうがぜんぜんいるような感じがします』

亜矢子より送信：『マシ・オカて誰よ……。何この頭の悪そうな文章』

母より送信：『マシ・オカは俳優。みんなで話し合ってこの文面に決めたのよ』

亜矢子より送信：『どこのみんなよ』

母より送信：『コンビニの同僚ちゃんとか、カフェに出入りしてる人とか』

そこで十喜子と亜矢子のメッセージのやり取りは途絶えた。十喜子は、しくじったか、まあ最初やしな、と思いながら携帯をバッグに戻し、パソコンでチェックしているナガセさんの、お、更新しましたよ、という声に、小走りでホールに出る。「参加しました」という表示を上にスクロールすると、「はじめまして、遅ればせながらアカウント作りました。テストで、今日の朝ごはんです」という文章の後に、今朝撮影していたポテトサラダをのっけたトーストと、カフェオレの画像がアップロードされている。そしてその真上の記事には、十喜子が送った文面がそのまま貼り付けられてある。その最後には、「なんだか息抜きができてうれしくて、変なこと書いちゃいました。明日からも就活がんばろっ！」と付け足すように書いてある。アイコンの亜矢子は、満面の笑みを浮かべている。こんな顔、十年ぶりぐらいに見るわ、いや、もっとか、と十喜子は思う。しらけてしまうような、でもうれしいような、結局心配なような気がしてくる。

「娘さん、かなりかわいいすね」

「あーほんと、色白い。とき子さんに似てるね。目元とか」

ナガセさんの言葉に、ヨシカさんもスコーンの生地の入ったボウルをへらでざくざくしながら、ホールに出てくる。

「そうかなあ、ほな言うたってください、お母さんに似てるんやからあんまりきいきい言いなって」

十喜子の言葉に、ナガセさんとヨシカさんはただ、ふははは、と笑う。

ソーシャルネットワーキングサービスのアカウントを作りたいのだが、中の記事を書く気力がまったくないので、それを作ってくれ、と亜矢子に言われたのだった。ＳＮＳのページも採用の参考になる、と耳にしたものの、本当にそんなものまで人事は見ているのか、と半信半疑だったのだが、以前面接で訪れた印刷会社で、「何もしてないんだ？」と怪訝そうに言われたことが気に掛かって仕方がないから、念のため、という理由だった。

「お、どんどん友達が増えてますよ。顔が広いね」

ナガセさんは、その日のまかないそっちのけで、何度も亜矢子のページを更新する。その日のまかないは、シェパーズパイとキャベツのスープだった。シェパーズパイの上のマッシュポテトを作るために、今日は暇さえあれば、鍋の中のじゃがいもをこねていたような気がする。いくらかは冷凍して、明日かあさってには、カレー粉を加えサモサの中身にして揚げるらしい。

十喜子が記事の草案を作るのは、週に三回ということで決まった。本当は二回ぐらいでいいのだが、十喜子が妙な記事を作った場合、亜矢子がそれを取捨選択できるように、とのことである。内容は、明るい、健康的な内容で、ばかには見えないものが望ましい。

亜矢子は今朝、トーストを食べ終わってから、そういった原則について、とうとうと説明した。目には隈《くま》ができていて、夜中じゅうかかって考えました、という様子で、十喜子は、そんな小細工について考えるより顔をなんとかしたほうが、と思ったのだが、それを言うとたぶん激怒するので黙っておいた。

「朝ごはんとドラマの感想とか、普通の女子みたいっすね。いい感じじゃないですか」

「うちの娘は、まったく普通の子やけどね」

親が普通やし、と十喜子は答えて、パソコンから離れ、厨房の冷蔵庫のところに行く。これから明日の惣菜の盛り付けの作業をやって帰る。ヨシカさんは、いつの間にか厨房に戻っていて、スコーンの生地をたたんでいた。

「私も会社員やった時期があるんですけど、今の就職活動とはぜんぜん違うかったわ」

「何してはったんですか？」

「シリア人のとこで事務やってたのよ」

職安で紹介された仕事だった。ヒナウイさんという人のところで、ヤシマグの輸出を手伝っていた。主に英文タイプを打つ仕事だったが、文の意味はぜんぜんわかっていなかった。ヒナウイさんはすごくケチだった。しかし、月に一回ぐらいは、事務所の近所のそば屋でいちばん高い定食をおごってくれた。

「シリア人ですか。それはまた」

ヨシカさんは、その先は言わずに、スコーンの生地を冷蔵庫にしまう。十喜子も話をやめて、厨房の奥に置いてあったにんじんの千切りのオイル漬けが詰められた瓶をホールへと持ち出し、また戻って小鉢をしこたま持ってきた。今の大学生、あたしらん時より大変かもなあ、と呟いたナガセさんが、シェパーズパイをすくってもぐもぐした。

❖

母より送信：『今日は家に帰って、アイリッシュシチューを煮込んで、久しぶりに家族全員で食事をしました。健康を心がけて、にんじんを多めに入れました。パセリは、台所で育てているものです。毎晩食事は母が作るのですが、母がまず、おいしそうね、ということで味見をして、もう今晩はこれでいこう、ということになりました。レタスとカイワレとパプリカのサラダも作りました。オイルとハーブ塩でいただきました。最近、晩ごはんは就活仲間との外食が多かったので、家族との食事はとても新鮮でした。私が就活に打ち込んでいる姿を見て、兄は、今は社会に出るために働いている人の現場にうかがって、それを吸収している時期だから、どんどん失敗したっていいんだ、それを積み重ねながら、ちゃんとした大人になればいい、ご縁がなかった会社も、勉強をさせてくれたと思ったら、落胆もきっと感謝に変わる、と言って私を励ましてくれました』

亜矢子より送信：『なにこれキモイ。あいつにこんなこと言われた覚えないし』

母より送信：『優等生っぽくてよくない？』

亜矢子より送信：『そんな話してない。でもこのシチューはおいしそう』

母より送信：『お店の今日のごはんだったのよ』

作文は実は得意だ。短大は国文科で、卒論では中島敦のことを書いた。中島敦は早くに亡くなったので、著作が少ないのが理由だった。記事の中身については、やはりヨシカさんとナガセさんの意見を取り入れた。ヨシカさんは、どうしようかと訊かれたら答える、という感じなのだが、ナガセさんはなぜかわりと乗り気だ。それよりも、前に一緒にコンビニに来た男の人について訊きたいのだが、意外とまだ切り出せなかった。

亜矢子より送信：『へー、食べたのか。おいしかった？』

二人とも自宅にいるのに、十喜子が作った記事のやりとりのついでに携帯のメッセージでやりとりをする。本当は、亜矢子の部屋に行って話をしたいのだが、亜矢子を助けたいのであれば、まず亜矢子の邪魔になってはいけないということを考えると、この方法も致し方ないように思う。

それに以前の、洗濯物を回収しに行くついでや、十喜子が台所にいる時に亜矢子が通りかかった際などよりは、亜矢子とコミュニケーションが取れているような気がする。顔が見えないほうが、冷静になってものが言いやすい部分もあるのかもしれない。

母より送信：『おいしいわよ。今度食べにきたら？』

その内容を送信して、十喜子は十五分ほど、昨日から溜めていた食器を洗いながら待ったけれども、用事が済んでも亜矢子からの返信はなかったので、やがて諦めて自室に戻り、『Ｍａｊｏｒ　Ｃｒｉｍｅｓ　重大犯罪課』を観ることにした。亜矢子には、主人公のレイダー警部のような、冷静に仕事に邁進しつつ、かわいらしいところもあるような女性になって欲しいのだが、そのことは亜矢子にはもちろん、夫の正仁にも、パート先の人たちの誰にも言っていない。十喜子自身しか知らない。誰とも共有しなくてもよい願望だった。周囲の人たちは、十喜子はなんでもかんでもしゃべるおばさんである、と思っているようだけれども、けっこうそうでもない。生きていれば、話していいことと話したいことと話してはいけないことの区別はついてくる。それはとても自然なたしなみなので、いたずらに十喜子が前面に出して主張しないだけの話だった。

❖

母より送信：『今日は、夜は地元のカフェで食事をして、その後履歴書を書きました。メニューは、ごぼうとにんじんとこんにゃくの味噌煮と、野菜たっぷりで豚肉入りのあんかけうどんでした。食生活の偏りがちな就活の最中だからこそ、バランスのよい食事を心がけています。外で用事をすませて、家では「名探偵ポワロ ヒッコリー・ロードの殺人」を観ました。ポワロの秘書のミス・レモンは、とても仕事ができてポワロのセクハラにも屈しない、当時の立派なキャリアウーマンであると思いますので、とても尊敬しています。ただときどき、ちょっと厳しすぎるよな、私ならもっと周囲の人に優しくするのに、と思います』

最後の一文は、ナガセさんのアドバイスで付け足した。ミス・レモンは職業人としてはいいけれども、男受けが悪すぎるような感じがして面接官が男だった場合に不利なので、そのへんを補完する姑息な一言が欲しいな、とへらへら笑い合いつつ、店の後片付けをしながら二人で考えた。ヨシカさんは、明日の仕込みに忙しく、十喜子の記事作りには加わらなかった。

いつもなら、記事を送るとすぐに返事が来るはずなのだが、その日は、亜矢子は返信してこなかった。まかないを食べながら、うきうきとパソコンを眺めるナガセさんからも、亜矢子のページが更新されたという報告はなく、しまいに食事を終えたナガセさんは、あれー、サーバが混んでるとかかなあ、と何回も更新して確認していた。

「もしかして、悪のりしすぎたのかも……」

ナガセさんが、すまなそうに首を傾げるので、十喜子は、いやいやそんなことはないはずよ、と首を振る。結局、十喜子が店を出る時間になっても、亜矢子は更新をしなかった。

亜矢子は、なんだかんだと十喜子の作った記事にケチをつけつつも、一つも不採用にはせずに更新している。友達からも、「あやちゃん料理上手！」だとか「あやちゃんちょっと変わったドラマの見方するね（笑）」だとか「女はみんなマシ・オカと付き合いたいよね！」などと、おおむね明るい反応を得ている。だから、亜矢子のイメージダウンになるようなことをしているつもりはなかったのだけれども、今日は何かおかしなことを書いてしまったのだろうか。それとも、十喜子が記事を作ることそのものに不満が湧いてきたのだろうか。

急いで路地を抜けて、自宅に帰った。ガレージから、クロスバイクを押した義仁が出てくるところで、どこ行くの？　と訊くと、ちょっと、と言うだけだった。義仁のたびたびの夜間外出について、十喜子は、一律コンビニということでそれ以上考えないようにしていたが、一度、夫の正仁とじっくり考えてみたところによると、深夜までやってるラーメン屋かもしれないし、地元の友達に呼び出されて飲み屋に行っているのかもしれないし、風俗かもしれないし、その全部かもしれない、とさまざまな意見が出たあげく、結局釈然とはしなかった。

十喜子は、この時ばかりは、路地をゆるゆると走っていく義仁を、背後から叱りつけたい気持ちになったのだが、これといって苦情の内容が浮かばないし、どう考えても亜矢子から返信が来ないことによる心配からの八つ当たりでしかないので、ただ首を振って玄関に入った。亜矢子の硬いローファーだけが、爪先を家の中に向けて揃えられていた。義仁は先ほど出て行ったし、正仁は、今日は友達との飲み会だそうで、大阪に出ている。亜矢子はいつも、爪先を家の外に向けて靴を脱ぐので、十喜子は暗い予感を持った。

廊下は真っ暗だった。リビングも、台所も、電気はつけられていない。亜矢子が自室にいるのだとしたら、それも当たり前のことなのだが、それにしても、家の中の空気が不穏だった。なんというか、「家」の安穏《あんのん》とした分子がどこにもないのだ。

十喜子は、あやこー、と大声で呼ぼうとしてやめた。返事を強いることのように思えたからだった。返事ぐらい、と言ったっていいけれども、それでも今は、亜矢子に何も負わせたくなかった。もう充分に、押し潰されそうなのだから。

洗面所の方から、亜矢子がすすり泣く声が聞こえてきた。十喜子がそっと近付いて行くと、亜矢子は敏感にそれを察知して、隣接する風呂場へと逃げたのか、バタンとドアが閉まる音が聞こえた。

十喜子は、電気をつけないまま、その場に立ち止まってじっとしていた。哀れなほど密《ひそ》やかだった亜矢子の泣き声が、少しずつ大きくなっていった。亜矢子の満面の笑みを見るのも十年ぶりぐらいだったけれども、亜矢子が泣くところに立ち会うのも、本当に久しぶりだった。

成績はいつも中の上で、高校大学の受験の時も、身の程をわきまえた学校を目指して、一度ももめたことがなかった。しっかりしていて、友達ともトラブルを起こさなかったし、変な男に誘惑されたこともない、手のかからない子だった。でも、手がかからないからといって、その子供が手をかけてもらえないことに哀しさを感じないというわけではないのだ。そのことを、十喜子も正仁もわかっているけれども、つい、義仁のことも含めた自分たちのことで手がいっぱいで、亜矢子自身に任せきりにしていた。

それがわかったからといってどうしようもないのだ。十喜子は社長ではない。家業があるわけでもない。亜矢子は外に出て働かなければならない。十喜子や正仁の力が少しも及ばない場所に、一人で飛び込んで、働いて生きていかなければならない。

なんでこんなこと、と泣き声の合間に、亜矢子が口にしているのが聞こえた。十喜子はうつむいて、その場を離れ、再び玄関に向かった。できることはほとんどない。自分が社長ならよかった、芸能人で、この子の面倒を見てちょうだいと誰かに言える立場ならよかった、何か継がせられるような家業をしていればよかった。だが、そんなふうに後悔をしても仕方がない。十喜子は十喜子で、その場その場を精一杯やってきたのだから。限界まで努力したのかと訊かれれば、言葉に詰まるかもしれないけれども、それでも出せる限りの力で生きてきたのだ。

家を出て、近くのコンビニまで歩く。どうにもままならん、と険しい顔をして、店に入る。化粧を落としたい、と今更のように思った。アルバイト店員募集のポスターが目に入る。どの時間帯も、十喜子が昼に行っているところより、五十円安い。だからここでは働かなかった。

ぐるぐると店内を歩き回りながら、亜矢子の好きなものを思い出そうとする。ロールケーキか、化粧品か、からあげか、桃のパックジュースか。十喜子は、清涼飲料の棚からコーラのペットボトルを取り出し、続いて、その隣にある高めのラインナップのアイスクリームの列から、一つ手に取る。キャラメルバニラ味のアイスサンドだった。会計を済ませて、やはり険しい顔で外に出る。洗面所は使えないので、化粧を落とすのは引き出しの奥に溜めてある試供品のメイク落としを使うか、と思う。駅前で配っていた、二年ぐらい前のもので、まだ使えるかどうかわからないが仕方がない。

　自宅に帰ると、まずアイスクリームを冷凍室にしまい、トレーを用意して、その上にコーラのペットボトルを置き、氷でいっぱいにしたグラスを添えた。トレーを手に持ち、そのまま風呂場に向かおうとしたものの、十喜子は引き返して、最近送られてきたケーブルテレビの請求明細の封筒を裏返し、ボールペンを探して『お疲れ様です。冷凍庫にアイスクリームあります』と書く。そしてトレーのグラスとペットボトルの間に挟む。

　風呂場の電気はまだついていて、中に亜矢子の影があった。十喜子はコーラの載ったトレーを風呂場のドアの前に置き、すぐに立ち去る。二階への階段を上がりながら、一日の疲れがどっと押し寄せてきて、早く横になって録画していたドラマを観たい、とひたすら思ったけれども、今観ても内容が頭に入らないこともなんとなくわかっていた。どのドラマも、やっぱり頭を使うのだ。三分横を向くだけで、展開がまったくわからなくなる話なんてざらにある。

　二年前の試供品のメイク落としは、一応ちゃんと使えて、十喜子は二枚使って顔を拭いた後、台所で洗顔し、部屋着に着替えてベッドに横になった。そうするとすぐに眠気がのしかかってきたのだが、正仁と義仁に、亜矢子への振舞いに対して注意をしなければならない、ということが頭を過ぎったので、十喜子は力を振り絞って起き上がり、バッグから携帯を取り出して、その旨を記したメッセージを二人に送信した。今日は亜矢子が落ち込んでるから、風呂場にいたら、風呂も洗面所も使わずに、静かにしておいてあげてください。洗顔、うがいなどは、台所で行ってください。

十喜子は、携帯をバッグにしまって、レコーダーとテレビの電源を入れ、リストから適当に最近録画した番組を探して再生した。『LAW&ORDER　犯罪心理捜査班』だった。すごくおもしろいけど、いちばんわかりにくいやつだ。結局十喜子は、オープニングテーマに入る前に眠ってしまった。こんな時間に居眠りしてしまうと、夜中に起きて苦しいことはわかっていたのだが、それでも耐えられなかった。

重く生暖かい空白ののちに目が覚めると、部屋は真っ暗で、テレビもレコーダーも電源が落とされていた。隣のベッドから、正仁のいびきが聞こえるので、消してくれたのだろう。十喜子は、亜矢子がまだ泣いてやしないかということが気になって、ベッドを出て風呂場を見に行った。洗面所もその奥の風呂の電気も消えていた。亜矢子の部屋の戸からは、光が漏れていたが、亜矢子は電気をつけたまま眠ったり、宵っ張りだったりするので、あえて放っておくことにした。かすかに音楽が聞こえた。女の人の声の、英語の音楽だった。

寝室に戻って目を瞑《つむ》っても、やはりすぐには寝付けなかったので、テレビをつけた。BSの局では、世界のニュースが流れている。カフェの午前のほうのもう一人のパートさんは、今頃に起き出して、こういうニュースを観て店に出勤すると以前耳にしたことがある。光がわずらわしいのか、正仁はむがむが言いながら布団を頭から被る。

なんとなく気になって、めったにウェブ閲覧には使わない携帯を開いて亜矢子のページをチェックする。二時間ほど前に、十喜子が送った写真と内容で更新されていた。あまり夜中に記事をアップロードするのも、生活が乱れているようでイメージが悪いんじゃないか、と亜矢子が話しているのを聞いたことがある。そんなところまで見られるのか。それとも亜矢子の思い過ごしなのか。

記事の最後には、亜矢子がよくやるように、少し文章が付け足されていた。『とても疲れていたので、久しぶりにコーラを飲んでアイスクリームを食べました。とてもおいしかったです。どうもありがとう』と書かれていた。

❖

母より送信：『今日は休みだったので、いったん就活のことはおやすみにして、自転車で、唐招提寺、薬師寺、法隆寺周辺を走ってきました。他にもいろいろなところに行きました。お昼過ぎに出発して、帰る頃には暗くなっていました。サイクルコンピュータによると、合計50キロぐらい走っていたようです。運動をするのはとても気持ちがいいです。良いリフレッシュになりました。また明日からも就活がんばる！』

亜矢子より送信：『何これ。この写真、あいつの自転車やないの。あいつのことを書くとかやめてよ』

母より送信：『ネタがなくなったのよ。今日はちょっとこれでがまんしてくれる？』

案の定、亜矢子からの返信はなかった。ネタがなかったのは本当だった。コンビニでは、昼の忙しい時間に、携帯で家人と話をしながら品物の案内をさせる女の客にわずらわされ、カフェでは、この店Ｗｉ－Ｆｉがない、と男の客に怒られた。ぐだぐだ言われるままになっているとヨシカさんが出てきて、その男の応対はヨシカさんがやった。ちょっと恰幅が良くて、背の高いヨシカさんが出て行くと、男は少し怯《ひる》んでいるように見えた。

しばらく話をしたヨシカさんと比べて、十喜子は、きつい目線を向けられながら短時間一方的にまくしたてられただけなのだが、それでも、いやなものはいやだ。店を閉めた後も、ナガセさんを交えてＷｉ－Ｆｉを引くべきかどうかという話をしていて、結局記事を作れなかった。

なので、少し前に二人で夜食を食べた時に義仁から聞いた話をそのまま書いた。自転車の写真を用意できたのは、買ったばかりの時に義仁が撮影していて、そのデータを添付で送ってもらったからだ。朝食の時に帰ってきた義仁に、夜中にいつもどこに行っているのかそれとなく訊くと、だいたい走り回っている、と言っていた。一夜で５０キロ走ることもあるそうで、亜矢子に送る記事にはそのままのことを書いた。十喜子は、義仁が中学生の時にそういうことをしていたのは知っていたが、今になってもやっているとは考えが及ばなかった。危ないからあんまり夜中に出なさんなよ、と十喜子が言うと、走っている時に、給料がいいわけではないけど、できるかもしれない仕事を見つけた、と義仁が答えた。へえ、何の？と訊いたのだが、義仁は答えず、立ち上がって、トーストを食べ終わった皿を流しに置きに行った。

亜矢子がその記事と自転車の写真を自分のページに貼り付けたかどうかはもはや確認しなくなっていたのだが、朗報はあった。あるデザイン会社の営業募集で面接を受けに行ったところ、担当者の若い男性が亜矢子のページを確認していて、義仁の自転車の写真に反応を見せたというのだ。君ＢＭＣに乗ってるんだね、いいね、と言われたのだそうだ。同席していた社長が、何それ、と訊くと、面接官は、自転車です、彼女、一日５０キロも走るそうですよ、と答えた。社長は、そりゃ体力があるね、と感心していた。亜矢子はすかさず、体力には自信がありますよ、と売り込み、じゃ、また来週来てください、と言われたそうだ。

珍しく、勢い込んで話す亜矢子に対して、へえ、とぼんやりした相槌を打ったところ、それ最終面接なんやって！　と亜矢子は続けた。

「すごいことなん？」

「最終までいったのは初めて」

どこもうそのぐらいの時期なんかもしれんけれども、と亜矢子は用心深く付け加えていたが、先日風呂場で泣いていた時よりは持ち直したような印象を、十喜子は持った。

そこに採用されたら、一日50キロ自転車で走る女という枕を真に受けられて、ボロボロになるまで働かされるのだろうか、という考えが、少しの間十喜子の頭を通り過ぎたが、その会社と亜矢子の間の縁がどのように変化していくにしろ、まずは更に一歩進んだ事実が大事だと思った。そういう一喜一憂を延々と繰り返すことこそが、十喜子にとっては日々を暮らすということだった。

むしろ人生には一喜一憂しかない、と十喜子は感じていた。えらい人は先々のことを見据えてどうのこうの考えられて、八喜三憂とかに調整できるのかもしれないけれども、我々しもじもの者は、一つ一つ通過して、傷付いて、片付けていくしかないのだ。そうする以外できないのだ。

❖

十喜子の携帯に、志保子さんから電話が入ったのは、それから少ししてからのことだった。東京で生活している長男の和仁が、妻の志保子さんを残して家を出てしまったのだという。ゴールデンウィークの前の週の金曜日に、出勤したきり家に帰ってこないと志保子さんは言っていた。月曜日になって会社に問い合わせると、有休とゴールデンウィークを足して、十何連休かに調整済みであるとのことで、休暇前の和仁に大きな異変はなかったと告げられたそうだ。

和仁は、目下志保子さんからの連絡をすべて無視しており、行方もわからない。会社で取っている休暇がすべて消化されたら帰ってくるのかもしれないけれども、それまでに自分はおかしくなりそうです、捜索願なんかも出せないし、と志保子さんは、少し震える声で言っていた。

十喜子は、すみません、うちの息子がすみません、連絡が取れたら、私から帰るようにとにかく言いますんで、と志保子さんに平謝りし、真夏の室外機のような大きな溜め息をついて、カフェのパート業務に戻った。ヨシカさんが、どうしたんですか？　と訊いてきたので、長男が家出して、と答えると、はあ、いやあ、いろいろですね……、と眉を寄せて一応うなずいてくれた。

家族間の大筋では、志保子さんと和仁の間に、特に問題はないと思われていたが、少し前から持ち上がっていた、志保子さんが不妊治療をするかしないかということで、和仁は何か考え直したいことでもあったのかもしれない。和仁は二十七歳、志保子さんは二十九歳で、十喜子からしたら、なぜそんな若くして？　と疑問に思うのだけれども、志保子さんの年代の妊娠を希望する女性達は、二十代からの治療でも決して早くはない、という考えのようだった。

とりあえず、今日の仕事が終わったら、和仁に電話をかけまくらなければならない。それで出ないようなら、和仁の地元の友人を片っ端から当たる。

閉店後に、そのことをヨシカさんとナガセさんに話すと、ナガセさんは、自分が亜矢子さんの記事の下書きを書くんで、十喜子さんは息子さんに電話かけてください、と言ってくれた。その言葉に甘えて、和仁に電話をかけると、三回ぐらい掛け直したところで、和仁が出て、とにかくゴールデンウィークが終わるまでほっといてくれ、とはねつけるように言って一方的に切られた。次の電話をかける頃には、すでに着信拒否を食らっていたが、最初の通話で和仁の声の後ろで鳴っていた音楽が、この地元のスーパーのＢＧＭであることを、十喜子は聞き漏らさなかった。

おおかた和仁は、こちらにこっそり帰ってきていて、地元の友人の誰かの家に潜伏しているのだろう。男の子は、女の子と比べて、高校や大学より、小学校や中学校が一緒だった子達とつるみたがる傾向がある。入社二年目で東京に配属になって、いそいそと出かけていったように見えた和仁だったが、こちらの長い友人にしか話せないこともあるのかもしれない。

一難去ってまた一難とは、本当によく言ったもので、自分はいつ、家族のことを考えないで、ひたすらレコーダーの中に録り貯めたドラマを一日中観たりできるのだろう、と思う。

亜矢子は、最近はほとんど十喜子に就活の話をしなくなった。以前以上に活動が本格化し、いちいち十喜子に告げている暇がなくなったのだろうし、亜矢子が頑丈になってきたということでもあるのだろうと思う。元気に、というわけではないが、割り切った様子で毎日出かけてゆく。義仁のクロスバイクの話をしたデザイン会社の最終面接には落ちたそうだが、別の会社の最終面接を、いくつか勝ち取ったという話を、少しだけしてくれた。

亜矢子のSNSの更新は、今も続けている。その日のごはんと、ドラマの感想と、それでワンパターンになってきたら、義仁から聞き出した、夜中の自転車での散策のルートを、昼間に置き換えて書く。亜矢子自身も、少し余裕が出てきたのか、五回の更新につき一回ぐらいは、自分で記事を書くようになった。それをナガセさんに見せてもらって初めて、十喜子は、亜矢子の靴のサイズが24・5であることを知った。毎日靴を見ていたのに、知りもしなかった。亜矢子の靴はアイカラーの色を、青から明るい茶色に変えた。亜矢子は、卒論をジェーン・オースティンにするか、シャーロット・ブロンテにするか迷っている。亜矢子は、自分と同じように就職活動に行き詰まった友人に、紅茶とパンケーキをごちそうした。その友人は、亜矢子にローファーの中敷を買ってくれた。

パート先のカフェで和仁の家出が発覚して、自宅に帰ると、さっそく倉庫になっているガレージから昔の書類を引っ張り出してきて、録画した『コールドケース』を流しっぱなしにしながら、和仁の中学時代の友人の連絡先がわかりそうなものはないかとベッドの上で片っ端から調べた。自分の若い頃ならいざ知らず、和仁の時分には、すでに個人情報という概念が行き渡っていたので、住所録などはなかったが、友人が送ってきた、送り主の住所が入った年賀状が何通か見つかった。その中には、和仁が大学になってもロにしていた名字がいくつかあったので、十喜子は、次のコンビニとカフェのパートが休みの日に、正仁や義仁と手分けして彼らに当たってみることに決めた。

翌日の出勤前にも、志保子さんから電話がかかってきて、東京では何も状況に進展がないことを慰めていると、十喜子さんと話していたら落ち着くから、ゴールデンウィーク中は奈良に滞在していいだろうか、と打診された。十喜子は迷って、とりあえず少し待って欲しい、志保子さんのために部屋を空けないといけないんだけど、場所がないから、と濁した。本当は、和仁が空けた部屋があり、いろいろな荷物を入れてしまったものの、その六畳の半分ほどは人が過ごせるスペースが残っている。しかしとりあえずは、自分達のほうで地元の友人の筋を探ってみてからだ、と十喜子は決断し、志保子さんには、しばらく休んでください、銭湯行ったり、ドラマ観たり、と頼りにならない感じのことを告げて、電話を切った。

志保子さんからの連絡のせいで、コンビニのパートには遅れそうになったのだが、自転車をとばしてなんとか間に合った。コンビニに到着した時は、息が切れていたので、なんでこの年になってこんなに頑張ってペダルこいだりしないといけないのよ、と不平を言いたくもなるのだけれども、仕方がない。そう言うしかない。仕方がないことの根拠については、いくつになってからか、もういちいち考えなくなってきた。

その日もいつもと同じで、十二時になると、ナガセさんが勤めている化粧品容器の工場から大量にお客がやってきて、十喜子と店長と新婚さんのバイトの女の子を大いに苦しめた。工場の人々は、ほぼ全員が常連なので、勝手が違って面倒を起こすこともないのだが、とにかく人数が多い。毎日、この十二時から十三時にかけての時間帯は、十分ぐらいしかないように感じる。十三時になると、ぱたりと客足が落ち着くことが救いだった。

ナガセさんは、来る日も来ない日もある。工場の敷地をはさんで反対側にも、お惣菜屋のようなものがあるので、そちらに行くこともよくあるし、調子のいい日は家でお弁当を作ることもあるし、いろいろだ、と話していた。

老若男女を問わず、お客のほとんどが工場から流れてくる知った顔、という状況の中、十喜子は、この店の中では見慣れないスーツを着た男が、硬い面持ちで、メモ帳とボールペンを手に、店長がさばいている隣のカウンターに並んでいるのを見かけた。一瞬そちらに意識が取られそうになるのだが、自分の目の前に立っている中年の男が、ステーキ弁当とカップラーメンを出したので、温めますか？　と反射的に訊く。男がうなずいたので、十喜子は、なんとなく、耳に膜が張って周囲の物音が聞こえにくくなるような、自分の体の動きが鈍くなってしまったような感覚を覚えながら、隣のカウンターと自分のカウンターの間にある二台のレンジの片方の扉を開けて、ステーキ弁当を中に入れ、ボタンを押す。

好奇心というか、確認したい強い欲求のようなものが、十喜子の頭を掴んで、肩越しに店長の側のお客を見るために振り返らせた。スーツの男は、顔を上げないまま、レジ袋はいいです、と言って、店を出て行った。義仁だった。

十喜子は深呼吸して、胸の中で頭をもたげる感慨のようなものをぱしんと叩きつけ、レジ業務に戻った。男は、すでにとんこつ味のカップラーメンを開封し、レジの傍らのポットからお湯を注いでいて、カウンターには、工場の作業着を着た若い女の子が待ち構えていた。一度だけ、自動ドアの向こうを覗いたけれども、義仁はもういなくなっていたし、その日の業務時間内には、もう義仁について考えることはなかった。

コンビニのパートが終わった後、カフェのパートへは、いつもと違う道を通って行った。違う道と言っても、横断歩道を渡って、普段は走らない工場の敷地の側の道を走っただけだったのだが、とにかく、発見はあった。正門の傍らの掲示板に、守衛募集の貼り紙を見つけたのだった。時給は九〇〇円で、昼の一時から夜の九時まで、週五日の勤務だった。自転車から降りて、後輪のスタンドを立て、十喜子がじっとそれを眺めていると、ごめんごめん、それ女性はあかんし、もう決まったんやんか、と言いながら、警備員の制服を着たおじいさんが、門の向こうから出てきた。

「いつ、決まったんですか？」

十喜子が訊くと、おじいさんは、貼り紙のテープを引っかいて掲示板から取り外しながら、今日、さっき、と答えた。

「わしがもうやめるからやねんけど、若い子が来てさ。二十六かなんかやったかなあ。目合わせて笑うとかはでけへんねんけど、声はしっかり出そうとしてて、姿勢を何回も正そうとしてたかな。メモも取ってた。一年ぐらい前職との間に空白があって、あやしいかな、って人事の人とも言ってたんやけど、でも、真面目そうやし、ちょっとずつ注意したら悪いところもなんとかしそうやし、その子に決めた」

十喜子は、そうですか、と何度もうなずいて続ける。

「今の子、真面目ですよ、ほんと」

「そっかあ。そうやといいなあ」

「頭ごなしに言うとかやなくてね。あかんなってとこは、本人もわかってるから」

「そんなもんかなあ」

「絶対そうですよ」

十喜子は、カフェでお客にそうするように、腹の前で両手を重ね、警備員に向かって丁寧に一礼する。顔を上げると、おじいさんの警備員は、どうして十喜子がそんなふうにお辞儀をするのかわからない、という様子で、少し不思議そうな顔をしていたが、十喜子は気にも留めず、再びサドルにまたがり、工場の正門の前を横切って、次の仕事先へと急いだ。

我が家の危機管理

　今日は忙しかった。午前中に事務所に出勤して、十五時までデスクワークをした後、いつも授業をしている駅前の商店街の産業会館に出かけて、二十時まで無料授業を受け持った。半年ぐらい前までは、月に一回しか日を設けていなかったのだが、もっと生徒を集めなければ、と本部の会議で決まったので、最近は週に一回、ぜんぜん知らない人を教えている。できるだけたくさんの人間に気安くピアノにさわらせて、そのうちの一人でも引っ掛かれば、という作戦である。

　授業は一人当たり二十五分、冬美の休憩は五分で、今日は、事前に電話で申し込んできたり、その日に貼り紙を見てやってきた合計九人と、ピアノの前で話したり、ピアノを弾いてもらったり、冬美自身が生徒の希望する曲を弾いたりした。九名の申し込みは、これまでで も最大の部類に入る。それぞれ母親に付き添われた幼稚園児が四人、貼り紙を見て訪れたという小学生が二人、いずれも女の子で、あとは、主婦が二人、会社帰りの男性が一人やってきた。小学生は連れ立ってやってきて、主婦は初老の女性と、最近結婚したという人が一人ずつだった。男性は、アンケート用紙に三十一歳と記入していた。通常の生徒さんの授業は四十分で、冬美も休憩を十分から二十分もらえるのだが、無料授業の日はそうはいかず、いくら人と話すことが苦痛ではないとはいえ、少し疲れた。

それだけ教えて、これから事務所に帰らなければいけないのがめんどうだな、と思う。報告書のまとめの時間は一週間ぐらいもらえるのだけれども、記入してもらったアンケート用紙はその日のうちに持っていく、ということになっているのだった。冬美の授業を受けた人は、レギュラーの授業を申し込む率が他の講師の場合より高いため、冬美は無料授業を任されることが多く、新しい生徒の開拓を望むあまり、事務所のほうでも妙に冬美に期待しているところがあった。冬美自身はというと、自分の無料授業を受けてピアノを習うことに決めて、担当してくれるように希望されても、受け持つことができなかったりするので、あまりにも無料授業の予定を入れられることには気が進まないでいる。通常の授業と、事務所でのデスクワークの給料に加えて、手当てがもらえることはありがたくはあるのだけれども。

まっすぐ事務所に帰るのか、事務所の手前のスーパーマーケットに寄るのか、冬美は歩道の端に寄って、少し考え込んだ。どこかの民家の軒先だったので、怒られたら素直にあやまろうと思う。歩きながら、Aにしようか Bにしようかと考えるのは苦手で、大抵人にぶつかりそうになってしまうのだ。だから、AかBか決めなければ、ということが頭に浮かんだら、だいたいは立ち止まるようになった。三十歳を過ぎてからのことだ。

どうせ今日中にしなければいけないこととはいえ、まだ、授業についての報告をしたくないと思った。なのでスーパーの方に寄ることにする。目当ては冷凍食品である。今日はいつもより遅くなったので、料理はしないつもりだった。匠さんはちゃんと冷蔵庫から食材を見つけられただろうかとふと心配になるのだが、冬美は、昨日寝る前に書いた自分のメモの文面を思い出して、大丈夫だろう、と思いなおす。

玉子焼きとほうれん草の味噌汁、ちりめん山椒のおにぎりを、今頃匠さんは食べているはずだ。なので、玉子は冷蔵庫のドアの方にあります、ほうれん草は冷凍室の一番上のところにあります、ちりめん山椒は冷蔵庫の二段目のいちばん手前にあります、ごはんはその奥にあります、とメモを残してきた。匠さんは、料理自体はまあまあできる。だから、玉子焼きも味噌汁もおにぎりも自分で作ることができるのだが、冬美が使った後の冷蔵庫の中身がよくわからなくなるらしいので、冬美はいつも、匠さんが作れそうなものに対して、何の食材がどこにあるかをはっきりメモに書いて冷蔵庫に貼り、出勤する。

匠さんは、夕食を余分に作ってくれているはずだけれども、半端な量である可能性もあるので、冬美は補足的に冷凍食品を買うことにする。冬美自身もそうなのだが、なかなか二人分の食事というのがつかめない。料理本のとおりに作っても、どちらかが食べ過ぎたりするので、どうしても足りなくなったり、用心して作りすぎたら余ったりする。

五目炒飯を手に取って、かごの中に置く。近くの売り場にあるアイスクリームに目移りして、そちらの方を真剣に吟味してしまいそうになるのだが、たぶんまだおやつは家にあるはずなので、アイスクリームはがまんすることにする。

スーパーを出て、冬美は、もしかしたら事務所で話しているうちに、冷凍の炒飯が溶けて悪くなってしまうのではないか、ということに気が付いてはっと立ち止まる。本当は、事務所に先に行くべきだったのだ。子供の頃から、どうしてもうこういう判断ミスばかりしてしまう。事務所はスーパーの目と鼻の先なので、さっさと寄って冷凍室の中にしまうべきだ、と冬美は思い付き、うずうずと信号が青になるのを待って、小走りで事務所のある五階建ての雑居ビルへと入っていく。

最上階にある事務所に戻ると、あいさつもそこそこに、冷蔵庫のところに直行して、上の冷凍室の扉を開けて炒飯をしまう。それでもう安心しきってしまって、そのまま自宅に帰りたいと思うのだけれども、広報の若本さんが、冬美のデスクの近くでにこにこと待ち構えていて、冬美先生、今日はどうでした？　と訊いてくる。ピアノ講師派遣の小さな支所には、若本さんしか残っていなかった。

「幼稚園の子が四人で、小学二年の子が二人、子供さんは全員女児です。それと、若い女の人が一人、わたしより二十ぐらい上の女の人が一人、まあまあ若い男の人が一人でした」

年かさの女の人の方が、アンケートにちゃんと年齢を書いていかなかったので、冬美は他の人の年もぼかして言う。若い女の人は二十四歳で、男の人は三十一歳だと知っているのだが、それを明らかにすると、なんだか年を書かなかった女の人に失礼な気がしたのだった。誰もそんなこと咎めないし、どうせ報告書には詳しく書くというのに。

「誰か、ピアノを習うことに興味を持ってくれそうな人はいました?」

「幼稚園の子たちは、今日はみんな冷やかしっぽかったですけど、小学生の子のうちの一人は、今まで教育を受けた経験がないって言ってるわりにけっこう弾けました。楽譜も読めないそうなんですが、小学校で見よう見まねで覚えたらしいです」

友達同士で、貼り紙を見てやってきたという女の子二人のうちの一人だった。昼休みや放課後に、足繁く音楽室に通って、ピアノを弾かせてもらっているのだという。でも、音楽室っていっぱい楽器あるから、鍵とかかってて普通は入られへんのと違うの? と冬美が訊くと、彼女はにやっと笑って、普段から先生と仲良くしとくのよ、と答えた。クラスの女の子に、三歳からピアノを習っている子がいて、彼女が得意げに音楽の授業の前後に弾いているのをじっと観察して手の動きを覚えたりもするらしい。もう一人の女の子は、彼女に強く誘われてやってきただけのようで、二人合わせて五十分の授業は、ほとんど彼女の時間に費やされた。

「その子、アンケート用紙、ちゃんと書いてくれました?」

「はい、これです」

楽譜の入った大きめのバッグを事務椅子に置き、A4のアンケート用紙の束が入ったクリアファイルを出して、中から彼女の書いてくれた用紙を取り出す。水原陽菜乃《みずはらひなの》ちゃん。口に出しながら指導する分には何も思わなかったのだが、漢字になっている様子を見ると、画数が多い、と冬美は思う。自分がこの名前なら、ひらがなで書いてしまうかもしれない。冬美のフルネームは、林冬美というのだが、「美」がときどきめんどうだと思う。旧姓は高藤で、「藤」のわずらわしさから解放されたことも、夫の匠さんに感謝している大きな要素になっている。

若本さんは、ありがとうございます、と更に冬美が差し出したクリアファイルも受け取り、コピー機の自動原稿送りにかける。コピー機が動いている間、少しの沈黙が冬美と若本さんの隙間を横切る。冬美より五つ若い三十二歳の若本さんは、まったく表立ってそれを表明したりはしないけれども、自分のことをあまりよくは思っていないのだろうな、と冬美はなんとなく気が付いている。飲み会では、偶然か故意か、絶対に冬美の横や前には座らない。冬美と同い年の旦那さんがいて、小学生の娘さんもいる。二十七歳の時に買った持ち家に住んでいる。そういうしっかりした人からしたら、子供もおらず、借りた一軒家で夫とぼんやり暮らしている冬美は、なんだかふわふわして腹立たしく見えるのかもしれない。

「冬美先生は、優しいし、明るいし、人当たりが良くて美人だから、小さい女の子も大人の男の人も、つい習いたくなりますよね」

コピーが終わり、原稿を再びクリアファイルにしまって冬美に渡しながら、若本さんはそう言う。もう二十回はそう言われたような気がする。冬美は、いやいやお上手、と自分なりにへらへら笑って、アンケート用紙の原本を自分のデスクのファイルケースに挟む。昔は、こういった社交辞令に真剣に反論していた。あまりそんなふうに見られても、それにつけこんでくる人はつけこんでくるし、その上でだまされる方が悪いとこちらを責めてくることもあるので、個人的にそのように見られることは良いとは思えない。一緒に仕事をするようになった当初は、若本さんにも真剣に訴えた記憶があるような気がするのだが、たぶん、どのみち、ちゃんとは受け取ってもらえなかった。

そのことを思い出すと、冬美は無性に恥ずかしい気持ちになる。もう特に用もないのだから、早くその場を離れたい気分になって、荷物をまとめて冷蔵庫に直行し、冷凍室から炒飯を取り出して、それではお疲れ様でした、と若本さんに一礼して、事務所を出る。若本さんは、軽く微笑んでいたような気がする。

エレベーターに乗り込んで、こんな未熟な自分が人当たりがいいと思われているのは不思議だ、と思う。いや、未熟だからこそ、普通の人ならちゃんと裏を読めたりするような物事がわからず、なんでも笑って処理してしまって、それで結果的に人当たりがいいということになっているだけかもしれない。匠さんも、自分のように困った時に笑いこそしないけれども、大概のことを真に受けてしまう人なので、自分たち夫婦はそのうちものすごい詐欺に遭うんじゃないか、と冬美はいつも密かに心配している。

地上に降りる。もう、一刻も早くうちに帰りたいと思う。家で、腰を据えて、自分たちが詐欺に遭わない方法について考えたい。冬美は、走り出したいのを堪えながら、早足で家路を急ぐ。今の職場のいいところは、事務所も教室も冬美の自宅から徒歩圏内にあるということである。匠さんと結婚した頃に転職したので、もう八年ぐらい同じ団体に所属し、ピアノを教えている。

夕食を食べ終えたら、匠さんはぼちぼち原稿を書き始めるので、冬美は今日は一人でごはんを食べる。明日は定刻に帰ることができるので、いくらかは話ができるだろう。とても楽しみだ、と冬美は思った。

❖

次の日は、いつもより少し帰りが早かった。その日の最後に授業を入れている中学二年の女の子が、風邪をひいたので休みますと直前にキャンセルの電話をしてきたので、そのまま帰ってきたのだった。彼女は、月に一回は体調を崩したと言って授業を休むので、そのうちやめてしまうのかもしれないな、と冬美は思っていたが、授業にやって来たらやって来たで、学校の人間関係の悩みや、親との葛藤や、将来の夢を熱心に冬美に話していくので、嫌われてはいないようだった。ただ、授業の半分以上が雑談で終わっていき、肝心のピアノをほとんど弾けない日もあり、楽譜の進みは遅々としていた。彼女の友人は、すぐに彼女の好きになった人を言いふらし、母親は夫の愚痴を彼女に語ることをがまんできず、夢は漫画家だという。それでなんでピアノを、というのは愚問である。

自宅の門を開けるなり、ゲェーッ、ギョェーッ、という声が聞こえる。コバタンのケンイチが鳴いている。隣の家の清松さんが入院することになったため、林夫妻が預かっているのだった。七十二歳の女性である清松さんが、ワシントン条約が締結される以前に飼い始めたというケンイチは、スイッチが入るとうるさいけれども、人懐こくてかわいいので、冬美も匠さんもよく世話をしている。特に匠さんはケンイチを気に入っていて、清松さんが退院するまでに、新たに言葉を覚えさせる、と自分の仕事部屋に鳥かごを置いて、毎日本を読んでやっている。長篇を分けて読むのではなく、短篇を一本通して朗読したり、時間のないときは詩を読む。冬美の知る限りでは、カフカの『父の気がかり』、ラファティの『うちの町内』、まど・みちおの『うめぼしリモコン』を読んでやっていた。ケンイチは、基本的に匠さんの朗読はうれしいようだったが、特に『うめぼしリモコン』の時は興奮してゲエゲエ鳴きまくっていた。ちなみに、ケンイチが話せるのは、「ケンチャン」「ゴハン」「トミコチャン」（清松さんの名前）「ツキガキレイネ」の四種類だけである。ケンイチという名前だが、雄か雌かは定かではないらしい。

その日は、匠さんはリチャード・マシスンの本を手に、ケンイチの鳥かごを椅子の傍らに置いて朗読していた。冬美が、ただいま、と匠さんに声をかけると、匠さんは、軽く手を挙げるだけでそれに応じて、ケンイチに語りかけ続けた。冬美は気にせず、洗面所に向かい、手を洗って化粧を落とし、うがいをして、台所に行く。

今日はとり南蛮そばと、蒸し野菜を作る。冬美と匠さんは、ほとんど同じレベルの料理スキルを持ち合わせており、そのレベルは、料理上手の主婦を10とするとだいたい2ぐらいである。どちらの方が料理がうまいということはないので、それぞれができる日になんとなくする、と自然に決まっていた。仕事から家に帰って匠さんが何か作っていたらそれを食べるし、何も作っていなければ、そのまままた家を出て、近くの店に食材を買いに行く。メールなどで厳密に問い合わせたりはしない。常になんとなくだった。二人とも疲れていたら外食をし、外に出る元気さえなければ出前を取る。

冬美は、もう七年ぐらいの間参考にしている『できなくてもできる！　お手軽かんたん料理』という超初心者向けの本を、流しの下の戸棚から取り出して、テーブルの上で開く。料理は、何回同じものを作っても手順を覚えられない。あまりに覚えないので不安になってくるぐらいなのだけれども、楽譜はまだ覚えられるので、覚えようとしていないだけなのかもしれない。それを願う。

まずは冷凍室にしまってあるたまねぎとブロッコリーを、レンジで温める。そして市販のめんつゆを薄め、ねぎととり肉を切り、フライパンで焼く。そこにつゆとそばを投入して温め、料理は終わりである。今日はとりもも肉が安かったので、たくさん食べられてうれしい。匂いにつられたのか、匠さんがダイニングにやってくる。仕事に集中している時は、呼びに行かないとやってこないので、たぶん今はちょっと行き詰まっているぐらいなのだろう。匠さんはだいたい、大なり小なり行き詰まっている。

匠さんがテレビをつけると、六時台の地方のニュースをやっている。今日はなかなかや、と言いながら、グラスを出してきて氷を入れ、二人分の水を用意する。冬美は、どうなかなかなん？と訊く。

「家でごろごろしてて突然腹へって、なんか食べたいってなって、家に何もなかったら、まあ一応外には出てなんか買いに行くやんか」

「それはそうよ」

「でも、ティッシュって一応食べられたりするやんか」

「まあ、そうね」

「そんでもう、外出られへんぐらい腹へってるとするやんか」

「うん」

「ほな君、思わずティッシュ食べてもうたりする？」

「食べへん。水飲むと思うわ、とりあえず」

席に着いた匠さんの前に、とり南蛮そばの丼を置きながら冬美が答えると、匠さんは、そうかあ、そやんなあ、とうつむいて頭を掻く。

「そういうので行き詰まってんのん?」

「そやな。ビーバーて、食べるもんと家の材料が同じやんか」

「そうね」

匠さんが、今ビーバーの小説を書いているというのは知っている。ビーバーについての小説ではなく、ビーバーが主人公の小説である。書き始めを少し読ませてもらった。最初の五枚で、主人公がビーバーであることはまったく明かされない。再来月の文芸誌に掲載されるらしく、五十枚ぐらいの話を目指している、と話していた。それが無事書けて、あと一本ぐらい三十枚から五十枚ぐらいの話を揃えると、匠さんはやっと次の本を出せることになる。前の本が出たのは一年ぐらい前だ。匠さんは、短篇しか書かず、その短い話も、何度も書き直したり、また、話を思い付くまでに時間がかかったりもするので、なかなか本を出版しない。

匠さんは、いったん話を止めて、いただきます、と手を合わせて、勢いよくそばをすすり始める。うま、と小さく言う声が聞こえる。

「ほんなら、家でごろごろしてて、おなかすいたなあ、と思ったら、家を作ってる材料の木を一本抜いて食ったりするんちゃうかと思って」

「あるかもしれんわね」

「人間で言うとそれどんなんって考えたら、家の壁紙めくって食うようなもんやんか。戦争中のロシアではそういうことあったらしいねんけど、普段はやっぱりないよな。ただ、食い物じゃないけど好んで飲み込むものも身近にあって、君もぼくも小さい時分ティッシュ食ってたっていう話したんで」

「したわね」

親戚の紹介で、出会って間もない頃の話だ。どちらがそんなことを言い出したのかわからないが、紙はそこそこ食べられる、特に箱ティッシュは独特の清涼感があってうまい、ということを話した。春日大社で。

「ただ、それは子供の時の話で、生まれて一年のビーバーがそれやるかなって。人間で言うと何歳ぐらいやろ」

もう三日ぐらい、そのことで悩んでいるらしい。冬美は、そばに七味をかけながら、軽く首を捻る。とりあえず、自分もそばを食べる。おいしいと思う。超かんたんなのに。

「一歳のビーバー、暇なんや?」

「うん、暇やねん。家族総出でダム作るねんけど、ちょっとニートみたいな子で」

「なんか、食べよ思ったら食べられるけれども、古くなってるとか、泥が付いてていややな、とか思うかもしれんわね」

大きなボウルに盛った蒸し野菜に、オリーブオイルとハーブ塩を振りかけながら冬美が言うと、なるほどな、あるかもな、と匠さんがうなずいた。

ビーバーの話の前は、一人暮らししか選択しないウッドチャックの雄と雌がどうやって出会うのか、そして別れるのか、という話を書いていた。地下に掘った巣同士がつながって出会ったりして運命的なのだが、自分自身も巣を作れる雌は妙に自立していて、用事が済んだら雄の面倒は見たくない、という様子だったことが、冬美には印象的だった。子供も二ヶ月ぐらいで巣から追い出して、それぞれに一人暮らしをさせる。匠さんは、動物についての短篇集を出すことを計画しており、しょっちゅう動物の図鑑を眺めたり、テレビ番組を観たりしてもいるけれども、現在コバタンのケンイチを預かっている以外には、特に何も傍に置いていない。十二歳のときに飼っていた犬が亡くなるという経験をして、その時にあまりに哀しかったので、もう動物は飼わないと決めたのだそうだ。

冬美も実家で犬を飼っていて、二度ほどその死に直面したのだけれども、それでも何かがいればなあ、とときどき思う。それは、匠さんがいるのであれば少しも寂しくないじゃないか、ということとは違っていて、うまく表現できないのだが、カレーとケーキではどちらがおいしいかと問うようなことだった。しかし、匠さんはかたくなに、継続的に生物と暮らすことを拒むので、冬美は譲歩していた。ケンイチをかわいがっている様子を見ると、ぜんぜん大丈夫だろうと冬美は思うのだが、それはいっときのことだからだ、と匠さんは求められもしないのに説明してくる。

子供が欲しかったけれども、できなかったことと何か関係があるのだろうか、と冬美は思う。冬美は三十七歳、匠さんは三十六歳で、いくらも可能性が残されている年齢ではある。セレブリティと呼ばれる人たちならば、六十近くでも平気で子供を産んでいるように思える。しかし、二人の間には子供はいない。いろいろなことをしたし、有名な病院も無名の医師も訪ね歩いた。冬美に原因があると言う医者もいたし、匠さんに素質がないと説明されたりもした。一人で病院に行ってきた後、匠さんは、どうしても冬美さんが子供が欲しいのなら別れた方が良いのかもしれない、などとばかなことを言い出したりもしたけれども、冬美が、はあ？　と訊き返してその話は一瞬で終わった。冬美はその時、自分でもびっくりするぐらい怒っていたので、それが伝わったのだろう。

ごはんを食べ終わり、お茶を淹れていると、今日と昨日は生徒さんが何かおもしろいことを言っていたかと訊かれたので、冬美は、今日休んだ中学二年の女の子の話をした。匠さんは、母親が子供に愚痴を言うのが不思議だ、と言った。匠さんは母子家庭で育ったのだが、お母さんは、ちょっとまずいんじゃないかというぐらい弱音を吐かなかったのだそうだ。なので、今もお母さんのことはぜんぜんわからないらしい。冬美が、年に二回ほど匠さんのお母さんに会う印象では、とても似た親子なのだが、お互いのことはあまり知らないようだった。

二人とも一杯ずつでは、冬美がお茶菓子に買ってきたビスケットサンドが余ってしまったので、もう一杯お茶を淹れることにした。小説がうまくいっていない匠さんは、どうも仕事部屋に帰りたくなさそうだったが、ゲェーッというケンイチの声が聞こえると、ちょっと気がかりなようにそちらを見た。引き続き、話したのは主に冬美のほうだった。昨日無料授業にやってきた、七歳の女の子の話をした。見よう見まねだけで、ベートーベンの『月光』の最初の部分を弾けるようになっていた、と。匠さんは、その子を教えられたらおもしろいな、と言ったけれども、冬美は、まあ、縁があったらね、と答えた。どれだけその場で楽しそうにしていても、縁を作ってくれない人はいくらでもいる、ということを冬美はとてもよく知っていた。

◈

七歳の陽菜乃ちゃんは、それから冬美が無料授業を受け持つたびに、教室に姿を現した。他の先生が授業をすることもあるのだが、彼女は、冬美の名前を覚えていて、会館の前の貼り紙を見ては、あ、あの人だ、とやってくるのだった。三回目には、林先生、とちゃんと呼んでくれるようになった。もしかしたら、冬美のほかに無料授業を受け持っている先生が、妹尾先生、だとか、柴垣先生、だとか、小学二年からしたら比較的読みづらい名前だからかもしれない。こういう時にも、「林」になってよかった、と冬美は思う。

陽菜乃ちゃんが音楽の授業で聴いたので、また聴きたいと言ったドヴォルザークの『ユーモレスク』を冬美が弾いて、授業が終わりに近付いた頃合に、じゃあ林先生また来るね、と彼女が言ったので、冬美はてっきり陽菜乃ちゃんがレギュラーの生徒としてやってくるのかと勘違いしたのだが、よくよく聞いてみるとそうではない様子だった。

「林先生は、だいたい水曜日か木曜日にこういう授業をしてるでしょ」

「そうね、だいたいね」

「じゃあまた、水曜か木曜に来るね」

陽菜乃ちゃんは、にこにこしながら冬美を見上げてくるのだが、冬美は解せないものを感じたので、お母さんと相談して、ここでピアノを習うことに決めたの？　と恐る恐る訊いてみると、陽菜乃ちゃんは首を傾げた。

「お母さんは、わたしが林先生にピアノを習ってることを知ってるけど……」

それはよかったね、また教えてもらってきたら、と言うらしい。冬美は、子供にお金のことを言うのはいやだ、と思いながら、なんとかそれを避けて彼女にちゃんとしたところを説明できないものかと首を捻る。

「あのね、これからも陽菜乃ちゃんがわたしとピアノの勉強をしていくためにはね、お母さんとお話ししないといけないのね」

無料授業の申し込み回数の上限は、三回までと決められている。あくまで、生徒を呼び込むためのプロモーションの一環であり、ボランティアではないのである。冬美にしても、お金を取らずに教えたいのは山々だけれども、この教室の家賃は、しっかり事務所から産業会館に支払われている。お金を払ってピアノを習いたいのか習いたくないのかはっきりしない人のために、いつまでも時間を使っている余裕はないのだ。

陽菜乃ちゃんは黙り込んで、冬美を見上げたり、しかしすぐにきょろきょろしたり、鍵盤に手を置いたかと思うと、急にその資格がないと思い出したように、手を膝の上に下ろした。

「陽菜乃ちゃんはピアノが上手だから、もっと上手になるために、先生と勉強しましょうよ」

「でも、お母さんと話さんといけないんでしょ？」

「そうよ。だから話せないかしらね？」

自分にしてはわりと押してる方だ、と思いながら、冬美が言うと、陽菜乃ちゃんは首を振って、お母さん、わたし以外とは話したくないみたいやからなあ、と言う。冬美は、ならお父さんは？　と言いかけてやめる。彼女の口ぶりには、どこにも父親の影がなかった。

「お母さんと話したいって言う人、林先生で何人目かな、あ、よその人では担任の先生だけか」

先週、陽菜乃ちゃんが、給食当番の時に着る共同のかっぽう着を洗って学校に持っていかないといけないということがあった際、お母さんが洗えないのだ、と説明すると、担任の吉井先生が内緒で持って帰って洗ってくれたのだが、その代わりに、どうかお母さんに会わせて欲しい、と頼んできたのだという。

「でもお母さんは、今はわたし以外とは話したくないって。おじいちゃんとおばあちゃんもそう。怒られるから、会いたくないんやって。陽菜乃ががんばってくれるから充分よ、って」

お母さんは、春休みぐらいからずっと寝ていて、お仕事にも行かなくなった。ごはんは、お金をくれるから、家の近くのコンビニに二人分を買いに行く。洗濯は、二週間ぐらい前まては、お母さんがなんとかやってくれていたんだけれども、今はもうやってくれなくなってしまった。

冬美は、返す言葉を思いつかず、しばし黙り込んでしまった。陽菜乃ちゃんは、冬美の沈黙に追従するように、膝の上に手を置いてじっとしている。冬美はとりあえず、『ユーモレスク』の前に授業で聴いた曲は何？　と訊き、トルコ行進曲、という答えが返ってきたので、どちらか迷ったのだがモーツァルトの方を弾く。弾きながらいろいろ考えようと思ったのだが、鍵盤から手を離したときに思いついた言葉は、じゃあ洗濯物持ってくる？　という甚《はなは》だどうしようもないものだった。それを言ってはいけないことはわかる。二十代なら平気で口にしていたかもしれないけれども、人と人との間には、見えないが守るべき境界があることを三十七歳の冬美はさすがに理解している。

　ぱちぱち、と陽菜乃ちゃんは拍手をしてくれる。ありがとうございます、と冬美は頭を下げる。洗濯物を持ってこさせるにしても、陽菜乃ちゃんの無料授業の権利は今日で切れる。冬美は、だんだん頭が痛くなってきて、また関係のないことを訊いてしまう。

「ごはん、今日はなんにするの？」

「わからんけど、冷凍ピラフかな。たかなのやつ」

　陽菜乃ちゃんが通っているコンビニのものは、一袋一〇〇円で、けっこうおいしいことを冬美は知っている。小学二年なら、電子レンジぐらいは使えるのだ。

　冬美は、ピアノの上の掛け時計を見て、あと二分ほどで授業の時間が終わってしまうことに気がつく。なぜなのかよくわからないのだが、ひどく胃が痛んでくる。あと二分で、自分はこの関係を手放す。無料授業にやってくる生徒さんとの間で、それはよくあることだったが、冬美は今、どうしてもそうすべきだとは思えなかった。

「陽菜乃ちゃん、またわたしにピアノを習いたい？」

「習いたいよ。でもあかんのでしょ」

　お母さんと話さんと、と彼女は言う。自分がどうしたいかではなく、お母さんが主体になっていることに、冬美はかすかに首を振る。

「また来ていいわよ」冬美は、時計をちらりと見て、楽譜を片付ける。「先生がなんとかするわ」

緩慢な動作でピアノのふたを閉めながら、冬美はものすごい速さで考える。事務所にはどう報告するのか。すでに三回の制限を上回っている生徒を教え続けたら、商売にならないからやめろと注意されるだろう。クビにはならないだろうけれども、自分の立場は微妙なものになるかもしれない。

「そうなん？　いいの？」

「いいよ。来週も気が向いたらおいで」

冬美は、陽菜乃ちゃんが初回に来た時、アンケートに住所を書いたかどうか思い出しながら、にっこりと笑いかける。それでなんだというのか。それを知っていて、自分はどうしようというのか。

陽菜乃ちゃんは、わかった、また来ます！　と冬美を見上げて、歯を見せて笑った。前歯の下の歯と上の歯が、一本ずつなかった。生え変わる時期なのだ。冬美は、じゃあまた、と陽菜乃ちゃんを送り出したあと、ピアノの前の椅子に座って、深い溜め息をついた。何なのか自分は、そういうことをして、どうだというのだ。五分ほど目をつむってじっとしていたけれども、答えは出なかった。

家に帰って、匠さんにその話をすると、じゃあぼくが三回過ぎるたびに新しいプロフィールを作るわ、と言った。その晩は、豚ばらと水菜と豆腐のハリハリ鍋を用意した。十五分で作ることができる上、二人の好物である。

「だって、毎回どんな人間が無料授業に来るか見張られてるわけやなくて、冬美さんがアンケート出すっていう信用にかかってるわけやろ」

「信用って言われると逆につらいわ……」

冬美は、話の内容の重さと、豚ハリハリ鍋のおいしさの間で戸惑いながら、匠さんのグラスにビールを注ぐ。匠さんは、今日は昼の間に六枚書けた、とのことだった。お昼に成果を出せると、匠さんは夕食の時にお酒を呑むのだが、そういう機会は二ヶ月に一回ぐらいしかない。なので、そんないい日に職場の話題を家に持ち込むことは気が引けたのだけれども、浮かない顔をしていることがすぐにばれてしまい、話したら？　と促されたので、陽菜乃ちゃんの話をした。

「冬美さんはうそつくの下手やけど、ぼくは一応作家やし、なんとかやれるやろ」

匠さんは、炊飯器から自ら米を研いだごはんをおかわりする。硬めにおいしく炊けている。匠さんにとっては、今日は何もかもうまくいっている日のようだ。

冬美は、思うところあって、バッグから携帯を出して計算機のアプリケーションを立ち上げる。365を7で割る。整数52に、小数第一位以下が無数についてくる。52を3で割ると、17に少数3がたくさんついてくる。

匠さんが言っているのは、たとえば一年間毎週のように陽菜乃ちゃんを教えるのだとしたら、約十七回分の偽者の陽菜乃ちゃんを作るということだ。十七回も。二年に及ぶと三十四回。でもピアノは、一年や二年習ったぐらいではどうにもならない。趣味でやっている大人はともかくとして、子供は。

「そうしてもらうとしても、いつまでそういうのを続けたらいいんかどうか」

「どうなんやろ。向こうのお母さんが、娘が月謝も払わんのにどこでピアノ習ってくんのかしらって疑問に思うまでかな」

そう言われると、冬美は黙り込んでしまう。軽く煮た豚ばらを口にすると、やはり身も心も生き返るというほどおいしいのだが、頭の中は、問題で沈んでいる。冬美は、陽菜乃ちゃんの母親に会ったことも話したこともないのだが、そういうことを不思議に思って娘に問う人だとは、どうも考えられないのだった。

匠さんのほうが冬美より先に満腹になり、今日は寝るまでケンイチと遊ぶぞー、などと腹をさすっていると、電話が鳴った。腰を浮かせる冬美を、いやいやぼくが、と制して匠さんは立ち上がり、受話器を取る。

「はい林です」

匠さんは、仕事で一日中家にいるからいらない、と今は携帯電話を持っていない。編集者とのやり取りは、ほとんどメールかFAXか郵送で事足りるし、必要だと思ったことは一度もないらしい。会社員だった頃はさすがに持っていたが、手放してすっきりしたという。

「ああ、そうか。そやね、久しぶりやね」

匠さんの声が、じょじょに硬く緊張してゆく。ですます口調じゃなく、「久しぶり」だなんて誰と話しているのだろうか。

「なんやろか、そうか、お兄ちゃんかってな、別に絢奈《あやな》ちゃんのこと嫌いやからそういう感じなんやなくて、単に疲れてんとちゃう」

ああ、と冬美は思いながら、豆腐を持ったままだった箸を置いて、小さく溜め息をつく。

二十四歳年下の妹からの電話なのだ。母親違いの。現在十二歳の彼女は、ときどき思い出したように匠さんに電話をかけてくる。大抵は、家でいやなことがあった場合に。母親も兄も味方になってくれない時だ。匠さんとの唯一の接点である父親は、五年前に亡くなった。

冬美は、一度だけ会ったことのある、匠さんの父親の後妻という人について思いを馳せる。年を訊いたわけではなかったが、冬美と匠さんは、五年前に葬式で彼女と顔を合わせた時点で、五十歳過ぎぐらいなんじゃないかという話をしたので、その印象が正しければ、四十代半ばで絢奈ちゃんという女の子を産んだことになる。すでに男の子を出産していたし、何か、特に治療をした気配もなかった。子供は好きそうな人だった。

「せやからまあ、いややったらあんまり話さんと、そんで気が済んだらまた元通りにしたら。いや、気が済むわけないって、そんなこともないねんて。その年ではわからんかもやけど」

本当は聞こえはしないのだが、絢奈ちゃんという子が、話を引き延ばすように駄々をこねる声が冬美の耳をかすったような気がした。

冬美は、食欲を失くしてしまう。もう充分食べたといえばそうなのだが、いつもならもっと食べるはずなのだ。特に鍋をした日ならば。

「ほなごはん中やし切るわ。いいよ、またかけてきたら」

匠さんは、静かに受話器を置き、表情を隠すようにうつむいて、食卓に戻ってくる。誰それからかかってきた、とも言わずに、煮詰まって味の染みた豆腐に箸を出し、間を持たせるようにひたすらもぐもぐする。

「絢奈ちゃん、今いくつやっけ?」

知っていることだけれども、なんとなく確認する。十二歳、中一、と匠さんは答える。

「奥さん、そんなに若い人やなかったよね」

「まあな、ぼくらよりだいぶ上やな」

「いくつんなっても、産むのに向いてる人は産めんねんなあ、と思う」

「いいよ」

なにがいいというのか、匠さんは、顔を上げないまま首を振って、二人の間の鍋に残った豆腐と水菜を、どんどん自分の器に入れていく。そして何かはっとしたように、冬美の器を取って、豚肉をよそう。冬美は、それをなんらかの心づくしのように感じて、肉を口に入れて器からつゆを啜る。やはりおいしい。

「なんであんたがあの人にそんなこと思わせられなあかんねん」

冬美は、喉に何か詰まるものがこみ上げるのを感じて、水を飲む。ケンイチが、ゲェー、と鳴く声が聞こえたので、冬美と匠さんは、我に返ったように匠さんの仕事部屋の方を振り向く。

「久しぶりにピアノ弾いたってピアノ」匠さんは、手を合わせて椅子から立ち上がり、自分の器を流しに置く。「朗読は飽きたんかして、今日は居眠りしよったわあいつ」

冬美はうなずいて、ごちそうさまでした、と箸を置き、手を合わせた。

❖

ひどい雨の降る日だった。

通常の授業がすべて終わり、特に時間があるわけではなかったのだが、冬美はどうしても読みたい雑誌があったので、教室から事務所に戻る帰り道に、コンビニへ寄ることにした。目当ては、ある雑誌の詐欺商法特集だった。今朝の新聞で大きな広告を見かけてから、一日中、あれを読まないと、ということを考えていた。

大きくて丈夫な傘を手に、一心不乱に歩道を歩いてコンビニに辿り着いた時は、少し息が切れていた。どれだけ待ちきれずに必死に歩いてきたというのか。長靴を履いていたので、脚がほとんど濡れていないことが救いだった。

青いかごに、おやつのチーズスナックだけを入れて、冬美は雑誌コーナーへ向かう。他にお客がいないのも都合がよかった。冬美は、目当ての雑誌をラックから抜き取り、裏返して値段を見て、軽く顎を引く。わりとぺらぺらなのに、六五〇円もする。女性向けのファッション誌なら、そのぐらいの価格で付録までついてきたりもするのに、そんなに書いてあることが貴重なのだろうか。

店員に対する体裁を繕うために、商品を入れたかごを足元に置き、とりあえず冬美は雑誌のページをめくる。特集はなかなか詳しく、悪徳商法を『訪問パターン』『電話勧誘パターン』『広告パターン』『ネット介在パターン』などという類型に分けて簡潔に説明したページには、思わず見入ってしまった。特に、自分たち夫婦が引っ掛かりそうなのは、サンプルを渡して使わせ、後日回収に訪れた際に強引に商品を売りつけていく「サンプル商法」、仕事を紹介するがそのためには資格が必要、とねじこんで教材などを売りつける「資格商法」などで、あとはスキミング詐欺やフィッシング詐欺には重々気をつけなければ、と冬美は決意する。水回りが悪い、だとか、シロアリ駆除のため、などと言って食い込んでくる「点検商法」は、一見自分たち向きではあるのだが、そうやって人が来たときは、「大家さんに相談しますので」と言ったらいいのだ、と気が付くと、少し気が楽になった。匠さんにも知らせなければならない。

冬美は雑誌を閉じ、再び、裏表紙の六五〇円という値段を見て、ラックに戻すべきかどうか悩む。価値のある情報が記されているし、『国際的詐欺いろいろ』という記事も読みごたえがありそうなのだが、やはり本の厚みが足りないので、もっと専門的な詐欺についての本を買ったほうが良いかもしれないとも思う。

雑誌を持ったまま、しばらく悩んでいたものの、雑誌のラックが接している大きな窓にばたばたと雨が打ち付ける音で我に返り、雑誌をラックに戻した。更に降りがひどくなったのか、と前方の大きな窓の向こうに目をやると、向かいの二階建てのアパートのような建物の軒先に、小さい人影が立っているのが見えた。赤いランドセルを足元に置いているので、女の子だということはわかる。アパートの中に入っていく住民らしき誰かに話しかけられても、彼女は首を振っている。

目を凝らすと、それが陽菜乃ちゃんだということがわかった。冬美は、アンケートに書いてもらった住所のことを思い出しながら、確かにこのへんだわと足元のかごの取っ手をつかむ。会計をしようかどうか少し迷ったのち、チーズスナックは売り場に戻し、冬美はコンビニを出て傘を差す。去年の夏のセールで買った、すごく頑丈な傘だった。売れ残りだったので、突拍子もない黄緑色をしていて、傘を忘れやすい冬美もこの傘だけは常に持ち帰っている。

アパートは、おととしかその前の年に完成したぐらいの新しい建物だった。冬美は、その新しいアパートの前を、自宅の借家が古いというだけの理由で、うらやましいなあ、こんなところに住みたいなあ、と何度か思いながら通り過ぎたことがあった。

コンビニから少し離れた横断歩道を渡り、アパートに近付く。陽菜乃ちゃんは、冬美には気付かない様子で、アパートの奥の方を覗き込んだり、向かいのコンビニの明かりをぼんやり見つめたりしている。

「どうしたの？」

冬美がそう言いながら傘を差し掛けると、林先生、と陽菜乃ちゃんは顔を上げる。

「今日は家の鍵を持って出るの忘れて」

「そっか」

「それで、ピンポンを何回も押したり、携帯に電話をかけたりしてんけど、お母さん、雨の日で調子が悪いからずっと寝てるんかして、開けてくれんくて」

「雨の日、調子悪いんや」

「そういう病気なんかなあ」

冬美は、何か差し出がましいことを言おうとしたけれども、それを押さえ込むように首を振って、代わりに、バッグからハンドタオルを出し、陽菜乃ちゃんに、これで顔とか頭拭いたら、と渡す。陽菜乃ちゃんは、恐る恐るタオルに顔を埋め、頭を軽く拭き、着ているトレーナーの腕をまくって上腕の水気を取る。

「傘どうしたん、今日は持ってなかったん？」

　更にバッグの中を探して、数日前から入れっぱなしになっているハンカチを取り出し、陽菜乃ちゃんの足元のランドセルを拭く。今の子らしく、ちょっと変わった珊瑚色《さんごいろ》とでも言えるようなピンク色をしている。

「傘は持ってなくて。ちょっと前に風で潰れたの」

「骨がひっくり返った？」

「そう」

　今すぐ持ってきなさい、と言いたくなる。そのぐらいなら直せる。傘はどうしてしまったんだろうか。捨ててしまったんだろうか。冬美は、ちょっと待ってて、と言い残して、また横断歩道を渡ってコンビニに戻り、ビニール傘と温かいミルクティーを購入する。胃がひどく痛んで、頬が妙に熱い。興奮していると思う。それでたぶん、怒っている。ものすごく。

　アパートに戻ると、やはり陽菜乃ちゃんはそこにいて、いちばん手前の部屋のチャイムを押したり、ドアノブをがちゃがちゃしたりしている。冬美はビニール傘の包装を破き、丸めてバッグに突っ込んで、明日からこれを使って、と陽菜乃ちゃんに渡す。

「え？　いいんですか？」

「いいのよ」

　冬美は険しい顔でうなずきながら、ミルクティーのペットボトルのキャップを外し、それも無言で陽菜乃ちゃんに渡す。

もう、うかつに口を開くのが怖かった。自分が何を言い出すかわからないと思った。陽菜乃ちゃんは、ありがとうございます、とボトルを受け取り、少し飲んだかと思うと、やはりドアノブを回したりドアを叩いたりする。

うちに一緒に帰る？

冬美は、そう言う代わりに息を吸い込んで、再び黄緑色の傘を差して、雨の中へと出て行き、アパートの周囲を回って、やがて『空室あり』という看板を見つける。

うちに一緒に帰る？

バッグから携帯を出して、看板の電話番号に電話をかける。先方が勤務時間外である可能性を思い付いて顔をしかめながらコール音を聞き、やっとつながった時は、緊張で息を呑んだ。

「あの、通りすがりの者なのですけれども、お宅の物件に住んでいる方のご様子がおかしいようで。小学生の娘さんを締め出したまま、一切応答がないのですよね。娘さんは、学校に鍵を持って行くのを忘れたので、中に入ることができないそうです。雨が降っておりまして、娘さんは大変困っています」

冬美の説明に、電話に出た女は、最初は怪訝そうにしていたのだが、丁寧かつ熱心に窮状を訴えるうち、それは大変ですね、などと相槌をうつようになっていた。

「それで、お手数ですが、御社のどなたかのお立会いのもと、お部屋を開けていただきたいんですよね」

冬美は、極力よそ行きの柔らかい声で、通話口の向こうの女の気持ちを撫でるように話し、陽菜乃ちゃんの名字を告げる。女は、責任者に回しますので、少しお待ちください、と言葉を切って、保留のメロディを流す。『トルコ行進曲』だった。ベートーベンのほうの。

うちに一緒に帰る？

今の冬美を支配する一つの言葉は、どこまでも続くウォータースライダーを滑るように、ぐるぐると冬美の頭の中を回っている。気絶しそうだと思う。けれども冬美は、やがて電話の向こうに現れた責任者であるという男と、すらすらと話している。心地良い、信頼の置けそうななめらかな声で。

うちに一緒に帰る？

二十分で参ります、と先方は言った。助かります、と冬美は答えた。携帯を耳から離す頃合いには、ビニール傘を差した陽菜乃ちゃんが隣にやってきていた。

ねえうちに一緒に帰る？

「二十分で業者さんが鍵持って来るって。このアパートを管理してる会社」

「はい」

陽菜乃ちゃんが、聡《さと》い顔をしてうなずくので、冬美はうなずき返す。

「そしたら、うちに帰りなさい」

「はい」

「じゃあ、またね」

冬美は会釈をして、その場を後にする。コンビニで雑誌を立ち読みしてからこれまでの間で、ずいぶん周囲の風景は変化していた。夕方から夜へと時間は過ぎ、雨はやみそうなぐらいの小雨になっていた。

うちに一緒に帰る？

少し前に冬美の頭の中で暴れ回った考えは、しかし、その対象を見失い、ただの言葉になって行き場をなくしていた。冬美は、表向きには大した心の動きもなく、早足で事務所へと歩いた。早く家に帰って、匠さんにこの話をしたいけれども、自分がぞっとするほど何もかもしゃべってしまいそうで怖かったので、いったん事務所に戻れるのは良いことだと思った。自分に対してさしたる親しみもなさそうな若本さんと会ったら、きっとこの気持ちの何分の一かは冷えるだろう。

若本さんは、いつものようににこにこと立ち上がって冬美を出迎え、お帰りなさい、寒かったでしょう、お茶を淹れますね、と給湯室に消えていった。冬美は、自分のデスクに座り、丈夫な傘のせいでほとんど濡れていない髪を撫で付けて、正面の白い壁を眺める。何をしたというわけでもないのに、疲れていた。立ち上がりたくない、と思った。自分が入ってきたドアをもう一回開けたら、すぐに家だったらいいのに。

「どうぞ」

緑茶が出てくるものと思っていたら、若本さんは湯呑みに紅茶を淹れて出してくれた。少し変わった、しかし覚えのある味だったので尋ねると、奈良で収穫されたものだそうです、生徒さんがくださったみたいで、こっちに回ってきました、と若本さんは答えた。

「おいしい。あったかい」

ほとんど無意識に冬美がそう言うと、お茶菓子持ってきます、と若本さんは再び給湯室に向かう。

「冬美先生、早く家に帰りたいかなあと思って、勧めなかったんですけれども」

若本さんの声は、少し笑いを含んでいる。冬美は、湯呑みを両手に、目の前の壁をじっと見たまま、若本さんがこんな、わたしのことを知っているふうに話すのは初めてだ、ということに気がつく。長い付き合いなので、基本的なことはお互いに知っているけれども、心で何を思っているかについて、話し合ったことは一度もなかったのに。

若本さんは、冬美の湯呑みの傍らに、クマのプーさんの絵柄のついた小さな袋を置く。イラストのプーさんの傍らに印刷されている写真のクッキーは、すごくおいしそうだ。

「それね、娘がちょっと前に好きだったんですよ。買い物に行くって言うと、必ず買ってきてって言われて。でも今は飽きてしまって」

だからたくさん家に余ってるんです、と若本さんは続けながら、自分のデスクに戻る。冬美は、小袋を開いて中身を探る。一つが一口サイズのクッキーは、とてもおいしかった。

「娘さん、今日は何をしていらっしゃいますか？」

「友達の家に行ってるはずやけど、雨降るし、早めに家に帰れって言ってますけどね」

「娘さん、傘持ってますか？」

冬美の問いに、若本さんはほんの少しだけ怪訝な顔をして、二本持ってますよ、と答えた。

「学校の置き傘と、家に置いてある持ち歩き用ですね」

「娘さんが傘を持ってなかったら、若本さん心配ですよね」

「心配っていうか、すぐに買いますよ傘ぐらい」

若本さんは顔をしかめる。冬美は、愚問に付き合わせて申し訳ない、とでも詫びるように口角を上げようとして、しかしやめてしまう。

「前に、無料授業に三回やってきた、学校のピアノ習ってる友達の見よう見まねで弾けるようになった子の話したじゃないですか」

「はい」

冬美は、堰《せき》を切ったように話し始めてしまった。紅茶が温かかったからかもしれないし、クッキーがおいしかったからかもしれないし、若本さんが傘の話をする時に、心底ばかばかしいという顔をしたからかもしれない。

若本さんは、次第に表情を険しくして、冬美の話に聞き入っていった。話している間は無我夢中だったけれども、口を閉じた瞬間、若本さんがたとえば自分の母親のような保守的な人だったならば、そんな子は放っておきなさい、などと言うのではないか、と突然不安に襲われた。そんなふうにあしらわれたら、これまで以上に、自分は誰かに頭の中のことを話すのが怖くなってしまう。

若本さんは、しばらく黙っていた。冬美は、沈黙に耐え切れずに、傘ぐらい、そうですよね、雨だからって、と断片ばかりを吐き出していた。

「あの、わたし、友人にソーシャルワーカーがおるんですけれども、医療の方なんで、直接関係ないかもなんですけど、学校行って資格取ったりするから、彼らは横のつながりがけっこう強いらしくて」

若本さんは、重たげに口を開いて、自分のデスクに立ててあるファイルを引き寄せて、めくり始める。冬美が持ち帰った無料授業のアンケート用紙のコピーをはさむ、赤いファイルだった。

「うちの事務所なりの守秘義務とか、やっぱりありそうなんですが、あの、地域だけとかヒントを出して、なんとかつなげられるように、伝えときます」

冬美は、うなずくより先に、肺に溜まった空気をすべて吐き出すような溜め息をついた。大人と話した、という感想を持つ。自分もいい大人のくせに。

「それにしてもその人の旦那、何をしてるんやろう」

若本さんは、呟きながらファイルをしまう。何年も一緒に仕事をしてきたけれども、初めて冬美は彼女がですますでなく話すのを聞いたような気がした。冬美は、わからん、と答えた。匠さんが、ネコやヒグマは母親だけで子育てをするけれども、ハクトウワシやディスカスは夫婦で子供の世話をする、人間には両方ある、不思議や、と話していたことを思い出した。哺乳類と鳥類・魚類といった違いでも説明がつかない。匠さんが今小説に書いているビーバーは、一家でダムを作り、少し前に小説に書いていたウッドチャックは親も子も単身で過ごす。

その話を、若本さんにしたい気もしたけれども、もう遅かったので帰ることにした。自分がいる限りは、若本さんも帰れないのだ。

エレベーターを降りて外に出ると、雨はやんでいた。冬美は、できれば心のままにとぼとぼ歩きたかったけれども、そんなことをしていてはいつまでも家に着かないような気がしたので、出来るだけ大股で、背筋を伸ばして歩いた。

三日ぐらい空けていたような気がする家は、しんとしていた。匠さんは仕事をしているのだろう。食事の匂いもなかった。冬美は、長靴を脱いで玄関の隅に置きながら、自分が食べる物を何も買ってこなかったことに気が付いて、急速に辛くなった。それでも、再び外に出て行く気力が湧かず、廊下を歩いて洗面所に向かう。化粧を落とすために石鹼を泡立てるのが、いつもの何倍もわずらわしかった。誰か代わりにやってくれないだろうか、と思うけれども、お手伝いさんを雇うのならまだしも、そんなものだけを代行するサービスなどない。

　やっと満足のいく量まで泡を作って、その中に顔を埋める。長い一日だった。洗面台に体をかがめて、泡をゆるゆると動かして化粧を落としていく。こうしている時に、いつもなら、家に帰ってきた、という実感でほっとするのだけれども、今日はそうでもなくて、ただただ義務をこなしている感じがした。

　水道のハンドルを上げて、水を出し、手にすくって顔の泡を落とす。すごく息がしにくい、と思う。毎日自然にやっていることなのに、どうしてこんなことでつまずいているのだろう。鼻が詰まっているのか。喉が痛くて、頭痛がする。

　冬美は泣いていた。自分でも、理由がよくわからなかった。たくさん言いたいことがあったけれども、それをずっと我慢していたから、頭のどこかに障ってしまったのかもしれない。でも悪いことばかりじゃなかった。長年歩み寄ることが難しかった若本さんと、少しだけ分かり合えたような気がした。助けてくれた。

　悲しいのでもなく、情けないのでもなく、疲れているのでもなく、けれどもその全部、とでもいうような混乱に胸をかき回されて、冬美は次々と涙を落とした。声を上げたかったけれども、喉が狭まって、かすれた息しか出なかった。

　水を止めて、タオルで顔を拭う頃には、冬美は泣き止んでいた。頭は痛いけれども、妙にすっきりした気分で台所に行き、電気をつける。食卓の上には、冬美が立ち読みした詐欺特集の雑誌が置いてあり、ふた付きのごみ箱の上には、明日のプラスチックごみの収集のためにまとめたと思われる大きめのスーパーの袋が置いてあった。プラスチックごみのいちばん上は、近所の弁当屋の容器で、仕事が大詰めの匠さんは、夕食に買ってきて食べたのだろうと思われる。

冬美は、食卓の椅子に座り、バッグを足元に下ろしてしばらくぼんやりした。自分も弁当を買いに行こうかと思ったけれども、いっそ冷蔵庫の中のものを適当に入れた炊き込みご飯でも作ろうかなという気もした。だんだんおなかが空いてきていた。

のっそりと立ち上がって、冷蔵庫を開けると、昨日の冷えたご飯が残っていた。ドア側のラックを凝視し、めんつゆと玉子があることを確認すると、野菜室を引き出す。上のトレーの目に付くところに、たまねぎが半分だけ入った袋がある。玉子丼ならできるか、と思う。

冬美は、とりあえず晩ごはんを食べられそうなことに安堵して、冷蔵庫を閉め、再び食卓の椅子に座り、数時間前に立ち読みしていた雑誌を手に取る。匠さんも、詐欺が心配なのだ。冬美が見ていたのと同じページに付箋が貼られていて、なんだか笑ってしまった。

そういえば、ケンイチはどこにいるのだろう、と冬美は雑誌を手にしたまま立ち上がる。声も聞こえないし、今匠さんが一階の仕事部屋にこもっているのなら、気が散るだろうし、おそらく違うところに鳥かごを移動させたはずだ。

　ケンイチの鳥かごは、二階の寝室のベランダに、古びたバスタオルを掛けて置いてあった。冬美は、バスタオルを取ってたたみ、鳥かごの傍に椅子を持ってきて座る。ケンイチは、少しの間眠っているようだったが、やがて目をぱちぱちさせ始めた。ピアノを弾いてやろうかと思ったけれども、せっかく雑誌を持ってきたので、付箋の貼られたページを読み聞かせることにした。

「『フィッシング詐欺とは、有名サイトや企業、銀行などを装ってメールを送信して、あなたを偽のサイトに誘導し、カード番号などの個人情報を入力させて不正に個人情報を入手する詐欺の一種です。それらの情報は、入手した悪意のある第三者があなたのカードを使ってショッピングをしたり、インターネットバンキングであなたのお金を勝手に下ろしたりすることに利用されます』」

　怖い、気をつけないと、と冬美は思う。フィッシン……、とケンイチが感慨深げに呟いたような気がした。

❖

　清松さんが退院したので、ケンイチは隣の家に帰っていった。普段は、清松さんの家の八畳に置かれている大きなケージに入っているケンイチは、姿こそ毎日見なくなったものの、ゲェーッという叫び声は朝と夕方に一回ずつ聞こえる。天気のいい日は、林家とブロック塀で仕切られた庭に鳥かごが吊るされているので、匠さんは仕事に行き詰まるとよく本を読んでやっている。あんなにいろいろ読んでやったのに、ケンイチが覚えた新しい言葉は、「フィッシン」だけだ、と愚痴を言っていた。冬美は、詐欺特集の記事を読み聞かせたことは黙っていることにした。

四月の最後の週には、匠さんと冬美の誕生日が連続してあったので、いい牛肉を奮発して、すき焼きでお祝いをした。しゃぶしゃぶと比べて割り下がすごく難しいのではないか、と危惧していたけれども、インターネットで調べたり、よく行くカフェの店主のヨシカさんに訊いたりして、なんとかおいしいものができた。冬美はワインを飲み、匠さんはビールを飲んだ。二人の誕生日は五日違いで、冬美は三十八歳になり、匠さんは三十七歳になった。

「なんで春に生まれたのに冬美っていう名前なんやったっけ」

「母親が夏江でおばあちゃんがハルやから」

おそらく毎年この話をしているのだが、匠さんは覚えられない。冬美も、すでに諦めているし、説明するのは大していやなことでもない。

匠さんとは、結婚して八年になる。二十八歳の時に知り合って、それから一年間は知り合いでいて、その後また一年間付き合って結婚した。マンション管理の会社で働いている親戚の同僚に、変わっているけれども気のいい男性がいるので、まずは友達でも作るつもりで会ってみたら、ということで紹介された。冬美は、二十五歳のときに、五歳年上の男に二股を掛けられていて、しかも自分が二人目のほうの女であることが発覚して以来の男性不信で、本当は誰にも会いたいとは思っていなかったのだけれども、マンションの管理人の仕事をしながら純文学の新人賞をもらった、という相手の不思議な経歴に惹かれて、大阪に会いに行くことにした。海遊館に行った。匠さんは、マンボウは透明なものが認識できないので水槽にぶつかりまくって哀れですね、と言いながら、らんらんと凝視していた。後で訊くと、他人事ではないような気がして、と匠さんは答えた。一月だったので、寒い中、ペンギンのパレードも見た。ものすごく賢そうなのに、長い詩を暗誦したり難しい数式を解いたりしないことが不思議だった。

その日の明け方に、完成した小説のデータを編集者に送信したという匠さんは、ご機嫌というより少し魂の抜けた様子で、うまそうにビールを飲みながら鍋をつついていた。ケンイチがいなくなってちょっと寂しいねえ、と冬美が言うと、ケンイチがおらんせいで本を読まんくなったよ、短篇を、と匠さんは答えた。

「短篇しか書かへんのにあかんやんか」

「あかん傾向やね」

そう言いながら匠さんは、味が染みて色の変わった豆腐と牛肉を冬美のほうに押しやる。冬美も、遠慮はせずにそれらを自分の器に取り込む。すごくおいしかったので、割り下のしょうゆと砂糖と水の割合を思い出そうとしたけれども、またすぐに忘れてしまっていた。

「あの子、元気にしてる？　ピアノうまい子」

冬美の生徒には、ピアノうまい子なんていくらもいるのだが、おそらく陽菜乃ちゃんのことだろう、と推測して、冬美は答える。

「どやろね。今週は来たけど、先週は来んかったから、だんだんピアノに興味なくなってんのかもしれん」

若本さんの話によると、今ソーシャルワーカーが母親と話している最中なのだという。母親はうつ病を患っており、治療に通い始めたらしい。三月まで会社員をしていたのだが、ある日、何かの糸が切れた。向こうの不倫が原因で別れた夫が、再婚したという話を聞いたからだそうだ。職場を介した、取引先の男との結婚だったので、自然に耳に入ってきてしまった。滞納している慰謝料を払えよと電話をかけてもつながらない。いろんなことがいやになって、力が出なくなった。

「田舎の方になるけど、実家に帰ることも検討してるらしい」

「そうか。それは大変やったんやな」

「音楽自体が好きなんやったら、べつに今ピアノやなくても、この先バイトしてギターとか買ってもいいよね、って話をしたな最後に」

「ギャルバンか」

「そんで、スージー・スーみたいになったら、昔ちょっと会ったピアノの先生にこういうこと言われてー、ってインタビューで言ってもらうねん」

「なんでスージー・スーやねん」

「ドラマーとかでもかっこいいよね」

「カレン・カーペンターとか、マキシマム　ザ　ホルモンのお姉ちゃんとかな」

本当は、もしよかったら、うちの家に来て習う？　とギターの話の前に話したけれども、陽菜乃ちゃんは首を振った。遠慮しなくていいのに、と冬美が言うと、陽菜乃ちゃんは、特別あつかいはよくないよ、と答えた。ごもっともだ、と冬美は思った。

実は、家に連れて帰ろうとした日がある、と冬美が言いかけると、先に匠さんが口を開いた。

「脱稿したんで、時間できたから、養子のこと調べ始めた」

「うん」

「専業主婦やないと、とか、子供部屋いる、とかいろいろ厳しそうやけど、ぜんぜん無理ってことはないと思う。ぼくの仕事はある程度自由が利くし、君もずっと仕事に出たらあかんってわけでもないやろう」

「そっか」

「お金は貯めたしな」

匠さんは、今日は雨か、とでも言うような様子で、頭の後ろで手を組んで、天井を見上げる。匠さんは、小説を書きながらおととしまで会社員として働いていた。冬美は、ピアノの講師以外にも、午前中は事務所でデスクワークのパートをしている。幼稚園にも行っていないような小さい子でないと、午前中は習いに来ないので、頼んで雇ってもらった。

「質素な生活してるしね」

冬美は、鍋を載せている電磁調理器のスイッチを切って、ワイングラスを空ける。本当においしい。できればこの、すき焼きを食べてお酒を呑んで、眠くなってきているこの瞬間に、世界が滅んでほしい。でも、これからは、そういう若作りな考えでいることはやめようとも思う。そうなったら、匠さんも、自分の生徒たちも、若本さんも、普段お世話になっている人たちも、陽菜乃ちゃんもいなくなってしまうのだから。

「あとは詐欺に遭わんだけやな」

まあ、二人ともどんどんあほになってきてるような気がするけど、匠さんが言うと、冬美はわははは、と笑って、ごはんをお代わりするために立ち上がるついでに、匠さんの肩を叩いて抱いた。自分は、何かの試合の後で見たサッカー選手みたいなことをしていると思った。それは勝った試合なのか、負けた試合なのか。

チャイムが鳴らされたので、お茶碗を置いて二人で玄関に出て行くと、清松でーす！　という甲高い声と、グエエというケンイチの鳴き声が聞こえたので、戸を開ける。元気になった清松さんが、瓶の乗った保存容器を右手に、左手にケンイチの鳥かごを持って立っていた。お年寄りなのに怖いことするなあ、と冬美は思う。自分なら必ず瓶を落っことす。

「お二人、お誕生日って聞いてたから、これね」清松さんは、ケンイチの鳥かごを足元に置いて、冬美に瓶と四角い保存容器を渡してくる。「瓶のほうは、玉ねぎの酢漬け、容れ物のほうは五目きんぴらね。お肉が良かった？」

いえいえ、さっき食べまして、と冬美は首を振る。清松さんが自分たちの誕生日を知っていることを不思議に思うのだが、そういえば去年かおとといに道で顔を合わせたときに、これから誕生日をやるので呑むのだ、と話した覚えがある。子供か、と冬美は自分の行動について思う。

「ほんなら、わたしはまた煮込みかなんかにして持ってくることにするわ」

「それはすごくうれしいです。よろしくお願い致します」

「あとね、これ、甥っ子にこんな電子メールがきたんやけど、おばさんやってみいひん？って入院中に持って来られて見せられてんけど、どう思う？　なんとかっていう国の、将軍の娘さんが、国外に亡命を希望してるんやけれども、自分の国では見張られてて、警察に渡すためのわいろが必要やねんけど、現金がないし銀行の口座は凍結されてんねんて。で、そのわいろの分さえ送金してもらえて、国を脱出できたら、スイスの隠し口座のお金を動かせるから、謝礼は払うっていう……」

へー、どれどれ、と匠さんは、清松さんが甥っ子から預けられたという英語のメールのプリントを眺める。

「サニ・アバチャ将軍の非嫡出子、サヴィトリねえ」

「それ知ってる。雑誌で読んだ。あれよ、『ナイジェリアの手紙』よ」

ちょっと待ってて、と冬美は二階に上がり、寝室に詐欺特集の雑誌を取りに行く。階下で、カナダからの手紙やなくてか、などと言っている匠さんに、あなたは雑誌を買ってきた当人なのに、どこを読んでいたのか、と苦情を言いたくなる。

雑誌を渡すと、匠さんは、『国際的詐欺いろいろ』と見出しの付けられたページを開いて、これですね、と清松さんに見せる。

「あらあ、こんなことがあるんや」清松さんの大声にケンイチが反応して、ギエ、と鳴く。

「危なかったわあ。さっそく甥っ子に知らせるわね。冬美さんありがとう」

じゃあまたね、と清松さんはケンイチの鳥かごを持ち、玄関の戸を開けていそいそと出て行った。フィッシン、フィッシン、というケンイチの鳴き声が遠ざかっていった。

「まずは一件防いだな」

「これからもがんばるわ」

冬美は深くうなずき、もう一度特集に目を通そうと決意した。

立ち上がって店を何度も見回し、本当にもう今日は何もすることがないのか考えるのだけれども、やっぱりないようだった。予想されていた椅子やテーブルのレイアウトの変更については、参加者たちがやりたいと申し出てきたことは、だいたいどれもテーブル席一つで事足りるのでやらずにすみそうだし、唯一キーボードを持ち込んで場所をとるナガセの弾き語りは、晩の食事会の直前にやればいいということになった。

大学一年の時に友人になってから長いけれども、ナガセが弾き語りをやるという話にはちょっとぎょっとする。「弾く」だけなら、ああ弾くのね、という感じで受け入れられるが、歌まで歌うそうなのである。本人は、鋭意練習中、とのことで、自信ありげな日と、もうやめようかなあと落胆している日で差が激しかった。ヨシカはそのあとの食事会の準備で忙しいんやから、厨房におったらええんよ、と、発表したいのか、でも知り合いには聞かれたくないのかどっちなんだという様子で、しかしヨシカ自身にもナガセの逡巡《しゅんじゅん》を問い詰めているような余裕はなかった。

広いとは言えない店を隅から隅まで歩き回り、トイレのペーパーを並べなおしたあげく二つ足したりしながら、もうやることはないのかと腕を組んで考え込む。やはりない。

イベントをやったことがないので、すごく変な気分だったし、落ち着かなかった。念のため、前日の今日は早仕舞いにしたのだが、明日の夕食会のメニューを決め、ノートに整理した段階で、前日がどうのというより当日が忙しいんだろうな、ということはわかっていた。

それでも、なんだか帰る気にならない。

仕方なく、白湯でも飲んで腹を温めてみるか、と湯を沸かしてマグカップに注ぎ、厨房の隅の丸椅子に座る。二十分以内に帰る、と決め、時計を確認したら、気持ちが軽くなった。なんでもこうと決めたら楽になるし、それをそのまま実行する方だった。なので二週間前、竹井さんに、申し上げにくいお知らせなのですが……、と本国ノルウェーでの今年のポースケは四月上旬にすでに終わっていた、と教えられても、取りやめようとは思わなかった。出し物をしたい人も、当初はなかなか集まらなかったが、会計の時にいちいちその話をするようになると、じゃあ自分も、という人がばたばたと出てきた。なんでもやれば、伝えてみればうまくいく、という変な万能感を持っているわけではない。むしろ、常に自分は挫折するだろう、とヨシカは思っているのだけれども、どうせ挫折するならやってみたらいいし、その過程でいろいろ見聞きしてみるか、と考え直しながら、ヨシカは今まで生きてきて、決断しなければいけなかったことのいろいろを決めてきた。店を始めた時の気持ちも、言うなればそんな感じだった。

　まあ、若かった、とヨシカは、ちょうどいいぐらいの温度まで冷めた白湯を啜る。うまいと思う。二十七歳で会社を辞めた。あの時は、もう二十七かよ、と思っていたけれど、今考えるとぜんぜん「もう」ではなかった。会社に入って五年の人間に、本当のところ、何がわかっていたのかとも思うけれども、社内での評価は悪くなかった。しかしヨシカは、いつの間にか居ても立ってもいられなくなっていた。

　二十二歳で、食品メーカーの総合職に採用された。十人ほどいた同期には、女子がヨシカともう一人しかおらず、彼女がとても愛想がよく、かわいらしいタイプだったため、体が大きくて口調が強かったヨシカは、社内でも同期の中でも女扱いされなかった。それがいやだったわけではなくて、むしろ無駄に他人の心の襞《ひだ》の世話をせずにすむ分、気楽だと思っていた。同期の彼女は、道端の猫に気が向いたら構うみたいにオチのないことを話しかけられるのがもう嫌、という理由を、最後の食事でヨシカに吐き捨てて、三年目に会社を辞めた。ものすごく怒っていて、うんざりしているようだった。すまん、全部そちらに押し付けていた、とヨシカは思った。彼女はその後、数社を経て放送作家になる勉強を始め、今はフリーランスでいろいろやっているそうだ。生活は苦しいし、あの時なんであんなにもてたのかわからん、今もてたい、と言うのだけれども、会社にいて一日中にこにこしていた時よりは楽しそうにしている。

同期の女子がやめてから、ヨシカは本格的に部署で女一人になり、孤立を深めていった。総務や経理には、他に何人か女子がいたけれども、どうも距離を取られている様子で、彼女たちの飲み会には誘ってもらえなかった。一人になるのはある程度は予想できていたことなので、さして苦痛にも思わず、社内にいるのは最小限にとどめて外回りに力を入れるようになると、少しずつ営業成績が上がっていき、気が付いたら同期でいちばんになっていた。部署内でも、上から数えた数人に迫る勢いで、ヨシカは、同期だけならず先輩や上司からも遠ざけられるようになった。

強がりではなく、一人でいるのは平気だった。会社は友達を作るところではない。友達なら社外にいくらでもいる。同性たちが相手なら、少しは傷付いたかもしれないが、年齢のまちまちな異性の誰に相手にされなくても、ヨシカはある部分で当然だと思っていた。部署内の連絡が自分にだけ遅いような感じがしたら、上司に何が起こっているのか根気強く問う度胸はあったし、誰かに嫌味のようなことを言われても、言葉の裏はあえて読まなかった。あの子がいたら、社内の雰囲気ももう少し柔らかかったやろうにねえ、などと辞めていった同期の女子を引き合いに出されても、まったくそうですよね、とヨシカは眉も動かさずに答えた。本当にその通りだと思っていたからだ。

けれども、評価を上げるごとに孤独になっていくことの矛盾は、ヨシカを苦しめた。どうしてなのかわからなかった。敬意を欲しがるわけでもなく、よりパフォーマンスのいい会社の一員を指向しているだけなのに、勝手に自分の像が職場の誰かの中で膨らんで、歪められていくことには、我慢ならないものを感じた。自分がどう思われるかをコントロールしたいと願うわけではないけれども、どれだけありのままでいても、本当はもっと底知れない奴に違いない、と習い性のように勘ぐられていると知ると、そうじゃない、ちゃんと事実を見ろ！　とその当人を怒鳴りつけたいと思った。

経理部の部長の篠宮さんと食事に行くようになったのは、そういうことでヨシカが常にむかむかしていた時期のことだった。会社に入って四年が経っていた。篠宮さんは、会社で一人だけ役職つきの女性で、お局さんと言われてもいいような見た目年齢の人だったが、小柄で物静かなので、あまりそういう感じはしなかった。ヨシカが担当している地域に、雑誌に載っていた良さそうな洋食屋があるのだが、どういう感じか？　と訊かれたのだった。ヨシカは端的に、脂っこいけどしんどいときにいいですよ、と答えた。篠宮さんは、実際に疲れている時に一人でそこに行ってみて、すごく良かったから、今度給料日に行こうよ、とヨシカに言った。

それ以来、一年ちょっとの間、ヨシカと篠宮さんは頻繁に食事に行くようになった。篠宮さんは料理をまったくしない人で、趣味は食べ歩きだが血糖値が気になる、と言っていた。最初は食べ物の話ばかりしていたが、ヨシカは少しずつ会社の話をするようになっていた。

わたしをわたしだからといって嫌ったり避けたりするのはいい、でも、勝手に違う人間の像を投影してどうのこうの言わないで欲しい。篠宮さんは、時に黙って、時に適切な相槌を挟みながら、話を聞いてくれた。ただ、ヨシカの文句を聞きながら、篠宮さんがふと、安堵しているような表情を見せる理由が、ヨシカにはよくわからなかった。

篠宮さんがいくつだったのかは、生前は知らなかったのだが、葬式の時に、五十歳ちょうどだったと知った。職場では指輪を外していたから、夫がいるのも知らなかった。そんな基本的なこともわからないぐらい、自分は自分のことばかり話していたのか、とヨシカは恥じた。篠宮さんは、突然亡くなった。会社の帰りに、地上から地下へ降りる階段から足を踏み外して、頭を打ったらしい。雨の日だったので、滑りやすかったんじゃないかと言われているけれども、ヨシカは何度か現場に足を運んでみて、でも、手すりぐらいは握るんじゃないか、それとも手すりも滑りやすかったのだろうか、と釈然としない思いに駆られた。

あまりに突然のことで、数日はどうにも感情が動かなかったのだが、一週間経つと、朝電車に乗るたびに涙が出るようになった。すごく親しいわけじゃなかっただろう、という無理やりな言い訳を捻り出しても、理屈や理性ではどうにもできなかった。会社に到着すると、ヨシカはぱたりと元に戻り、仕事の成績には特に影響はなく、それまで通りだった。

篠宮さんの死から二ヶ月後に、旦那さんが食事会を開いた。関係のある人なら誰も彼も呼ばれた会、というわけではなくて、篠宮さんとの生前の会話から、それなりに親しい人を選び出して開かれた会だった。学生時代の友達がほとんどで、会社の関係者ではヨシカが一人だけ呼ばれた。料理はすべて旦那さんが作ったものだった。

みんな辞めていくけど、あの子はずっといそうだから、仲良くしたいな、と思った、と篠宮さんはヨシカのことを旦那さんに説明していたそうだ。それに、食通を気取ってないわりに、店を訪れた文脈や雰囲気にとらわれずおいしいものについていつも考えているから、一緒にごはんを食べると楽しい、とも言っていたらしい。あいつ何をえらそうにって思うよな、すみませんね、と旦那さんは笑っていた。ヨシカは首を振った。

食事会では、野菜炒めと生春巻き、回鍋肉、中華粥などが振舞われた。篠宮さんの旦那さんの料理は、おいしかった。旦那さんがそれほど気落ちした様子を見せなかったせいか、食事は終始和やかな、篠宮さんの思い出話に終わった。やせていて小さいのによく食べたのは、胃下垂だったかららしい。でも料理ができなかったことを、何かすごく卑しいことをした前世の呪いだと本人はときどき真剣に悩んでいたそうだ。ヨシカは下戸なので知らなかったが、お酒もよく呑む上にすぐ寝てしまう人だったらしく、友達がママチャリの後ろに乗せて帰っている時、いつのまにか軽くなったのでどうしたのかと振り向くと、背負っていたリュックのストラップを電柱の杭に取られて、そのまま宙吊りになってしまったのに、それでも眠っていたという。

篠宮さんは亡くなったのに、楽しいとすら思いながら食事をしていることを、ヨシカは不思議に思った。まずかったり、妙にストイックだったりする食事なら、もっと違っていたかもしれないけれども、篠宮さんの旦那さんが出したものは、味付けが濃くて、器になみなみと盛り付けられていて、単純なおいしさのあるものばかりだった。それこそ、泣いていて舌が固まっていても味がわかってしまうような。

また会いましょう、とは誰も言わなかったし、それ以来ヨシカは、篠宮さんの旦那さんを始めとしたその食事会の参加者には会っていない。けれどその時に味わった感情のことは強烈に覚えていて、ときどき眠る前に反芻して、寝付けなくなったりしていた。

同時に、篠宮さんが細々と呟いていた、小さなむなしさにも気が向くようになっていた。会社では、どれだけ着実に居場所を作ったように思っていても、力のある人の意図で簡単にもろくなってしまうようなところがあるからね。言葉で聞くと、ごく普通の、つべこべ言わずに受け入れるべき事柄のような気がするけれども、ヨシカには引っ掛かるところがあった。食事会の様子から、旦那さんとの仲は良かったように推測できるし、篠宮さんの親しい友達という人々は、七人もやってきた。ヨシカからしたら、充分な人数だった。だからといって、仕事にまつわる徒労が篠宮さんを完全に蝕《むしば》んで、彼らの声が届かなくなってしまった、とも思えなかった。ただ、突然、電池が切れるように、人は亡くなってしまう、とヨシカは考えるようになった。

三ヶ月が過ぎ、会社は完全に篠宮さんのことを忘れた。若い男の経理が来た。ヨシカは、食事ができる店を開くことを考えるようになっていた。無視されてるけど、仕事はうまくいってるし、このまま会社にいるのもいいから、自分はぜんぜんやっていけるから、と何度も何度も自身に言い聞かせた。それでもヨシカは、自分で自分に仕事を与えられる場所が欲しいという願望を忘れることができなかった。

それで辞表を出した。カフェをやることにしたのは、大学時代に二年ずつ、違う店で働いた経験があったからだ。卒業したらうちで働いてほしいけど、畑中さんは給料のいい会社に入ってしゃきしゃきやるんやろうねえ、と言われたことも何度かあった。給料は飛び抜けていいわけでも悪いわけでもない会社だったが、実家から通っていたので、貯金はあった。失敗して何もかも失くしたら、親に頭を下げてまた家に戻り、パートを掛け持ちしてやり直したらいいと思った。共働きでおおらかさの少ない、批評的な両親とは、決して折り合いがいいわけではなかったけれども。

それから七年が経った。ヨシカは今もなんとか店を続けている。これからも続ける。

すっかりぬるくなってしまった白湯を飲み干し、時計を見ると、きっかり二十分が経過していた。ヨシカは、カップを洗った後、深く呼吸をして、それまで考えていたことに何の未練も残さず、厨房の電気を消した。明日のことだけを考えていた。

ポースケ

『お酒はかなり呑む。NO。ストレスが溜まっても人には当たらない。YES。何かに没頭していても基本的な気配りはできるつもり。YES。貯金はしている方だと思う。YES。無人島で一人暮らしをしても狂わないような気がする。YES。野心はけっこうある。NO』

ヨシカの結果は、ミス・レモンだった。巻頭の、「あなたはどの女刑事?」というフローチャートを作り、中の記事を書いたのはとき子さんで、A3の紙を折って作るフリーペーパーのレイアウトをしたのは娘さんだそうだ。これから友達と合同説明会に行って、帰りに夕食会に寄ってくれるという亜矢子さんは、ミス・レモンて秘書やん、刑事やないやんって思いません? と顔をしかめ、A3の紙を一束置いて、がつがつとローファーを鳴らして階段を降りていった。

娘さんは、『お酒はかなり呑む。YES。物事ははっきり言うほうだ。YES。淡々としているると言われる。NO。情に厚いのでたまに付け込まれる。YES。お母さんには強く出られない。YES』で、『コールドケース』のリリー・ラッシュになったそうだ。

「お母さんに強く出られないってね、強く出てるやないのよ。もうがんがんに」

「本人は遠慮してるつもりなんですよ、たぶん」

とき子さんは、人生で初めて自発的に文章を発表するのだという。ブログやソーシャルネットワーキングがどれだけ盛んになっても、わたし忙しいから無理、と避けてきたのだが、このたび何かやってみようと思い立ち、普段考えていることについて書こうと思った。それで、普段は刑事ドラマについてしか考えていないので、単純に刑事ドラマの紹介記事を書くことにした。ホールにあるテレビでも、とき子さんが録画して持ってきたドラマのDVDを流すことにした。ヨシカの、死体が気持ち悪くないやつでお願いします、という注文に対して、死体がぐろくてもいい話はあるからすごく迷うわ！　ととき子さんはうれしそうに言っていた。

「もう一個のパート先でも、友達でも、意外と話せる人がおらんのよね」

「話の合う人が現れるといいですねえ」

フリーペーパーは、一応五十部作る。ホチキスを使わない製本なので、切り込みを入れて折る必要があり、とき子さんはカッター係、ヨシカは折る係をしている。入場者に配るスコーンはすべて焼き終わったし、夕食会の仕込みもやはりなかったので、ヨシカはとき子さんの手伝いをしている。スコーンは小袋に入れて渡し、ホールの隅に設置したジャムやクリームのコーナーで勝手に味付けして食べてもらうことにした。ジャムとかすんごい取ってく人いたらどうしよう？　とき子さんと話し合ったのだが、そこは入場者の良識に任せることにした。

「あ、そういや、朝の竹井さんの代わりってもう募集してはんの？」

「今日からレジ横に告知を貼ります。今朝来たときに、受かりましたってゆってはって」

「そっかぁ。良かったけど、あたしやったら、塾の先生かここやったら、ここがいいなあ」

「時給がうちより高いし、自分のやりたいことに近いんやったらそっちを勧めますね」

竹井さんがパートをやめると言ってきたのは、先週のことだった。できればずっとここで働かせてもらいたいけれども、でも、もう少し長いスパンでやりたいことに近い求人を見つけたので、と竹井さんは説明した。小学生向けの学習塾の教員だった。勤務地は、特急で十五分ほどかかる県境の生駒だという話なので、電車は大丈夫なの？　と訊くと、乗ることにしました、と竹井さんは言った。乗れるようになりました、でも、乗れるように努力します、でもないことに、ヨシカは、ああもう決めてしまったんだな、と感じたので、じゃあがんばって、とだけ声をかけた。

竹井さんは、ゴールデンウイークが終わるまではここで仕事をするので、今日も出勤し、先ほどまで書いていた黒板を外に設置しに行っている。『ポースケ・春のお祭。ハンガリアンウォーター、クロスステッチとフェルトの置物、翻訳、学術本バザー、刑事ドラマ他、参加者持ち込み料理に紅茶サービスなど。夕食会メニューは、牛ステーキ、目玉焼き、ハッシュドブラウンポテト、トースト、牛乳orオレンジジュース。＊まだ若干名空きあります』

「早く閉店後のステーキ食べたいわー」

「その前にめっちゃ手伝ってもらう予定なんで、よろしくお願いします」

入り口のドアの向こうに、加藤さんの姿が見えたので、ヨシカは立ち上がって迎えに行く。テーブル席で何かやる人は、十四時の入場開始の三十分前までに来てください、と伝えている。そよ乃や、ゆきえさんとその彼氏もそのうちやってくるだろう。

加藤さんは、案内された席に着いて、黒いリボンを巻いた緑色の容器を三つ出し、ハンガリアンウォーターです、皆さんもどうぞ、とヨシカに渡してくれた。

「何に使うといいですか？」

「化粧水の代わりにしたり、あと、頭に使うと髪が良くなりますよ」

二ヶ月間、自宅の日当たりの悪いところでエキスを抽出していたらしい。ときどき、瓶を振ってやるといいそうだ。そういうことをうれしそうに話す加藤さんは、穏やかな話し方のかわいらしい若い女性だが、やってることのせいかどこか魔女じみて見えた。昔の西洋には、こういう女の人がいっぱいいたのだろう。

とき子さんのフリーペーパーを折る作業の終わりが見えてきたので、ヨシカは加藤さんの持ち込んだ容器にリボンを巻く作業を手伝うことにした。薬事法違反になるので、販売はしないし、話してみて納得してくれた人にだけあげるつもりらしい。

次に店にやってきたのはそよ乃だった。加藤さんが、そよ乃に緑の容器をあげると、そよ乃は甲高い声で派手に喜び、使う使う、作り方もネットで調べる、と言っていた。置物取ってきて、とさっそく指示されたので、ヨシカは、普段は店の隅の棚に飾ってあるヘラジカとアンゴラウサギとゲラダヒヒのフェルトの置物を持ってきてそよ乃に渡す。それらをいったん前の椅子の上によけて、新しく作ったのよ、とそよ乃がバッグから出したのは、フェルト製の大きなダイオウイカだった。

「作ってしまったんや、それ」

フワフワした薄いさびえび茶色の体に、ごく薄い水色の足が付いていて、その分かれ目の少し上には、エメラルド色の目が睨みを利かせるように横を向いて埋められている。

「いろいろ考えたけど、やっぱりもう、これしかないって思ったのよ」

そう言いながら、そよ乃はステッチの施された布をテーブルの上に広げ、その上にダイオウイカを置く。布には、小さなワンポイントの見本がクロスステッチでたくさん刺されてあって、ヨシカもすべてはわからなかったのだが、スカイツリーと阿修羅像、タンチョウヅル、鳥居、カトレアの花はなんとなくわかった。

「おすすめは走り大黒」

そよ乃は、奈良県立美術館にたまに展示されるという、走っている大黒様の像を模したステッチを指差す。

「それはなんか欲しいかも」

「ランチョンマットとかにどうかな」

そよ乃は、方眼用紙のパッドとペンケースを出してテーブルの上に置き、とりあえずこれで終わり、と言う。そよ乃は、自分が提案する図案の他に、お客が刺してほしいデザインも受注するつもりらしい。そよ乃が手芸に凝りだしたのは、息子の上履きの袋に恐る恐るトニートニー・チョッパーをクロスステッチで刺してからだという話を聞いたことがあるのだが、そこからよくわかんないところまでやってきたな、とヨシカは思う。コンピュータミシンを買おうとしたら、姑が、そんな簡単なものわたしがやるわよなどと言い出したため、そよ乃はそれを遮って挑戦することにしたらしい。そよ乃がやり始めるまで、ヨシカはクロスステッチには興味がなかったのだが、今はドット絵みたいで面白いと感じている。

ひたすら無心に、作った図案どおり一針一針刺してればいつのまにかできるから好き、とそよ乃は言っていた。ものすごく、真面目な顔をしていた。そよ乃の生活には、どれだけ無心じゃない瞬間があるんだろう、とヨシカは考えたけれども、口には出さなかった。それよりは、作って欲しいものを言うようになった。

「ほなね、最後でええから、わたしのエプロンに、走り大黒お願いします」

「オッケーよ」

ゆきえさんとその彼氏は、入場開始の十五分前にやってきた。ゆきえさんは、彼氏にドアを開けてもらって、こんにちは！　と入ってくるなり、キッシュ、キッシュ、とうれしそうに言いながら、両手に持った大きな丸い皿を、ヨシカに差し出した。

「作ってきたんですけど、ヨシカさんが出すものとかぶってないですよね？」

「かぶってないですよ」

よかった！　配ってください！　とゆきえさんはものすごく雑な指示を出して、背の小さい彼氏を空いているテーブル席に押していく。一緒に暮らすことにしたのでついでに籍も入れる、とゆきえさんは事も無げに話していた。重要な話題ではあるので、そこで終わってしまいそうになったところを、なんでまた突然？　とヨシカが言葉をつなぐと、いろいろあったんすよ、とゆきえさんは肩をすくめて、それで話は終わりだった。

何のキッシュかも説明してくれない……、と思いながら、ヨシカはラップのかかった大皿を、とりあえず厨房に持っていく。粉チーズがふりかけられた黄色い表面には、輪切りにしたトマトとほうれん草とマッシュルームが浮かび上がっている。とたんに、これすごくおいしいんじゃないのか、という気がしてくる。

厨房から出ると、出入り口のドアの向こうに出し物とは関係がない女性が立っていたので、ヨシカは、いらっしゃいませ、とドアを開ける。だいたい週に一、二度、一人でお昼に店にやってくる、注文と会計のとき以外は話をしない人だった。竹井さんとヨシカの間ぐらいの年に見える彼女は、ものすごくおとなしい感じがする。夕食会の予約もしているはずだ。

「あの、早かったですか？」

「いやいや、そんなことないですよ、どうぞ」

ヨシカは彼女を中に通す。時計を見ると確かに、彼女の到着は少し早くて、十三時五十分を指していた。お茶とスコーン付きで五〇〇円です、のちほどお持ちします、基本的に空いている椅子に座っていただいてけっこうです、と説明する。

「こちらは、うちの従業員が作った、刑事ドラマについてのフリーペーパーです」

「はい」

「お読みになって、ごゆっくりなさってくださいね」

「はい」

女性は律儀にうなずいて、ヨシカから差し出された紙を手に取り、ホールへと向かおうとするが、ヨシカは突然、誰も他のお客がいない中に一人はきついんじゃないか、という気が働いて、話を引き延ばすために、それと、と彼女を呼び止める。

「うち、昼のパート募集を始めまして」

「はい」

「よろしければ、委細を今日中にレジ横に貼り出しますんで、見ていってください」

「はい」

女性の虹彩が、少しぐるっと動いたような感じがしたが、気のせいか、とヨシカは、レジの傍らに挟んである、夕食会の予約者のリストを確かめる。白川梢《しらかわこずえ》さんという名前のようだ。ホールに入った白川さんは、ヨシカの懸念をよそに、立ったままそよ乃の話を聞いているようだった。呼び止められたのか。

毎日開店の時は緊張するのだが、今日はより肩肘が張ってきたような気がする。ヨシカは、気を鎮めるためにお湯を沸かすことにした。紅茶のポットと、カップをいくつか用意し、壁に掛けた時計を見ると、十四時ちょうどを指していた。

❖

りつ子は、開場から一時間ほどが経過した頃に、恵奈を連れてやってきた。会社忙しくて大したものが作れなくてごめんね、と言いながらりつ子は、おにぎりの入った大きな保存容器をヨシカに渡してきた。

「これ、かやくごはんのおにぎり」

「おお、ありがたい」

「炊くだけ炊くだけ」

りつ子は首を振る。ヨシカとしては、年明けに重い不正出血をして、子宮筋腫になったんじゃないだろうかと思う、という話をりつ子から聞いていたので、会いに来てくれるだけでありがたかった。

「しばらく婦人科行ってたって、結局なんやったん？」

「うーん。いろいろ検査してんけど、結局月経不順な上にストレス溜まってるとか、そんなんやった」

ヨシカも気をつけて、と声を掛けながら、りつ子は恵奈の背中を軽く叩き、恵奈は大儀そうに目を細めてりつ子を見上げる。子供扱いすんな、といったところだろう。そういえば、四月になったのでもう小学六年に上がったはずだ。小六といえば、もう自分は大人だと思っていた。

「ふじんかって、婦人だけがなる病気を診てもらうところですか？」

唐突に恵奈が言い出すので、そやね、とヨシカは答える。

「ほんなら、しんしかはないんですか？」

「紳士科はないわね」

「泌尿器科が代わりみたいなもんちゃうの？」

「でも女でも泌尿器科行くやんか」

出入り口で何の立ち話をしているのか、と思い出したヨシカは、とりあえず中へ、とホールへと親子を導く。

「お母さんと同居するっていう話はどうなったん?」

「どうかな。向こうはあと三年は働くから無理って言ったり、来年やめようかなってなったり、どうにもなってない」

そよ乃がすぐにりつ子を見つけて、こっちこっち、と大した距離もないのに激しく手招きをしている。ちょうど、ネクタイにカレーライスの柄のステッチをして欲しい、という男性から注文を取り付けたばかりだった。

りつ子がそちらに行っても、恵奈はヨシカの傍にいて、値踏みするようにぐるりと大人でにぎわう店内を見回し、わたしも作ってきました、と言いながらリュックを下ろす。

「料理ではないんですが」

「どうもありがとうございます」

恵奈は、リュックからジッパー付きの大袋を取り出して、ヨシカに渡す。袋はとても軽い。中には、わら半紙で作られた小さな封筒のようなものがたくさん入っている。封筒には、星座と思しき点と点を線で結んだ図形だとか、土星のイラストが描かれている。

「入れもの、かわいいね」

「宇宙食です」

恵奈は、ジッパー付きの袋を示して、大真面目に言う。

「宇宙食？」

「学校でイチゴを収穫したんで、家庭科室のオーブンを借りてドライイチゴを作りました」

「そっか、どうもありがとうございます」

「ほんとは、フリーズドライにしたかったんですけど、専用の機械がないと無理なんちゃってなって、代わりのやり方を先生とわたしで調べて作りました」

「へええ」

「にせものですみません」

「いやいやぜんぜん、大変ありがたいです」恵奈の態度につられて、ヨシカはどんどん低姿勢になりながら、深々と頭を下げる。「夕食会があるんですけど、そのあとに配らせてもらいますね」

　ヨシカがそう言い終わると、りつ子が恵奈を呼ぶ声がしたので、どうぞ、とホールに向かって手を差し伸べる。恵奈は、そうか、自分もそっちへ行っていいんだ、という様子で、首を突き出すようにして会釈をしながら、ほかのお客の中に紛れていった。

　今度は若い女の子の二人連れがやってきたので店に招き入れ、四人分のスコーンを再加熱するために厨房に戻る。ちょうどとき子さんがカップに紅茶を淹れ終わったところで、カウンターにカップを出しながら、お茶入りましたんで、まだ受け取られてない方はどうぞ、と大声で言う。マグカップは、割ったり失くしたりすることもあるだろう、とこの日のために通販で大量に買った。

オーブンレンジにスコーンを入れ、その間に、りつ子が持ってきたおにぎりを大皿に並べて、ホールの隅のテーブルに出しにいく。ゆきえさんが持ってきたキッシュは、開場間もなくに出して、すぐになくなった。ヨシカも少しだけ食べたが、雑に切った野菜がたくさん入っていて、かなりおいしかった。

再び厨房に戻ると、紅茶を出し終わったとき子さんが、お友達の娘さん、かしこそうな子ですねえ、と声をかけてくる。

「成績にはむらがあるっていいますけどね」

恵奈は、興味がないことにはぜんぜん関心を示さず、科目別どころか章の単位でテストの点がかなり違うという。もうちょっとまんべんなくできないの？　とりつ子は恵奈に要求したいところだが、それはそれで親の勝手な気もする、と逡巡しているらしい。それを聞いたとき子さんは、うーんどうなんやろ、と首をひねる。

「うちの次男はねえ、わりとなんでも平均以上の子やったけれども、大人になってみると実は人間関係が苦手やってわかって、ひきこもって」

でも最近、守衛のアルバイトをなんとか見つけたらしい。それを続けながら、より堅い就職への道を探ると話していたそうだ。

「得意な人の気が知れんわ、あんなもん」

そう言いながら、オーブンレンジを開けると、とき子さんが、そらそやね、と笑う声が聞こえた。とき子さんは、どんな相手に対しても平気でいるように見えるけれども、本当はそうでもないのかもしれない、とヨシカは思った。

カウンターの方からは、何か手伝うことありますか？　と竹井さんが声をかけてくる。

「あ、大丈夫です」

「お茶がちょっと残ってるんでお代わりする？」

とき子さんが、カウンターから顔を出して竹井さんと話をする。竹井さんは、あ、お願いします、マグカップを持ってきます、といったんカウンターから離れる。とき子さんと竹井さんは、同じ職場で働いているが、会うのは今日が二度目だった。道で寝る病気治りはったん？　と率直にとき子さんが訊くと、寛解中です、と竹井さんが簡潔に答えた様子が、ヨシカにはなんだかおかしかった。

「お、けっこう残ってたわ。わたしももらお」

「ドラマのフリーペーパー、ちょっと読みましたけどおもしろかったですよ」

「あらありがとう」

竹井さんととき子さんがカウンター越しに話しているのを残して、ヨシカは厨房から出て、りつ子親子と新しい入場者たちに袋に入ったスコーンを配りに行く。恵奈は、そよ乃のダイオウイカを手に取ってそよ乃と何か話していたが、少し離れたところから、冬美先生の旦那さんがその様子をかなり深刻な顔で眺めているのが気にかかる。カウンターで紅茶を飲んでいる竹井さんは、入場者の若い女の子に、これも読んでください、とエコバッグのような袋を見せられていた。バッグには短い文章が書いてある。

「Todos los que me diste fueron solamente las cosas que quisieras darme.」

「どういう意味ですか？」

「あなたがくれたものは全部、あなたがわたしに与えたいと思ったものにすぎません」

きっつー、とときこさんは笑う。エコバッグを見せた女の子は、なんでそんなこと袋に書いてまうかなあ、と首を傾げていた。竹井さんは、デザイナーさんがそういう気分だったんでしょうね、と真面目に答える。

竹井さんは、これなんて読むんですか？　と差し出された、かばんやTシャツや文具や洋菓子の箱に添えられた文言を片っ端から読む、ということをしていた。イベントの性質上、さすがにまとまった真面目な文章を見せてどうのこうのと訊いてくる人はいなかったが、日本語にも英語にもならないマイナーなアルゼンチンのサッカー選手の移籍記事を、機械翻訳でもわからなかったから、と見せながら相談してくる人などはいた。記事を一通り読んだ竹井さんが、四部から二部のチームに移籍金ゼロで行くそうです、今はそのポジションが手薄なんで先発が期待されます、と言うと、おほー、とその人は小躍りしていた。

物のデザインの中に書いてある文言はやっぱりフランス語が多いのか、などと話していると、フランス語のできる老婦人の小宮山さんが、来たわよ、と店に入ってきたので、竹井さんはかすかに緊張した面持ちを見せる。夫が亡くなってから奈良に移住してきた小宮山さんは、四月に入ってから、駅の観光案内所のボランティアを始めたため、店に来る回数は少なくなったが、とりあえず週一回は来てくれている。お茶とスコーンお持ちしますんでお好きな席っていうか場所にどうぞ、とヨシカは言う。開始三十分ぐらいからだんだん人が入ってきて、今は空いている椅子がない状態だった。

「もしお辛いようでしたら、うちらが厨房で使ってる椅子出しますんで」

ヨシカの提案を、いやいやいいわよ、と小宮山さんはいなし、それより竹井さん、と竹井さんの腕を軽く摑む。

「訳して欲しいものがあって」

「わたしにですか？」

いろいろな国の言葉がわかるといっても、すべて趣味の独学でやってきただけの竹井さんは、現地から来た人と会話するだけの能力がある小宮山さんにどうやら引け目を感じているようだったのだが、小宮山さんは、そうよ、とうなずいた。

「これね、夫が今から四十年前、イランのイスファハンに赴任していた時に、現地でお世話になったご家族からもらった絨毯に挟まってた紙切れなの」小宮山さんは、自ら竹井さんを空席にしていたテーブルに導き、座らせる。「ずっと忘れてたんだけど、玄関のマットを取り替えるために昔の荷物を探してたら、出てきたのね」

「はあ」

竹井さんは、首を傾げて小宮山さんの手から、黄ばんだ便箋を受け取る。

「なんて書いてあるの?」

竹井さんは、便箋をテーブルの上に置いて、じいっと見つめる。眼鏡をかけている上、どんどん首が曲がっていく様子は、フクロウを思わせる。

「すぐにはわかりません……。お時間をいただければ」

「あんまり難しそうならいいのよ?」

「いいえ、いいです、やります、やります」

竹井さんは眼鏡をかけなおして、メモを手元に引き寄せ、とりあえず最近やり始めたというペルシア語のテキストを開く。

「持って帰っていただいて、また後日ってことでもいいのでね」

そう言いながら、小宮山さんは軽くテーブルを叩いて、椅子から立ち上がり、今度は加藤さんのテーブルを覗きに行った。恵奈は相変わらず、フェルトで作ったダイオウイカを手に、そよ乃と何か話していたのだが、冬美先生の旦那さんが更に近づいてきているのが穏やかではなかった。旦那さんはおそらく、恵奈が持っているダイオウイカにものすごくさわりたいのだろう。ヨシカは、何か声をかけようとも思ったけれども、さすがに冬美先生の旦那さんは大人なので、変な介入はよしておくことにした。冬美先生自身は、ホールの隅でお茶を飲みながら誰かと話している。このあと朗読をするのだが、今追い込んでいる、あと三十分で行く、と先ほどメッセージが来た弾き語りのナガセと比べれば、余裕があるようだ。そのナガセの出し物を指導したのは冬美先生なのだが。

「竹井さんどうしちゃったん?」

「いや、なんか、難しい宿題出されてしまったみたいで」

「最後のおつとめというやつね」

とき子さんはそう言いながら、丸椅子に腰掛けて伸びをする。ちょっと休みましょうか、とヨシカは言いながら、自分たちのためのお湯を沸かし、残り少なくなったスコーンをオーブンレンジに入れる。

夕食会のための段取りについてとき子さんと話し合っていると、白川梢さんが、お茶のお代わりをください、とカウンターにやって来た。どうです? 楽しいです? ととき子さんが訊くと、楽しいですよ、と白川さんは答える。あまり感情のこもっていない声だったが、他意もなさそうだったので、ヨシカは自分に対して及第点をつける。

「こっちに引っ越してきて、いちばん楽しいかも」

「へー、どっから?」

「静岡です」

うなぎパイねー、とき子さんはめちゃくちゃ雑なことを言いながら、白川さんのカップに紅茶を注ぐ。ヨシカは、少し疲れていてあまり話す気にならなかったので、とき子さんと白川さんの話を聞きながら、ぼんやりとお茶を飲む。白川さんが、夫の転勤についてきて、生駒の社宅に入っている、という話を始めたぐらいに、ナガセが憔悴した様子で店に入ってきた。両手に、やたら横幅が広くて細長い、重そうなキーボードのケースを抱えている。ナガセは、腕力自体はあるのだが、体が小さいので、すごく大変そうに見える。

「こんにちは。なんとかなってる？」

「たぶん」

ヨシカが答えると、ナガセは、キーボードのケースをカウンターに立てかけてふいーと溜め息をついた。

「ナガセさん、よう練習できた？」

「いやー、付け焼き刃《ば》なんでなかなかですよ」

一ヶ月で弾き語りをこなすのはなー、とナガセはヨシカが出したカップに指を引っ掛け、ぎゅっと目を閉じてうまそうに紅茶を飲む。そしてすぐに口を離し、これ飲み終わったらいろいろ手伝う、と律儀に言う。

「わりとみんな勝手にやってるんでいいよ。お茶のお代わり持ってってもらうぐらい」

「いや、いい、いい。じゃあとき子さん休んでてください」

とき子さんは、ずっと休んでるよー、と言いながら丸椅子から立ち上がって、ナガセのいる方に押す。ナガセは、じゃ遠慮なく、と厨房に入ってきて座る。白川さんは、いつの間にかいなくなっていた。

「これからも人来そう？」

「どうかな、あと三十分ぐらいでテーブル使っていろいろやってもらうんは終わりやし」

「そっか。食事会の人数は埋まった？」

「閉店後のまかないをのけたら、あと一人分かな。肉一枚分」

誰も来んかったら、明日は休みにするからわたしがうち持って帰って、一人で食べる、とヨシカが言いかけると、縮こまるようにしてドアを開けて入ってきた男の人がいた。

「あのう、路地通りかかって黒板見たんですけれども」ヨシカが出て行って応対すると、その体の大きい若い男性は、きょろきょろと店内を見回しながら、少し不安そうに言う。一度も来店したことがない人だった。「晩ごはんをここで予約するんですか？　今できますか？」

「はい。十八時からなんでまだ時間あるんですけど」

「ここにいたほうがいいんですか？　それとも、十八時にここに来たらいいですか？　ステーキ食べたいなと思って」

あと目玉焼きとポテト、と体の大きな男性は、少し細い目をやや輝かせる。

「ここにいらっしゃってもけっこうですし、十八時に来てくださってもかまいませんよ」どうも肉に惹かれてやってきたかのような男性は、いまいち事情がわかっていないようなのだが、とにかく食事は出すからいいや、とヨシカは最小限のことを説明する。「しばらくこちらにいらっしゃるようでしたら、会費五〇〇円をいただいて、スコーンとお茶をお出しします。お茶はお代わり自由です」

「スコーンてなんですか？」

困ったな、とヨシカは思う。本当に、肉だけ食べに来た人のようだ。スコーンはええと、イギリスの庶民的なお菓子で、小麦粉にバターとベーキングパウダーなどを入れてざっくりと練った生地を、などと説明をし始めると、あ、伊東田さん、とトイレから出てきた加藤さんが、驚いたように立ち止まる。

「あ、加藤さん、何してるんですか？　ここで」

「伊東田さんこそ」

「肉を食べにきました」

「あー……」加藤さんは、妙に納得したように何度かうなずき、ヨシカたちに向かって、同僚さんなんです、と説明する。「夕食会はわたしも参加するんで、それまで席で待ちますか？」

加藤さんの打診に、伊東田さんと言われた人は、そうします、とうなずいて、加藤さんに引率されるようについていった。

「まあ、ああいう人が来るのもようわかるぐらい、わかりやすいごはんではあるわよね」

とき子さんは、カウンターから加藤さんの行方を覗き込むように身を乗り出す。

「そりゃわかりやすくもなりますよ。死刑囚の最後のごはんですからね」

ヨシカは、時計をちらりと見て、次にナガセの方を見遣る。さきほどからずっと、目を閉じて顔を歪め、膝の上で何か弾くような素振りを見せている。弾き語りのことを考えているというか、とにかく苦しそうに見えた。

❖

十七時になると、夕食会のためにテーブルを真ん中に集めた。お客を全員外に出して、自分たちだけでテーブルの移動をする予定だったが、ヨシカとき子さんと竹井さんがテーブルに手をかけると、他の人々も手伝ってくれたので、それに甘えることにした。

テーブルをホールの真ん中に集めると、ナガセがやってきて、その上にキーボードのケースを置き、粛々と開け始めた。先ほどまでは、やっぱりできないような気がするので帰る、などと言っていたのだが、もはやまな板の上の鯉といった様子で、とりあえず五分ぐらい死んだと思えばいいし、などとぶつぶつ言っていた。ならいったいなぜ弾き語りをすると名乗り出たのか、と問い詰めたくもなるのだが、ピアノを習い始めた以上はやっておきたいと思ったのだそうだ。

こちらは大学一年からの友人のナガセさんで、シンディ・ローパーの歌を歌ってくれるそうです、拍手を、とヨシカが紹介すると、どの人も思ったより熱心に手を叩いてくれたので、ナガセは、すみません、すみません、と言いながら席について、あの、数分で終わるんで、外に出ていただいたり、スマホをチェックしていただいたりしていても、と後ろ向きなことを言い出した。

それからナガセは、冬美先生以外は誰も耳にしたことがないという『トゥルー・カラーズ』の弾き語りを披露した。原曲をろくに知らないので比較対象を持たないヨシカとしても、悪くはなかったと思う。演奏は思ったよりちゃんとしていたし、歌はひたすら生真面目だったが、音は外していなかった。君の本来の色を彼らに見せることを恐れるな、というサビの二番のところでは、とても怒っているように見えて、すぐに本人が気付いたのか、どんどん声が小さくなっていったのが、減点といえば減点だった。

歌い終わったナガセは、真っ青な顔をしてへこへことお辞儀をし、ケースとキーボードを別々に脇に抱え、それらを引きずるようにして厨房に引っ込んでいった。とき子さんはさっそくすっ飛んでいって、よかったわよー、お水いる？　などと話し掛けていて、ヨシカも、冬美先生の朗読についての紹介が終わった後は、食事会の下ごしらえのために厨房に戻った。冬美先生は、『愛はさだめ、さだめは死』というSF小説を朗読することになっている。なんだか大正ロマンみたいなタイトルだが、異星の生物の生殖行動について描いた話らしい。

会話をすると朗読の邪魔になるので、冷凍でやってきた牛肉を外に出して解凍している間、ヨシカとき子さんとナガセの三人は、ひたすら黙ってじゃがいもの皮を剝いた。もしかしたら、人数分以上やってしまったんではないかというぐらい剝いた。竹井さんが、小宮山さんからの宿題のため、いまだホールの隅で離脱中であったものの、三人でやるとものすごく速くて、冬美先生の朗読が終わらないうちに、予定の分を剝き終わってしまった。

厨房から聞いた冬美先生の朗読は、なんというか活き活きとしていた。「母さんはやつを裂いている、食っている」とか、「おれはあんたを殺してしまった」とか、穏やかでない一節がたくさん出てきたのだが、冬美先生は実に楽しそうにそれらを口にしていた。

「旦那さんが変なんは知ってたけど、冬美先生もちょっと変わってるよね」

とき子さんが、声をひそめてそう言うのを、ヨシカもナガセも否定はしなかった。

読み終わった後、冬美先生は、どこかすっきりしたように溜め息をついて、上座を後にし、それと入れ替わるように、竹井さんが厨房にやってきた。

「おおかた何書いてあるかわかって、あとは詳しい意味を検索するだけなんで、手伝いますよ」

「じゃあ、竹井さんは目玉焼きを焼いてください。型を使って、両面で」

「はい」

とき子さんはポテトの千切り、ナガセはトーストお願いします、とヨシカが指示を出すと、はーい、はーい、と二人はうなずいたり手を上げたりする。

「わたしは、席に着いてもらって、お茶を一杯ずつ淹れてから、肉を焼きます」

ヨシカはそう自分に言い聞かせるように言った。だんだん胃が痛くなってきた。

❖

最後の晩餐の予算は、日本円で三二〇〇円らしい。ヨシカはそれを読みながら、三二〇〇円はちょっと出してもらえないかなあ、と考え、昼間に出すスコーンと紅茶込みで合計二五〇〇円というところまで下げたのだが、調べると、ステーキフリットを一五〇〇円で出す店なんてざらにあるので、よそは相当いい牛肉のルートを持ってるんだろう、と自らの寡聞を恥じた。これから自分の店がステーキハウスになるということは絶対にないとしても。

自宅では何度も、いろいろな動画を見ながら安い肉を買ってきて焼いて食べたが、調理し慣れないので、なかなかことというところがつかめず、ナガセやとき子さんや竹井さんにも何度か試食をしてもらい、意見を出してもらって今に至る。予行演習の段階でそんな十数枚も肉を用意できないから、どれだけうまく焼けても失敗の要素は常にある、とシビアなヨシカに対して、三人の反応は、肉が食べられてとてもうれしい、と気楽なものだった。

険しい顔をして、手前と奥のフライパンを操作していると、真横で目玉焼きを焼いている竹井さんが、わたしが言ってもどうにもならないかもしれないけど、ヨシカさんならたぶん大丈夫ですよ、とうつむいたまま言った。ヨシカは、常に後ろ向きな竹井さんにそんなことを言われる日が来るとは思わなかったので、あ、そう、と間抜けな返事をした。竹井さんは、そりゃそうですよ、と言いながら、フライパンの中で型にはめた小さな目玉焼きを四つ裏返した。目玉焼きの盛り付けが終わると、竹井さんにはオレンジジュースと牛乳のお給仕に回ってもらうことになる。

それにしても焼くもんばっかりやな！　サラダとか汁物とか食べや！　とヨシカは思わず不満を漏らしそうになる。数ある食事のメニューから、テッド・バンディのものを選んだ自分が悪いのだが。

アメリカの死刑制度に対して、何か思うところがあるわけではないけれども、ただひたすらがつがつ食べられそうなものを選んだのだった。食べて、端的に、明日の活力になりそうなイメージのものがいいと思った。どうしようもなく悪辣《あくらつ》な罪を犯したテッド・バンディは、それを食べて死んだけれども、善良な小市民である自分たちは、それを食べて明日も生きるのだ。

焼く肉を三回取り替えたところで、隣が竹井さんからとき子さんに入れ替わった。なっかなか時間が合わんわね、全部できたてのほやほやっていうわけには、と言いながらとき子さんは、千切りにしたじゃがいもをフライパンにざざっと流し入れ、菜箸で的確に区切る。

「これで至らんくて、無駄に信用を失ったりしたらどうしましょう」

「どうかな。それも愛嬌やない」

とき子さんは、フライパンにふたをして、厨房に所狭しと並べられた大皿一つ一つの盛り付けを調整していく。

終わらないように思えた夕食会の調理は、ただひたすら失敗したくない一心で動いているうちに終わった。水を一杯飲み干してから給仕に回っていると、篠宮さんの旦那さんや、とき子さんの娘の亜矢子さん、ナガセが工場のラインで働いていた頃にお世話になった岡田さんなどもやってきたので、空いていた上座に案内する。向かいの履物屋のおばあさんと、大家さんである古書店の店主にも声をかけたのだが、メニューが重過ぎるんでいらない、と言われてしまったので、また今度、手の混んだお弁当でも持って行くつもりだった。

飲み物は、ゆきえさんの彼氏だけが牛乳を選び、他の全員はオレンジジュースを選んだ。ステーキ、目玉焼き、ハッシュドブラウンポテト、バターとグレープのジャムを添えたトースト、オレンジジュース、という、たっぷりとした体裁を見てもらった後は、ワインかコーヒーか紅茶を注文していいと、給仕の際に配った紙のメニューの説明に書いてある。

食事会の参加者全員の席に料理が行き渡るのを確認すると、ヨシカは、硬く一礼して、それではご歓談をどうぞ、とだけ言った。どうして死刑囚の最後の食事のメニューを出すのか、いろいろ説明しようと言葉を練っていたけれども、結局、食べてもらえたらそれでいいと思ったのだった。

みんながつがつ、元気に食べていた。ヨシカが知る限りでは、いろいろな状況の人がいたけれども、食べているのは同じだった。それを見届けると厨房に戻り、とき子さんが、余ったよ、とくれたハッシュドブラウンポテトをつまみ、オレンジジュースを飲んだ。食事会が終わったら、とき子さんと竹井さんとナガセと自分の四人で、同じメニューを食べる予定だった。

「あとは最後に乾燥イチゴ配って、食器洗うだけよぉ」

とき子さんは笑いながら、ヨシカの背中を叩いてワインを少しだけ飲んだ。竹井さんは、先ほどまで料理をしていたのがうそのように、厨房の隅でパソコンを操作していて、ナガセは、疲れたー、疲れたー、とぼやいていた。

「そういやナガセさん、前にうちのパート先のコンビニに一緒に来た男の人とはその後どうなの？」

「どうすかねえ」ナガセは、目をつむって首をひねる。「二回ごはんに行ったりしたんですけど、ものすごいアイドルが好きみたいで、そのライブ行こうとか言われて、正直話が合わんくて、でも職場の後輩でそういうの大好きな子がいるから、そっちの方がいいんやないかと思って」

「そうかあ」

「彼女自身は、誰もいらんって頑ななんですけどね」

難しいわよねえ、とき子さんはなんにでもそうコメントしている感じで言って、ナガセにオレンジジュースの入ったコップを渡してやる。

その後、何人かにワインと紅茶と水を注いで回って、ヨシカはまた厨房に戻った。いろいろな人の声が聞こえた。ゆきえさんが大きな声で、わたしの職場の先輩が、福井のグランフォンドに出るんですけど、見に行きませんか？　と誰かに声をかけていた。伊東田さんは、肉うまいっすね肉、と同じことを六回ぐらい言っていた。冬美先生は、夫の本は夏に出ます、わたしにピアノを習いに来るのも忘れないでくださいね、とちょっと酔っ払った声で言っていた。他にも、芋おいしい、とか、母がお世話になっております、とか、体は大丈夫になった、だとか、さまざまな言葉が、ヨシカの耳に入ってきた。

身を起こし、カウンターから頭だけ出して、少しだけ気になっていた篠宮さんの旦那さんの様子を見る。旦那さんは微笑んで、小宮山さんと何事か話し、小宮山さんはそれを、隣に座っている恵奈に伝えているようだった。ヨシカは不意に泣きたくなったが、その気持ちはすぐに通り過ぎていった。

「これやわ」

「え、なんやったん？」

沈黙を守ってひたすらパソコンを操作していた竹井さんが、だしぬけに声を上げると、とき子さんとナガセがそちらに寄っていく。

「いやあの、いや、最初のとこだけですけど」竹井さんは、首を振って、二人の期待を制止するように手をひらひらさせる。「『昨日の夜、私は涙の洪水の中で眠りにつき……』」

「ほう」

「いや、機械翻訳の英語がこのぐらいしか読めないんですけど……。何かの詩の一節みたいですね」

「そっか。手がかりはわかったんやからえんちゃうの」

とき子さんは、まったくこだわりのない様子で、最後に残ったハッシュドブラウンポテトを平らげ、手を洗い始めた。

半分ほどの人が、フォークやナイフを皿の上に置き始めたので、ヨシカは厨房から出て、恵奈が持ってきたイチゴを、デザートは宇宙食です、と言いながら配り歩いた。どの人も、袋が面白い、だとか、意外と甘いね、などと良い感想を言っていたが、恵奈は恐縮した様子で、ずっと下を向いていた。

竹井さんは、参加者たちが席を立ち始めるぎりぎりまで、小宮山さんから預けられたメモと格闘し、店を出ようとする小宮山さんを呼び止めて、その成果を伝えた。

「たぶんペルシア語の詩だと思うんですけど、『昨日の夜、私は涙の洪水の中で眠りにつき……』」ここから少しわからなくて、と竹井さんは続ける。「『私は恋人の眉を思い浮かべ、ガウンを燃やして……』」

「恋愛の詩かしら？」

「そうなんですかね」

「穏やかじゃないわね」

小宮山さんが興味深げに首を傾げ、口角を上げると、その後ろで、ワインで顔を真っ赤にして、ぼんやりした目付きで出入り口が空くのを待っていたゆきえさんの彼氏が、それはたぶんあれです、ハーフィズ、と言った。

「本、寄付しましたよ」ゆきえさんの彼氏は、てくてくとホールの隅に戻り、しゃがみこんで本を抜き出し、出入り口まで持ってきて、おぼつかない手で箱から中身を取り出す。くすんだ緑色の本だった。「たぶんねえ、三二〇番」

ゆきえさんの彼氏は、そこまで言うとものすごく大きなあくびをして、小宮山さんに、どうぞ、と本を渡すと、よろよろとその隣をすり抜け、先に行ってしまったゆきえさんを追って、店を出て行った。ヨシカは、ちゃんと階段を降りられるか心配だった。

「あらほんとだ、竹井さんの言っているようなことが書いてあるわね」小宮山さんは、ホールに戻り、後ろに並んでいた人を先に行かせ、バッグから眼鏡を出して本を読み始める。

「どういうことなのかしら、一概に夫を疑うような内容でもないし」

どれどれ、と近くにいた篠宮さんの旦那さんは、小宮山さんから本を受け取って目を通す。

『私は歌を歌いつつ美酒を飲んだ。ハーフィズは楽しんだ、そこで私は友人たちの長寿と幸運について願望の卦を立てた』」

篠宮さんの旦那さんは、静かに詩の最後の部分を読み上げ、小宮山さんに本を返した。

「突然呼びつけたのに、お越しくださいましてどうもありがとうございました」

ヨシカがお辞儀をすると、いやいや、と篠宮さんの旦那さんは首を振った。

「楽しかったよ、畑中さん」

ヨシカはうなずいた。今日はどんなしくじりをしたか、まだ定かではないけれども、これで充分だと思った。小宮山さんが、竹井さんにお礼を言っていた。竹井さんが、連休が終わったらやめるんですけれども、と打ち明けると、寂しくなるわ、とても寂しくなる、と小宮山さんは言った。竹井さんは、はにかむように微かに笑いながら、軽く首を振っていた。

❖

ポースケの次の日は、一日休みを取った。連休中のかき入れ時だったのだが、休まないと、自分はともかくとして、竹井さんやとき子さんたちの身が持たないからだった。それでも、店を始めた当初なら開店しただろうとヨシカは思う。なんとか、あまりためらいなく臨時休業ができるというところまで来れたことに感謝する。だからといって、この先どうなるかは常にわからないのだが。

休んだ日の午後に、電話を一本受け取った。ポースケにも来ていた、白川さんという女性のお客からだった。パートを募集しているのなら、自分も働けないだろうか？という。まだレジ横にお知らせを貼っただけで、誰かに人が欲しいという相談したりもしていないので、あまりに早い申し出にヨシカは少し面食らったが、明日の十時半に面接に来ていただけますでしょうか？と打診すると、白川さんは、参ります、では失礼致します、と簡潔に言って電話を切った。なんか変わってる、とヨシカはプラスでもマイナスでもない感想を持ちながら、スマートフォンを枕元に伏せた。うちはそういう人が寄ってきやすい店なのかもしれない。それはそれでべつにいいけれども。

次の日に出勤すると、竹井さんはいつものように店にいて、掃除をしていた。最近少しだけ明るくなったような印象があったのだが、今日はまた元に戻ったような感じで、硬く、陰鬱な様子だった。でもそういやこの人七時に来てくれるとか、よく考えたらものすごくありがたいんよな、もうこういう特異体質の人見つからんかもなあ、とヨシカは複雑な思いに駆られながら手を洗った。その日は、ランチのお客よりは、お茶とお菓子というお客が多そうなので、炊飯をやや少なめにする旨を伝え、いつもと同じように仕込みにとりかかった。メニューは、定食のメインがミートローフで、一品がドライカレーだった。

白川さんは、十時半ぴったりにやってきた。ポースケの日に、静岡から引っ越してきたことや、夫と社宅に暮らしていることなどは聞いていたので、飲食店や販売の経験の有無や、普段調理をしているかだとか、職歴などについて尋ねた。自分より年下だと思っていた白川さんは、実はヨシカと同い年で、事務でしか働いたことはないが、料理は好きだという。むしろ、自宅にこもって料理ばかりしている。でも、見合いで結婚して一年半の夫は、どうも味音痴なようで、白川さんが二時間かけて作ったものも、十五分で作ったものも、同じようにしか受け取っていない様子らしい。

「なので、社宅で恐る恐るお裾分けとかしてたんですけど、それがよその料理上手の奥さんに嫌われてしまって」

「はあ」

あれこれ言われるようになった。最初は喜んでくれていた人も、今日のは塩がきついよね？　だとか、これはパプリカを赤も黄も入れないとさまにならない、だとか、わたしたちと東の人とは味付けが違うのかしら、などと一言ずつ添えて受け取るようになった。

いちいち考えてても仕方ないのはわかってるんですけど、と白川さんは言う。同時進行で、だんだんと孤立するようになっていった。家の近くのスーパーでレジのパートをしてみたものの、近所の奥さんがやってくる。やってくるだけならいいのだが、スーパーそのものに関する苦情を告げ、上の人に言ってきてとせっつく。もしくは、白川さんのレジをわざと避ける。あいさつもさせてくれない。

「それで、少しずつ家から離れるようになって、結局特急で奈良市内まで来るようになりました」

「なるほど」

「夫ともうまくいってるかいってないのかよくわからないんですけど……。でも、悪い人じゃないし、やっていこうとは思っていて。けどそのことばかり考えていてもおかしくなりそうだし」

だったら、やっぱり働こうと決めました、と白川さんは言う。その前の言葉と、「やっぱり」が嚙み合ってないな、とヨシカは思ったけれども、それは口にしないでおく。

「がんばって働きますので、よろしくお願い致します」

始めは静かな声で喋っていた白川さんだったが、だんだん声が大きくなってきていて、それが気になったのか、竹井さんがカウンターからひょいとこちらを覗き込むのが見えた。

「みんな同じ気持ちですよ、たぶん」

ヨシカは言った。ホールの掛け時計は、開店まであと五分という時刻を指していた。竹井さんが、厨房から外に出て、ドアの札をひっくり返す音が聞こえた。それまでと似ていて、けれども非なる、かけがえのない一日が始まる音だった。

あとがき

今回、この小説を書くにあたって、取材をさせていただきました方々に、御礼を申し上げます。

近鉄大阪線五位堂駅近くの「café braliva」店主・黒河愛さん、並びに黒河博文さん、近鉄郡山駅からバスで十二分、矢田東山停留所近くの「米粉のパンとお菓子　睦実」店主・小倉麻貴子さん、近鉄奈良駅から約一キロ、転害門近くの「コハル　カフェ」店主・喜殿いき子さんへ。貴重なお話を聞かせていただき、本当にどうもありがとうございました。お店をやっていくということについて教えていただく以上に、それぞれの方の人生や労働観について、多大な感銘を受けました。どうもありがとうございました。

また、何度かお話を伺ったYさん他、いつもいろいろな話をしてくれる周囲の女の人たちにも、感謝を申し上げます。どういう気持ちで登場人物たちが働き、生きていくのかということについては、彼女たちが話してくれることの影響を抜きには書けないことでした。どうもありがとうございました。

そして、編集を担当してくださった山田さん、前の担当の打田さん、装丁の名久井さん、装画の100%ORANGEさんへ。大変お世話になりました。最後に、この本を読んでくださった方々に。どうもありがとうございました。みなさま、今後ともどうぞよろしくお願い致します。

二〇一三年十月

津村記久子

解説

江南亜美子

津村記久子さんの小説には、これまで、働く人たちがおおく登場してきた。しかも彼らは、安い労働力を酷使して自分だけ肥えふとろうとしたり、資産を増やして不労所得を多くしようと効率至上主義に走ったりする、いわゆる経済的な「勝ち組」とか、CEOと呼ばれるような経営者側ではなくて、日々の労働と賃金が、ものを食べたり休息したり家賃を払ったりという生活の根幹に密接にむすびついている、労働者階級の人々といっていい。わたしや、もしかするとあなたにもよく似た境遇の人々かもしれない。

たとえば、芥川賞を受賞した『ポトスライムの舟』では、工場労働者のナガセという女性が主人公となるが、軽うつ病患者の相互扶助の啓発と、ピースボートを彷彿させる世界一周の船旅の宣伝という、職場に隣同士で貼られたふたつのポスターをながめる彼女は、後者の旅費が工場での年収とほぼ同額の一六三万円だと知って、時間とお金の関係を考察し始める。『ポトスライムの舟』に併録されている短編の「十二月の窓辺」では、会社ではげしいモラルハラスメントをうけた女性が、精神的に追い詰められていく。

　あるいは、おかきの袋の裏に雑学を書いたり、バスのアナウンスの内容を考えたりといった、ありそうでありえない職業が五つ登場する、すこし幻想的な味わいのある『この世にたやすい仕事はない』でも、燃え尽き症候群のようになって前職から離れた女性は、職業安定所に行き、そこで不思議な仕事を紹介される。こうした経緯には、じつにリアルな実感が伴っている。総じて、彼らの悩みっぷりや仕事からの逃避癖、向上心の折れるさまなどは、読者のだれにもよくなじみのある（自分にそっくりと思えたりもする）ものなのだ。

　本書『ポースケ』の登場人物たちも、津村さんの小説の登場人物に似つかわしく、よく働く。身を粉にして、という慣用句が頭をよぎるぐらいに、勤勉かつ実直に。会社勤めで残業つづきの女性もいれば、ピアノの先生や、主婦でパートタイムの仕事を掛け持ちする人、前職でこうむったダメージから回復途中の短時間労働者、工場労働者、純文学の小説家など、さまざまな職種と業態、雇用のかたちで働く人々がいる。この多様性は、現代社会における「働き方図鑑」、あるいはショーケースとよびうるほどだ。そう、ここではみんな、遠い親戚からの資産贈与や宝くじの当選といったラッキーなできごとには遭遇しないかわりに、日々をたんたんと（ときどき文句を言ったりため息をついたりしながら）、地に足をつけて暮らしている。

　そのなかで、いちおう主人公とみなされるのは、出身地の大阪から離れて、奈良の市内に食堂兼喫茶の店を開いて切り盛りをする、ヨシカという女性である。ヨシカ、という名前を聞いて、なつかしい友達の消息を聞いた気持ちになる読者もなかにはいるかもしれない。『ポトスライムの舟』で、大学時代の同級生だったナガセの家に一時期居候しながらカフェの開業を準備し、カフェが開いてからはナガセをバイトで雇ったりした、あのヨシカである。

本作にはじつはナガセも登場し、あいかわらず工場勤めをつづけている。かつて、ヒマな時間をもつことに不安を覚える強迫神経症かなにかのようにトリプルワークをしていたナガセも、いまでは工場勤めとパソコン教室の講師のダブルワークにおちついている。どうやら世界一周の旅には、行かなかったようである。また、ナガセが「ナメラ」という蛇を図鑑で知って、「長瀬ナメラに改名しようかな」とふざけて話した恵奈ちゃんと、その母親のりつ子も、本作に登場する。このように、『ポトスライムの舟』の小説世界にあらわれた彼女たちの「その後」が引き継がれて描かれるのが、本作『ポースケ』なのだ（もちろん本作単体で読んでも、なんの支障もない）。

そしてここからが本題なのだが、『ポースケ』では、彼らがなぜ働くのかが、ひとりひとりの事情とともに丁寧に描かれていく。ヨシカは会社づとめに限界を感じて、自分でできる飲食の道を模索した。竹井さんは、睡眠障害を抱えて自宅から徒歩二分のヨシカの食堂で早朝から働く。そよ乃は社会には出ていないが家庭に問題を抱えて家事労働と子育てに邁進中である。いつも家に帰ることを考えていて、朝は眠たく（なかには竹井さんのように朝は強いが午後二時に眠気のピークが来る人もいるけれど）、仕事場と自宅を往復する、判で押したような昼と夜とを繰り返している人々にも、もちろんそれぞれ働く理由があるのである。

彼らは、食べるためには働き、ローテーションを繰り返さねばならないと、どこかで納得している。しかし面白いのが、食べるためだけならば仕事はより簡単に、与えられた業務だけをしゅくしゅくとこなせば「楽」なはずだが、そう割り切るわけでもないところなのだ。たとえばOLののぞみは、いちど準備をはじめていた中途採用の営業マンを補佐する仕事が納得できる説明もなく不意に白紙になったとき、〈報われない、という気持ちがこみ上げてきて、のぞみは下唇の内側を噛む。（中略）そこまで思うようなことではないのだけれども、それでもなぜか、言葉にするとそんな感じになってしまう〉と内心を吐露する。あるいは働きすぎの気《け》のあるゆきえも、〈あーでも今できることに飽きたなー、仕事も飽きたなー〉と、歌うように愚痴を言う。つまり彼女たちは、より少ない労力で賃金を得ようとする損得勘定とはちがって、金銭という見返りではたんに置き換えることなどできない「働きがい」や「手ごたえ」を、求めているといえる。

そして、この誠実さこそ、『ポースケ』に描かれる労働者のおおくに共通する美点であり、彼らがいとおしく見える理由なのだろう。ピアノ教師の冬美は雨だという理由だけでレッスンを休む生徒より、無料体験レッスンにきた熱心な生徒のことを気にかける。「ハタナカ」のパートタイマーの竹井さんもとき子さんも、店主であるヨシカの仕事ぶりをよく観察しては率先して分担しようとする。彼女たちは善の力を駆動力にして働くことに、自分の存在意義を見出しているかのようなのだ。

ただし竹井さんは前職で、仕事のうまい進め方を試行錯誤して実践していたからこそ、役員に「おまえかしこいのか？」と目を付けられ、理不尽ないじめにあい、会社の悪夢に脅かされるまでに心身を病んでしまった。つまり「働きがい」や「手ごたえ」は、自分だけががんばれば手に入れられるものでもなく、環境やタイミングにも左右される。そしてそのことを、おおくの読者も体験として知っているのではなかろうか。だからこそその得がたい「手ごたえ」を求めて、ヨシカをはじめとする労働者たちが日々のローテーションをこなすさまに、じわっと心が温かくなるのかもしれない。

もうひとつ、本書で描かれる大切なことは、人が食事をすることの意味が問われる点である。「ハタナカ」には人が集う。雨の日にはデザートと温かいお茶を求めて長居する人が、夕刻には労働で疲れ果てて食事の用意をする余力もなくなった人が。仕事場（学校）とも自宅ともちがう、もうひとつべつの精神の安定する居場所のことを「サードプレイス」と呼ぶらしいが、「ハタナカ」は間違いなく、みんなにとってのサードプレイスである。

もちろん「ハタナカ」にこないときでも、人はコンビニ弁当を食べ、ピザの出前をとり、冷蔵庫に残ったチーカマをむさぼる。そもそもヨシカが、奈良でひとり食堂を開こうと思ったきっかけのひとつは、母親と食の趣味が合わず、中学時代から自分で料理してひとりで食べる「孤食」に慣れてしまったからでもあった。

生命を長らえるための栄養を効率よく摂取するだけであれば、サプリなどを飲めばよい。しかし人は、人の気配を感じながら、温かな料理を食べるときに心にゆとりが生まれる。そのときを共にするのは、なにも夫婦や家族などである必要はなくて、たまたま「ハタナカ」のような店で隣り合って、顔だけは見知っている他人であっても、おそらくはいい。この店が、自分の家の近くにあったらと夢想する読者は多いだろう。ボリューミーで野菜もとれるリーズナブルな食事、テレビ番組なんかも流れる気取らなさ、ときどき人が話しかけてくる距離感……。そしてこうしたゆるやかな連帯が、働く人々にもっともだいじな「必須栄養素」なのではないかと、ふと思い至るのだ。

だからこそ、本作の最終盤で（ネタバレ、を気にされるかたはここから以降は、読後にお読みください）、タイトルにもなった「ポースケ」というお祭りのような学芸会のような食事会のような祝祭的ないちにちがあり、袖をすりあうだけの希薄な関係の人々が一堂に会して同じものを食べている光景は、とても尊い。ヨシカは戯れのように、アメリカの死刑囚が最後に所望した食事を再現してみんなに食べさせるが、死刑囚でないお客の彼らには、この一皿を食べた今日のつづきに、明日がやってくる。明日がくるという当たり前のことが、しかし読者の心を感動させるのが、このシーンなのだ。

人は、食べるためだけに働くのではない。栄養摂取のためだけに食べるのでもない。この労働と食にまつわるありふれた感覚を、ここまで丁寧にじっくりと、しかもユーモアをもって小説に描ける作家が、津村記久子さんのほかにいるだろうか。「いやいや、そんなことないですよ」と困ったような笑顔を見せる津村さんを、容易に想像できるけれど。ともかく私たちは、今日も津村さんの小説を読む。ここに私たちの拠《よ》って立つ日常があるからだ。

（えなみ　あみこ／書評家）

『ポースケ』二〇一三年一二月　中央公論新社刊

中公文庫

ポースケ

2018年1月25日　初版発行

著　者　津《つ》村《むら》記《き》久《く》子《こ》

発行者　大橋 善光

発行所　中央公論新社

〒100-8152　東京都千代田区大手町1-7-1
電話　販売 03-5299-1730　編集 03-5299-1890
URL http://www.chuko.co.jp/

ＤＴＰ　平面惑星
印　刷　三晃印刷
製　本　小泉製本

Published by CHUOKORON-SHINSHA, INC.
Printed in Japan　ISBN978-4-12-206516-1 C1193

中公文庫既刊より

各書目の下段の数字はISBNコードです。978－4－12が省略してあります。

か-61-1 **愛してるなんていうわけないだろ** 角田光代
時間を気にせず靴を履き、いつでも自由な夜の中に飛び出していけるよう…好きな人のもとへ、タクシーをぶっ飛ばすのだ！　エッセイデビュー作の復刊。
203611-6

か-61-2 **夜をゆく飛行機** 角田光代
谷島酒店の四女里々子には「ぴょん吉」と名付けた弟がいて……うとましいけれど憎めない、古ぼけてるから懐かしい家族の日々を温かに描く長篇小説。
205146-1

か-61-3 **八日目の蟬《せみ》** 角田光代
逃げて、逃げて、逃げのびたら、私はあなたの母になれるだろうか……。心ゆさぶるラストまで息もつがせぬ傑作長編。第二回中央公論文芸賞受賞作。〈解説〉池澤夏樹
205425-7

か-61-4 **月と雷** 角田光代
幼い頃暮らしをともにした見知らぬ女と男の子。再び現れたふたりを前に、泰子の今のしあわせが揺らいで……偶然がもたらす人生の変転を描く長編小説。
206120-0

か-81-1 **発光地帯** 川上未映子
食、夢、別れ、記憶……何気ない日常が、川上未映子の言葉で肌触りを一新させる。心のひだに光を灯す、切なくも温かな人気エッセイシリーズ第一弾。
205904-7

か-81-2 **魔法飛行** 川上未映子
お米のとぎ汁で大根をゆでる日がくるとはなあ――『きみは赤ちゃん』の川上未映子が大震災をまたぐ波瀾の一年を綴る、日記的エッセイシリーズ第二弾。
206079-1

か-81-3 **安心毛布** 川上未映子
ふつうに人生を生きてゆくことが相も変わらぬ椿事――妊娠・出産・子育てと、日常に訪れた疾風怒濤の変化を綴る日記的エッセイ三部作、ついに完結。
206240-5

し-46-1
アンダスタンド・メイビー（上）
島本理生
中三の春、少女は切ない初恋と大いなる夢に出会う。それは同時に、愛と破壊の世界へ踏み込むことでもあった——。直木賞候補作となった傑作、ついに文庫化！
205895-8

し-46-2
アンダスタンド・メイビー（下）
島本理生
憧れのカメラマンのアシスタントとなり、少女から大人への階段を歩み始めた黒江。ある事件を発端に、母親の秘密、隠され続けた自身の過去が明らかになる。
205896-5

し-46-3
Red
島本理生
元恋人との快楽に溺れ抑圧から逃れようとする塔子。その先には、どんな結末が待っているのだろう——。『ナラタージュ』の著者が官能に挑んだ最高傑作！
206450-8

ひ-28-1
千年ごはん
東直子
山手線の中でクリームパンに思いを馳せ、徳島ではすだちを大人買い。今日の糧に短歌を添えて、日常を鋭い感性で切り取る食物エッセイ。〈解説〉高山なおみ
205541-4

ひ-28-2
ゆずゆずり 仮の家の四人
東直子
わけあって「仮住まい」中のシワスが同居人とともに送る日々。日常に潜むささやかなものを掬い上げ、別世界へ軽やかに跳躍する随想小説。〈解説〉堀江敏幸
205859-0

ふ-46-1
増補版 ぐっとくる題名
ブルボン小林
一度聞いたら忘れられない、文学、漫画、音楽、映画等の「心に残る題名」のテクニックとは？ タイトル付けに悩むすべての人におくる、実用派エッセイ集。
206023-4

ほ-16-1
回送電車
堀江敏幸
評論とエッセイ、小説。その「はざま」にある何かを求め、文学の諸領域を軽やかに横断する——著者の本領が発揮された、軽やかでゆるやかな散文集。
204989-5

ほ-16-2
一階でも二階でもない夜 回送電車Ⅱ
堀江敏幸
須賀敦子ら7人のポルトレ、10年ぶりのフランス長期滞在で感じたこと、なにげない日常のなかに見出した秘蹟の数々……54篇の散文に独自の世界が立ち上がる。〈解説〉竹西寛子
205243-7

各書目の下段の数字はISBNコードです。978-4-12が省略してあります。

ほ-16-3
ゼラニウム
堀江敏幸
彼女と私の間を、親しみと哀しみを湛えて、清らかな水が流れていく――。異国に暮らした男と個性的で印象深い女たちの物語。ほのかな官能とユーモアを湛えた珠玉の短篇集。
205365-6

ほ-16-5
アイロンと朝の詩人 回送電車Ⅲ
堀江敏幸
一本のスラックスが、やわらかい平均台になって彼女を呼んでいた――。ぐいぐいと、そしてゆっくりと、読み手を誘う四十九篇。好評「回送電車」シリーズ第三弾。
205708-1

ほ-16-6
正弦曲線
堀江敏幸
サイン、コサイン、タンジェント。この秘密の呪文で始動する、規則正しい波形のように――暮らしはめぐる。思いもめぐる。第61回読売文学賞受賞作。
205865-1

ほ-16-7
象が踏んでも 回送電車Ⅳ
堀江敏幸
一日一日を「緊張感のあるぼんやり」のなかで過ごしたい――異質な他者や、曖昧な時間が行きかう時空を泳ぐ、初の長篇詩と散文集。シリーズ第四弾。
206025-8

ほ-16-8
バン・マリーへの手紙
堀江敏幸
「バン・マリー」―湯煎―にあてた詩、音楽、動物、思い出深い人びと……愛しい日々の心の奥に、やわらかな火を通すエッセイ集。
206375-4

よ-43-1
静かな爆弾
吉田修一
テレビ局に勤める早川俊平はある日公園で耳の不自由な女性と出会う。音のない世界で暮らす彼女に恋をする俊平だが。静けさと恋しさとが心をゆさぶる傑作長編。
205451-6

よ-43-2
怒り（上）
吉田修一
逃亡する殺人犯・山神はどこに？ 房総の港町で暮らす愛子、東京で広告の仕事をする優馬、沖縄の離島へ引越した泉の前に、それぞれ前歴不詳の男が現れる。
206213-9

よ-43-3
怒り（下）
吉田修一
田代が偽名を使っていると知った愛子、知らない女とカフェにいる直人を見た優馬、田中が残したものを発見した泉。三つの愛の運命は？ 衝撃のラスト。
206214-6